学びを深めるヒントシリーズ

源氏物語

青島麻子　編著

明治書院

この本を手にとってくださった皆様へ

「この授業では、古文単語や文法の暗記は不要です。」――勤務する大学における『源氏物語』講義の初回。冒頭でそう述べると、安堵の表情を浮かべる学生がちらほらと目に入る。リアクションペーパー（授業の感想用紙）においても、「文法が苦手で高校の古典はイマイチでした。」「高校の授業でも『源氏物語』を学んだけど、品詞分解が大変すぎて、内容はあまり覚えていません。」などのコメントが散見する。そう言いつつも『源氏物語』の授業を受講しようというところからは、この作品に対する関心の高さが窺えるのだが、一方で、単語や文法でつまずき、苦手意識を抱いたまま遠ざかってしまった人たちも多いだろうことを考えると、「こんなに面白いのに、もったいない」と思わずにはいられない。

また、主人公光源氏に対する偏見も大きい。「『源氏物語』は好きだけど、光源氏は嫌いです。」と強く言い切る女子学生をはじめ、「マザコン」「ロリコン」「女ったらし」「自己中（心的）」……と、思わず「あなたたち、光源氏と何かあったの……?」とツッコみたくなるくらいの、悪口のオンパレード。ただし、それらは曖昧な知識や断片的なイメージによる決めつけではないかと感じることも多い。本文を丁寧に読み解いていけば、必ずしもそうとはいえない光源氏像が浮かんでくる。

では、限りある授業時間の中で、作品の魅力をできる限り正確に伝えるにはどうしたらよいのだろうか。平成三十年告示の新たな学習指導要領では、高等学校における古典学習の目標を、古典に対する「理解を深め」、古典を通じて「自分の思いや考えを広げたり深めたり」し、「生涯にわたって古典に親し」む、などとしている（「古典探究」目標より）。まずは古典世界に対する正しい知識を獲得し、それをもとに「主体的・対話的で深い学び」を実現することで考える力や発信する力を伸ばし、そのような体験を通じて、現代に生きる我々が古典を読む意義を感じ取り、この先も長く古典になれ親しむ態度を育成する、ということなのだろう。では、この目標を達成するためには、どのような方法が有効なのだろうか。

高校古文の代表的な教材ともいえる『源氏物語』だが、教科書に取り上げられる場面にはかなりの固定化が見られる。本書においても、いわゆるその「定番教材」――現行の国語教科書（文部科学省検定教科書）「古典B」（平成二十六年度から使用）などにおいて採録数が多い場面――を取り上げた。長編物語である『源氏物語』については、『伊勢物語』『枕草子』『宇治拾遺物語』などといった他の教材とは異なり、一場面のみを取り出しての鑑賞はなかなか難しい。なぜなら、そこに至るまでの経緯や人間関係を押さえなければ、当該場面を深く汲み取ることはできないし、時にはその後の展開にも目配りをすることで、当該場面の意義がより理解できることもあるからである。そこで本書でも、前後の内容も適宜補うことにより、物語の大きな流れを押さえられるようにした。しかしながら、それはあくまで補足情報であり、教材という観点からは、場面外の情報に依拠するのではなく、各場面の記述じたいに根拠を求めながら鑑賞する姿勢を前提としたつもりである。

以上を踏まえて、本書の構成を概観してみたい。まず、各章には敢えてキャッチーなコピーを付している。学習者の興味をかきたてるのが狙いだが、各章を読み終えたら、ぜひ今一度このキャッチフレーズに戻り、その意味を再考してほしい（学習者自身が新たなキャッチフレーズを付けてみるのもよいかもしれない）。原文の直後には「現代語訳」を載せているが、これが学習のゴールではなく、その先に「鑑賞」があるのだということを確認しておきたい。続く「語注」は、原文の解釈に不可欠な語句の解説をしたものであるが、なるべく最新の研究成果も盛り込むように心がけた。「鑑賞のヒント」「鑑賞」は、いわゆるアクティブ・ラーニングを意識したものである。作中人物の思いやその後の展開について、あれこれと自由に空想するのは楽しいし、『源氏物語』はそのような想像を膨らませる余地のある作品ではあるが、本文にそくして考察するというのが何よりの基本であろう。それゆえ、本文の表現に基づきつつ、論理的に思考することで解答を導き出せるような問いとなるよう努めた。古文単語や文法の正確な理解が、本文の味読に必須であることについても了解してもらえたらと思う。「探究のために」においては、より深く物語の世界に分け入ってもらえるよう、研究上重要なトピック等をごく簡潔ながら取り上げた。『源氏物語』の巧みな構造や史実との繋がりなどを感じてほしい。また「コラム」では、物語をより深く楽しむため、本文を鑑賞していく中で気になるであろう話題を扱っている。

本書は、古典離れが叫ばれる若い世代や、次世代に古典の価値を伝えていく若手教員を主な対象としたシリーズの一書である。私自身、研究者としても大学教員としても駆け出しであるが、だからこそ、関心や問題意識を共有できればとの思いで執筆したつもりである。中学・高校の国語科教員の方をはじめとして、教職を目指す学生、さらには意欲を持つ全ての方々にとって、本書が「学びを深めるヒント」の一つになれば幸いである。

なお、執筆にあたっては、日本女子大学附属高等学校国語科教諭の鈴木倫世氏に多くの助言をいただいた。現場で活躍する教員の視点から、発問の適切さや求められる解説について様々な意見を伺えたことは、非常に有益であった。ここに心より御礼申し上げる。また、本書の出版に際しては、明治書院の今岡友紀子氏に大変お世話になった。深く感謝したい。

学びを深めるヒントシリーズ

源氏物語

目次

コラム

付録

『源氏物語』について

全五十四帖《じょう》からなる『源氏物語』は、四代の帝の治世における七十五年ほどの時を描き、主要登場人物も百人余りにのぼるという、一大長編物語である。作者は紫式部《むらさきしきぶ》（学者・漢詩人であった藤原為時《ためとき》の娘）、成立年代は未詳であるが、彼女が夫・藤原宣孝《のぶたか》を亡くした一〇〇一年以降に起筆されたと推定されている。その後紫式部は、一条《いちじょう》天皇の中宮である彰子（藤原道長《みちなが》の娘）に仕えることになるが、これはその文才を認められての要請であったと思われる。『紫式部日記』の記述によって、一〇〇八年には物語の一部が成立、流布していたことが確認できるが、その執筆過程や成立順序などについては不明である。

物語は、主人公光源氏《ひかるげんじ》の生涯を描いた「正編《せいへん》」と、光源氏死後の子や孫世代を語る「続編《ぞくへん》」とに大別される。ただし現在では、正編をさらに二分して三部構成と見るのが一般的である。第一部は1桐壺《きりつぼ》巻～33藤裏葉《ふじのうらば》巻、光源氏誕生前から三十九歳までの物語で、その生い立ちから青年期の恋、そして逆境の日々を経て栄華を極めるまでの前半生を語る。第二部は34若菜上《わかなのじょう》巻～41幻《まぼろし》巻、光源氏四十歳から五十二歳までの物語で、表面上の変わらぬ栄華に反し、その内実は憂いに満ちた後半生を語る。第三部は42匂兵部卿《におうひょうぶきょう》巻～54夢浮橋《ゆめのうきはし》巻、光源氏の「息子」薫《かおる》の十四歳から二十八歳までの物語である。そのうち45橋姫《はしひめ》巻～54夢浮橋巻の十帖は、宇治の地を主な舞台とするため、「宇治《うじ》十帖《じゅうじょう》」と呼び習わされており、薫・匂宮《におうのみや》の二人の貴公子と、宇治の三姉妹との関わりが描き出される。

「物語文学の頂点」とも称される『源氏物語』は、「女の御心をやるもの（婦女子の気晴らし）」（『三宝絵《さんぼうえ》』）とされてきた従来の物語の地平を大きく超え、新たな境地を切り拓いた作品である。とはいえこれは、紫式部という一人の天才によって突如として成立したものではなく、先行する種々の文学が多大な影響を及ぼしている。長い伝統に育まれた和歌、白居易《はくきょい》の詩作に代表される漢籍、『竹取《たけとり》物語』『伊勢《いせ》物語』『蜻蛉《かげろう》日記』のような散文作品。これらの表現が本文中に織り込まれ、またその特徴や主題が深く汲み取られることで、作品が形成されているのである。なお、この物語には歴史的事実や実在人物の事跡が踏まえられている箇所も多く見られる。当時の帝・一条天皇が、『源氏物語』を読み、「この人は日本紀をこそ読みたるべけれ。まことに才あるべし（この物語の作者は日本紀を読んでいるに違いない。本当に学問がある）。」との感想を洩らしたように（『紫式部日記』）、史実を取りこみつつ物語を展開する『源氏物語』は、虚構の物語でありながらも歴史書を想起させるものでもあった。

　従来の物語の地平を大きく超えた『源氏物語』に対しては、同時代の男性貴族たちも多大な関心を寄せていた。また、『更級《さらしな》日記』の作者・菅原孝標女《すがわらのたかすえのむすめ》が愛読していたことでも有名であろう。平安末期には現存最古の注釈書である『源氏釈《げんじしゃく》』が記され、「源氏物語絵巻」の制作も進められた。鎌倉初期には、「源氏見ざる歌よみは遺恨の事なり（源氏物語を読んでいない歌人は残念なことです）。」との主張がなされたように（『六百番歌合《ろっぴゃくばんうたあわせ》』藤原俊成の判詞）、歌人たちの必読の書とされた。こうして聖典化されていった『源氏物語』の注釈・研究は、ますます盛んになっていく。本文の整定作業が行われたのもこの頃であり、藤原定家の校訂による「青表紙本《あおびょうしぼん》」と呼ばれる系統の本文は、現在刊行されているほぼ全ての活字テキストの底本となっている。その後は、注釈作業が相次いだほか、ダイジェスト版や擬作《ぎさく》（後世の人々が物語の内容を補った作品）、翻案小説（代表的なものとして、『偐紫田舎源氏《にせむらさきいなかげんじ》』）なども創作された。

　近現代に至っては、多くの作家による現代語訳（与謝野晶子、谷崎潤一郎から、瀬戸内寂聴、大塚ひかりなどまで）が出版されるほか、映画化（近年のものでは『源氏物語 千年の謎』二〇一一年、東宝）や漫画化（代表的なものとして、大和和紀『あさきゆめみし』一九七九〜一九九三年、講談社）、舞台化も相次いでなされている。さらに文学以外にも、絵画や蒔絵などの美術方面、能（半蔀《はしとみ》・葵上《あおいのうえ》・野宮《ののみや》など）、歌舞伎や香道（源氏香）などの芸能方面をはじめとして、今日に至るまで、日本文化全般に影響を及ぼし続けている。その他、アーサー・ウェーリーの英訳をはじめとして、現在までに既に三十種類以上の言語による翻訳が次々と刊行されている。『源氏物語』は今や、世界的にも優れた文学作品として認められているのである。

最後に、この物語の主題について触れておきたい。江戸時代の国学者・本居宣長《もとおりのりなが》は、仏教ならびに儒教的な価値観によって『源氏物語』を批評する従来の見方を退け、新たに「もののあはれ」を知らしめる点にこの物語の価値を求めた。道徳的な論理とは別の、文学作品としての価値を説いたこの説は、後世に大きな影響を与え、以後、現在に至るまで『源氏物語』の主題をめぐっては様々な説が提唱されてきた。男女関係や親子関係に代表される人間の情愛がこの物語の根幹にあるのは否定できないし、また、それを通じて社会の現実、特に後見《うしろみ》を無くして零落する女性たちの姿が見つめられている点も看過できない。さらには、この大長編を貫く時間の流れそのものに主題を見いだす論もある。

結局のところ、五十四帖全編を貫く主題を一言で言い表すのは困難である。むしろここでは、「一言で言い表せない」という点こそを重視しておきたい。というのも、『源氏物語』とは、物語が展開していく過程を通じて、次々と発展していく作品であるからである。この物語では、作品を書き進めるうちに現れてきた課題を、別の作中人物に担わせて問い直すということをしばしば行っている。このような類話の積み重ねや反復によって人物の内面を照らし出し、その生き様を鋭く追求している点こそが、『源氏物語』の卓越性を支えているのである。

主要年表

※本書で扱った場面については［　］で囲った。なお、年齢は通説に従う。

光源氏

1歳　桐壺帝《きりつぼてい》、桐壺更衣《きりつぼのこうい》を寵愛する。光源氏、誕生する。
第一章　1桐壺巻・光源氏誕生　P16

3歳　桐壺更衣、死去する。

4歳　第一皇子（後の朱雀帝《すざくてい》、7歳）、東宮になる。

6歳　桐壺更衣の母（光源氏の祖母）、死去する。

8歳?　光源氏、臣籍降下《しんせきこうか》する。

10歳?　藤壺《ふじつぼ》の宮（15歳?）、桐壺帝に入内《じゅだい》する。
第二章　1桐壺巻・藤壺の入内　P28

12歳　光源氏、元服《げんぷく》し、葵《あおい》の上《うえ》（16歳）と結婚する。

17歳　光源氏、頭中将《とうのちゅうじょう》らと女性談義（雨夜《あまよ》の品定《しなさだ》め）を行う。光源氏、空蝉《うつせみ》・夕顔《ゆうがお》と逢う。

18歳　光源氏、北山で紫《むらさき》の上《うえ》（10歳）を垣間見る。
第三章　5若紫巻・小柴垣のもと　P40

光源氏、藤壺の宮（23歳）と密通をする。
第四章　5若紫巻・藤壺との密通　P56

光源氏、紫の上を引き取る。光源氏、末摘花《すえつむはな》と逢う。

19歳　藤壺の宮（24歳）、皇子（後の冷泉帝《れいぜいてい》）を出産する。藤壺の宮、中宮となる。

20歳　光源氏、右大臣の娘である朧月夜《おぼろづきよ》と逢う。

21歳

桐壺帝が譲位し、朱雀帝（24歳）が即位する。冷泉（3歳）が東宮となる。

22歳

葵の上（26歳）と六条御息所《ろくじょうのみやすどころ》（29歳）の車争いが起こる。

第五章　9葵巻・車争ひ　P68

六条御息所のもののけが出現する。

第六章　9葵巻・物の怪の出現　P84

葵の上、光源氏の長男夕霧《ゆうぎり》を生み、死去する。光源氏、紫の上（14歳）と結婚する。

23歳

六条御息所（30歳）、娘の斎宮《さいぐう》（後の秋好《あきこのむ》中宮、14歳）と伊勢に下る。桐壺院、崩御《ほうぎょ》する。

24歳

右大臣・弘徽殿大后《こきでんのおおきさき》の専横の世となる。藤壺の宮（29歳）、出家する。

25歳

左大臣（故葵の上の父）、辞任する。光源氏、尚侍《ないしのかみ》である朧月夜との密会が露見する。光源氏、花散里《はなちるさと》と逢う。

26歳

光源氏、須磨へ退去する。

第七章　12須磨巻・心づくしの秋風　P98

27歳

光源氏、明石へ移り住み、明石《あかし》の君《きみ》（18歳）と結ばれる。

28歳

光源氏、都に召還され、大納言《だいなごん》になる。

29歳

朱雀帝（32歳）が譲位し、冷泉帝（11歳）が即位する。朱雀院の皇子（後の今上帝《きんじょうてい》、3歳）が東宮になる。光源氏、内大臣《ないだいじん》になる。明石の君（20歳）、明石で光源氏の長女明石姫君《あかしのひめぎみ》を出産する。六条御息所（36歳）、帰京し死去する。

31歳

光源氏、秋好（22歳）を冷泉帝（13歳）に入内させる。明石の君（22歳）母子、上京し、大堰《おおい》の山荘に住む。

明石姫君（3歳）、紫の上（23歳）の養女として迎えられる。

第八章　19薄雲巻・母子の別離　P114

32歳

藤壺の宮（37歳）、崩御する。冷泉帝（14歳）、出生の秘密を知る。光源氏、朝顔姫君《あさがお》に求愛するが、拒否される。

33歳

夕霧（12歳）、元服する。恋仲であった雲居雁《くもいのかり》（14歳）と引き離される。光源氏、太政大臣《だいじょうだいじん》になる。秋好（24歳）、中宮となる。

35歳

光源氏の邸・六条院《ろくじょういん》が落成し、女君たちも移転する。光源氏、かつての恋人・夕顔の遺児である玉鬘《たまかずら》（21歳）を引き取る。

36歳

夕霧（15歳）、紫の上（28歳）を垣間見る。

第九章　28野分巻・野分の垣間見　P126

37歳

玉鬘（23歳）、鬚黒《ひげぐろ》と結婚する。

39歳

夕霧（18歳）、雲居雁（20歳）と結婚する。

明石姫君（11歳）、東宮妃となり、明石の君（30歳）が後見役となる。

第十章　33藤裏葉巻・明石姫君の入内　P140

光源氏、准太上天皇《じゅんだいじょうてんのう》になる。

朱雀院（42歳）、女三《おんなさん》の宮《みや》の将来を案じつつ出家する。

【以上、第一部】

40歳

女三の宮（14歳?）、光源氏に降嫁《こうか》する。

第十一章　34若菜上巻・三日がほど　P156

41歳

明石姫君（13歳）、東宮（15歳）の第一皇子を出産する。柏木《かしわぎ》、（25歳?）、女三の宮（15歳?）を垣間見て惑乱する。

46歳

冷泉帝（28歳）が譲位し、今上帝（20歳）が即位する。

47歳

紫の上（39歳）、発病する。柏木（31歳?）、女三の宮（21歳?）と密通する。明石姫君（19歳）、今上帝の第三皇子（後の匂宮《におうのみや》）を出産する。

48歳

女三の宮（22歳?）、薫《かおる》を出産して出家する。柏木（32歳?）、死去する。

50歳

夕霧（29歳）、柏木の未亡人・落葉《おちば》の宮《みや》と結婚する。

51歳

紫の上（43歳）、明石中宮（23歳）と光源氏に看取られて死去する。

第十二章　40御法巻・紫の上の死　P168

52歳 光源氏、紫の上を追悼しつつ一年を送り、俗世での人生の終わりを思う。

【以上、第二部】

【8年間空白】 ※この間に光源氏は死去。

薫

14歳 薫、元服する。

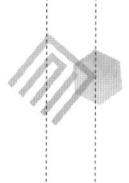

20歳 薫、冷泉院（49歳）のもとで宇治の八《はち》の宮《みや》の噂を知り、親交を結ぶ。

22歳 薫、八の宮の娘の大君《おおいぎみ》（24歳）と中《なか》の君《きみ》（22歳）を垣間見る。

第十三章 45橋姫巻・薫と宇治の姉妹 P184

23歳 八の宮、死去する。

24歳 匂宮（25歳）、中の君（24歳）と結婚する。 大君（26歳）、薫の求婚を拒否したまま死去する。

25歳 中の君（25歳）、都の匂宮邸に転居する。 匂宮（26歳）、夕霧（51歳）の娘六の君（21歳？）と結婚する。

26歳 中の君（26歳）、匂宮の第一子を出産する。 薫、今上帝の女二の宮（16歳）と結婚する。 匂宮（27歳）、浮舟《うきふね》（21歳？）を垣間見て懸想する。
薫、浮舟を愛人として宇治に住まわせる。

27歳 匂宮、浮舟（22歳？）と密通をする。
匂宮、浮舟と再度逢う。
浮舟、入水を決意して失踪するが、横川僧都《よかわのそうず》に助けられる。 浮舟、出家する。

第十四章 51浮舟巻・浮舟と匂宮 P198

28歳 浮舟の生存を知った薫、浮舟に連絡をするが拒否される。

【以上、第三部】

凡例（この本の使い方）

主体的・対話的で深い学びを実現するためには、問題を発見し、テクストに根拠を求めつつ、論理的な思考を駆使しながら、読み手同士で対話し、協働して解決していくことが何よりも重要である。しかし、古典学習指導に関する参考図書のなかで、そうした新しい学習に対応したものはあまりない。本書は、これから求められる主体的・対話的で深い学びを、古典学習でも実現したいと考える指導者のために執筆した。

◆各章の構成

本書は、『源氏物語』のうち、現行の高等学校国語科検定教科書に掲載された主な場面について、**原文・現代語訳・語注・鑑賞のヒント・鑑賞・探究のために・資料**の構成で学びを深めるヒントをまとめたものである。学習者が親しみをもてるよう、各章冒頭に、現代の言葉・語感で表したキャッチフレーズを付している。

【原文】 一般に参照されることの多い『新編日本古典文学全集　源氏物語(1)～(6)』（阿部秋生・秋山虔・今井源衛・鈴木日出男　校注／訳、小学館）に拠ったが、表記は適宜改めた（なお、実際に音読する際のことを考え、敢えて撥音便を表記している）。

【現代語訳】 執筆者が現代語としてのわかりやすさを重視して訳した。原文にない言葉を補った場合は（　）に入れて示した。

【語注】 原文の解釈に必要な最低限の語について、解説した。

【鑑賞のヒント】 学習者同士の話し合い活動が行われることを意識して、解釈のポイントを発問形式で示した。

【鑑賞】 **鑑賞のヒント**の解答例にあたる内容を解説し、対応する部分に番号を付した。その際、テクストに根拠を求めつつ、論理的な思考を駆使して解決していく学習者の姿をイメージしながら、できるだけわかりやすく記述した。

【探究のために】 **鑑賞**の内容をより深めて詳細に解説した。指導者の発展的解説素材として、あるいは学習者の探究的学習素材として、利用してもらいたい。

【資料】 複数の素材を比較検討して読み深めることができるように、読み比べ用の古文および漢文書き下しテクストと、その現代語訳を掲げた。

◆その他

・**コラム**として、今日的な視点からの研究テーマや、現代生活に引きつけた話題を取り上げた。

・冒頭部に**主要年表**を掲げた。さらに巻末に**付録**として、**参考文献**、**平安京付近図**を掲げた。

・『源氏物語』以外の作品の引用は、原則として、『新編日本古典文学全集』（小学館）、『新釈漢文大系』（明治書院）、『新編国歌大観』（角川学芸出版）などに則ったが、表記は適宜改めた。また現代語訳は執筆者が行った。右記以外のテクストは、執筆者の判断で適宜底本を選択した。

第一章　波乱含みのヒーロー誕生！

1　桐壺巻《きりつぼ》・光源氏《ひかるげんじ》誕生

光源氏誕生前～一歳

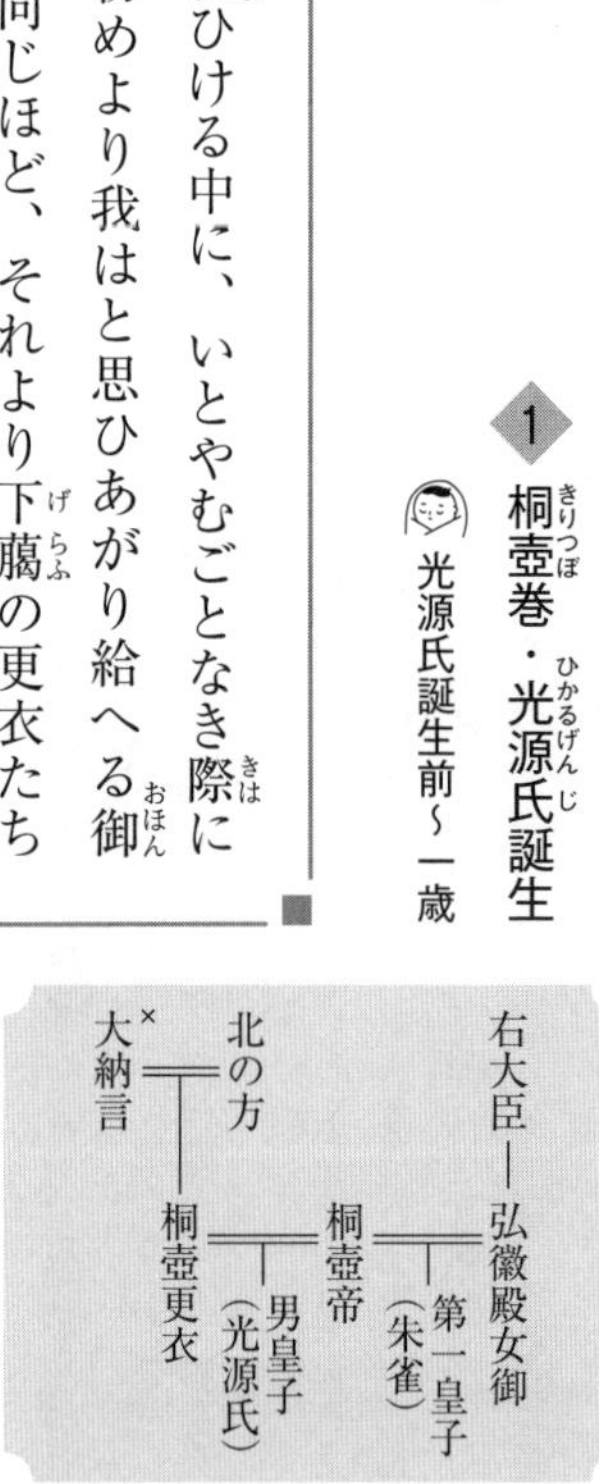

いづれの御時《おほんとき》にか、①女御《にようご》・更衣《かうい》あまた候《さぶら》ひ給《たま》ひける中に、いとやむごとなき際《きは》にはあらぬが、すぐれて時めき給ふありけり。初めより我はと思ひあがり給へる御方々《おほんかたがた》、めざましきものにおとしめそねみ給ふ。同じほど、それより下臈《げらふ》の更衣たちは、ましてやすからず。②朝夕の宮仕《みやづか》へにつけても、人の心をのみ動かし、③恨みを負ふ積《つ》もりにやありけむ、いとあつしくなりゆき、もの心細げに里《さと》がちなるを、いよいよ飽《あ》かずあはれなるものに思ほして、人のそしりをもえ憚《はばか》らせ給はず、世のためしにもなりぬべき御《おほん》もてなしなり。④上達部《かむだちめ》・上人《うへびと》なども、⑤あいなく目をそばめつつ、いとまばゆき人の御おぼえなり。唐土《もろこし》にも、かかることの起こりにこそ、世も乱れ、あしかりけれと、やうやう、天《あめ》の下《した》にも、あぢきなう、人のもてなやみぐさになりて、⑥楊貴妃《やうきひ》のためしも引き出《い》でつべくなりゆくに、いとはしたなきこと多かれど、かたじけなき御心《みこころ》ばへの類《たぐ》ひなきを頼みにて、交じらひ給ふ。

父の大納言《だいなごん》は亡くなりて、⑦母北《きた》の方《かた》なむ、いにしへの人のよしあるにて、親うち具《ぐ》し、さしあたりて世のおぼえはなやかなる御方々にもいたう劣らず、何事の儀式をももてなし給ひけれど、とりたててはかばかしき⑧後見《うしろみ》しなければ、事あるときは、なほよりどころなく心細げなり。

前《さき》の世にも、御契《ちぎ》りや深かりけむ、世になく⑨清《きよ》らなる玉の男皇子《をのこみこ》さへ生まれ給ひぬ。いつしかと心もとながらせ給ひて、急ぎ⑩参らせて御覧ずるに、珍かなる児《ちご》の御かたちなり。⑪一の皇子《みこ》は、右大臣の女御《にようご》の御腹《はら》にて、寄せ重く、疑ひなき⑫まうけの君と、世にもてかしづき聞こゆれど、この御⑬にほひには並び給ふべくもあらざりければ、おほかたのやむごとなき御思ひにて、この君をば、私物《わたくしもの》に思ほしかしづき給ふこと限りなし。

【現代語訳】

どの帝《みかど》の御代《みよ》であったろうか、女御や更衣が数多くお仕えなさっていた中に、それほど高貴な身分ではない方で、特別に（帝の）ご寵愛《ちょうあい》を受けていらっしゃる方（※以下、桐壺更衣《きりつぼのこうい》と称す）がいた。（宮仕えの）最初から、自分こそは（帝のご寵愛を受けるのにふさわしい）と自負していらっしゃった方々は、（桐壺更衣を）癪《しゃく》に障るものとさげすみ妬《ねた》んでいらっしゃる。（また、桐壺更衣と）同じ身分や、それよりも低い身分の更衣たちは、なおさら心穏やかでない。朝夕の宮仕えにつけても、他人の心をいらだたせてばかりいて、恨みを負うことが積み重なった結果であったのだろうか、（桐壺更衣が）本当に病弱になっていき、何かと心細そうに（宮中から）実家に帰っていることが多いので、（帝は）ますますこの上なく愛《いと》しいものとお思いになって、人々の非難をも気兼ねすることがおできにならず、世間の語り草にもなってしまいそうなご待遇ぶりである。上達部や殿上人なども、本来無関係なのにたびたび目を背けて、まったく正視に堪えないご寵愛である。中国でも、このようなことが原因で、世の中も乱れ、不都合なことだったと、次第に、国全体でも、苦々しいことだと、人々の悩みの種になって、（しまいには）楊貴妃の例まで引き合いに出してしまいそうになっていくので、（更衣にとっては）実に具合が悪いことも多いけれど、畏れ多い帝のお心遣いが比類ないことを頼りにして、お仕えしていらっしゃる。

（桐壺更衣の）父の大納言は既に亡くなっていて、母の大納言夫人が、古くから続く家柄の教養ある人であって、両親ともそろっていて、今まさに世間の評判が華やかな方々にもそれほど劣らないように、どんな儀式も対処なさったけれども、格別にしっかりとした後見人もいないので、（何か）事があるときには、やはり頼る当てもなく（桐壺更衣は）心細い様子である。

前世でも、（帝と更衣との）ご因縁は深かったのだろうか、（現世でのご寵愛が深かったその上に）世にまたとないほど美しい玉のような男皇子までもがお生まれになった。（帝は、皇子と会えるのを）まだかまだかと待ち遠しくお思いになって、（更衣の実家から）急いで参上させて御覧になると、めったに見られないほどの皇子のご器量である。第一皇子は、右大臣の（娘である）女御がお生みになった方で、後ろ盾の勢力が強く、まちがいなく皇太子だと、世間でも大切にお扱い申し上げているけれど、この（生まれたばかりの皇子の）お美しさにはとてもお並びになりようもなくていらっしゃったので、（帝は、第一皇子に対しては）通り一遍の大切なものとなさるお気持ちであって、この若君をこそ、個人的に大切なものだとお思いになって愛育なさることこの上もない。

【語注】

①女御・更衣…天皇のキサキの称。平安中期においては、女御は親王や大臣以下の娘などがなり、その中から一人が選ばれて中宮《ちゅうぐう》（皇后）となった。更衣は女御の下位で、その所生子は皇位継承権を持たず、臣籍降下《しんせきこうか》（第二章**語注**②）することも多かった。『源氏物語』においてはおおむね、大臣以上の娘が女御、大納言以下の娘が更衣となっているが、歴史的には大納言以下の娘が女御となった例や、更衣から女御にのぼった例なども存在した。なお、「キサキ」とは社会的に認められた天皇の妻のことだが、律《りつ》令《りょう》の「妃《ひ》」（第二章**探究のために**）や中宮という意味での「后」と区別するためにカタカナで表記する。

②朝夕の宮仕へ…貴人に奉仕することを「宮仕へ」というが、ここではキサキが天皇に妻として仕えること。キサキたちは宮中の後《こう》宮《きゅう》内に与えられた殿舎《でんしゃ》に住み（**コラム**「宮中ってどんなところ?」）、昼には天皇を自室に迎え入れたり、夜にはお召しに応じて天皇の寝所に参上したりする。

③恨みを負ふ積もりにやありけむ…「積もり」は「積み重なった結果」の意。「や～けむ」は疑問形で、語り手自身の推測を表す。このように『源氏物語』ではしばしば語り手が物語の表面に顔を出し、自らの意見を差し挟むことがある。

④上達部・上人…上達部は公卿《くぎょう》とも称し、摂関以下、大臣・大中納言・参議《さんぎ》および三位以上の人の総称。上人は殿上人《てんじょうびと》のこと。四位五位の官人の中で、昇殿《しょうでん》（天皇の日常の居所である清涼殿《せいりょうでん》の殿上《てんじょう》の間《ま》に昇ること）し、天皇に近侍することを許された人の総称（**コラム**「平安貴族のヒエラルキー」）。

⑤あいなく目をそばめつつ…「あいなく」は、「関係がないのに」「筋違いにも」「不都合にも」などという意味で、ここは語り手の感想が込められた言葉。「目をそばむ」は「目を背ける」の意で、「長恨歌伝《ちょうごんかでん》」（白居易《はくきょい》の「長恨歌《ちょうごんか》」に寄せて、彼と親交のあった陳鴻《ちんこう》が書き記した伝奇小説）の「京師《けいし》の長吏《ちょうり》之《これ》が為に目を側《そば》む」（楊貴妃《ようきひ》が皇帝の寵愛を受け、その一族が栄えたことに対し、都の役人たちが不満を募らせたことを述べた文）に拠る表現。

⑥楊貴妃のためし…唐の玄宗《げんそう》皇帝が楊貴妃を溺愛して政治を顧みなくなり、楊一族が繁栄したが、やがて皇帝の寵臣であった安禄山《あんろくざん》が反乱を起こし、玄宗皇帝は都を追われ、楊貴妃は国乱の元凶として殺されることになった。二人の悲恋は、唐の詩人白居易（白《はく》楽天《らくてん》、七七二～八四六）の詩「長恨歌」により、当時の日本でも広く知られていた。

⑦母北の方…「北の方」とは貴人の妻の意で、ここでは故大納言の

妻である桐壺更衣の母のことを指す。ちなみに、「寝殿造《しんでんづくり》の建物内において正妻が北の対《たい》に住んだから北の方と呼ぶ」という従来の説明は、現在では否定されている（実際に正妻が北の対に居住した例はごくわずか）。「北の方」とは陰陽思想による言葉で、中国語の「北堂（主婦の居室、転じて主婦）」との関連から生じた呼称とする説が有力である。

⑧後見…ここでは、政治的な後ろ盾となる存在を指す。通常、父や兄弟がその後見となり、キサキたちの宮廷生活を支え、盛り立てていくものであった。

⑨清らなる…「輝くように美しい」の意で、類語「清《きよ》げなり」（こざっぱりとした清潔な美しさ）よりも一段上の、第一級の美（光り輝くような美しさ）を示す語。『源氏物語』においては、光源氏（十九例）をはじめとして、匂宮《におうのみや》（十例）、夕霧《ゆうぎり》（九例）、朱《す》雀院《ざくいん》・紫《むらさき》の上《うえ》（各六例）、冷泉帝《れいぜいてい》（五例）など、光源氏の血縁者に多用される（『源氏物語事典』）。

⑩参らせて…更衣の実家から宮中に参上させて。当時、神聖な宮中では死や出産などの穢《けが》れが忌避されていたため、キサキの出産もその実家で行われるのが通例だった。更衣の所生子が、生後すぐに父帝に対面するのは異例のこと。

⑪一の皇子…後の朱雀帝《すざくてい》。帝（以下、桐壺帝《きりつぼてい》と称す）の第一皇子で、母は右大臣家の娘である弘徽殿女御《こきでんのにょうご》。後の記述によると光源氏の三歳年長。

⑫まうけの君…漢語「儲君《ちょくん》」の訓読で、「世継ぎとなる皇太子」の意味。皇太子は「東宮《とうぐう》」とも称す。必ずしも第一皇子が東宮になるとは限らず、天皇・為政者の意向や、生母の身分後ろ盾などによって決定された。

⑬にほひ…生き生きとした華麗な美が、あたりにまで発散し、押し寄せてくるような有様。嗅覚だけでなく、視覚に訴えるような美しさも指す。『源氏物語』においては、光源氏（二十九例）、薫《かおる》（二十五例）、匂宮・紫の上・中《なか》の君《きみ》（十例）、夕霧（九例）などに多用される（『源氏物語事典』）。

◆◇鑑賞のヒント◇◆

❶ キサキたちの中で、桐壺更衣の身分はどの程度のものだったのか。
❷ 「同じほど、それより下﨟の更衣たち」が、身分の高い女御以上に心穏やかでないのはなぜか。
❸ 桐壺帝の桐壺更衣への寵愛による波紋は、どのように広がっていったのか。
❹ 「上達部・上人」が、桐壺更衣への寵愛に不満を募らせたのはなぜか。
❺ 「かたじけなき御心ばへの類ひなきを頼みにて」から、桐壺更衣はどのような人物であると読み取れるか。
❻ 「楊貴妃のためし」との共通点、相違点はどこにあるのか。
❼ 第一皇子と「玉の男皇子」(光源氏)は、どのような点で対比されているのか。
❽ 今後、どのようなストーリー展開が予想されるか。

◆◇鑑賞◇◆

『源氏物語』は、主人公光源氏の両親の恋物語から開幕する。家庭環境は少なからずその人に影響を及ぼすものであるため、現代でも、親友や恋人の両親の職業——会社員なのか自営業なのか、共働きなのか否か——は気になるところであろう。ただしこの物語ではそのようなレベルに留《とど》まらず、桐壺帝と桐壺更衣の物語を、単なる主人公の系図を語る前置き以上のものとして描くことにより、主人公の「生き方の系図」を語ろうとしている(益田勝実)。つまり、両親がどういう立場でどう生きたのかということが、この先の光源氏の歩みにも深く関わるということなのである。

さて、光源氏の母桐壺更衣は「いとやむごとなき際にはあらぬ」人物であると語られる。「いと～打消」は「さほど～ではない」という意味なので、大勢いるキサキたちの中でもとりわけ高貴というわけではないらしい。とはいえ、ことさらに身分が低いわけでもない。「同じほど、それより下臈の更衣たち」の一文により、彼女もまた更衣の地位にあることが分かるのだが、同じ更衣でも彼女よりも身分が低い更衣たちも存在するのである。桐壺更衣の父が生前、大臣に次ぐ大納言の地位にあったことも思い合わせよう。つまり彼女は、更衣の中では最上位に属し、女御となってもおかしくない身分ではあったけれども（**語注**①）、その父親の死により現在は後見が不在でとりわけ心細い境遇にあるという、中途半端な位置にあったのである❶。

その中途半端さは、敬語表現からも見て取れる。この文章内で、「え憚らせ給はず」「心もとながらせ給ひて」などと二重敬語がつくのは帝のみである。また女御たちには「思ひあがり給へる」「そねみ給ふ」などと常に敬語がつくが、更衣たちには「ましてやすからず」と敬語がつかない。一方で桐壺更衣に対しては、「時めき給ふ」「人の心をのみ動かし」「恨みを負ふ」「交じらひ給ふ」などと、敬語がつく時とつかない時があるのだ。更衣の中では丁寧だが、その待遇は女御とは区別されている。ここからも、女御たちからも更衣たちからも距離がある彼女の孤独さが感じられるだろう。

自信を持ってキサキとなった身分高い女御たちは、「私の方こそ帝寵《ていちょう》を受けるべきなのに」と苦々しく思い、桐壺更衣を目障りに（「めざまし」第十章**語注**⑧）感じる。けれどもそれ以上に、桐壺更衣と同じ程度、もしくは彼女よりも身分が下の更衣たちは、いっそう穏やかではないという。「でも彼女たちは桐壺更衣より身分が高いわけではないのだから、彼女よりも愛されなくても当然では?」と、一見不思議に思われるところだが、ここは人間の心理を鋭く突いている箇所であろう。自分よりも優れている者が相応の待遇をされるのには納得できるが、自分と同等程度と思っていた相手が一人だけ破格の待遇を受けた場合には、余計に腹が立つものであろう。身の程知らずのように見える相手に対して、自分はもっと分不相応だということを棚に上げて「なんであんな人が!」と嫉妬心を抱くことはないだろうか。女御たちのように、桐壺更衣に対してその高貴さで自尊心を保つこともできない彼女たちは、いっそう気持ちが収まらないのである❷。

桐壺更衣は、以上のような人々の恨みを一身に負い、心労から病気がちになる。すると帝は、そのような彼女がますますいじらしく愛しく、人々の批判を気に掛ける余裕を失ってしまう。そうなると、宮中に出仕する「上達部・上人」といった男性貴族たちも二人に批判の目を向け始め、さらには「天の下」の一般の人々までもがこれを悩みの種とする。帝の寵愛→人々の批判→更衣の苦境→帝のさらなる寵愛→人々のさらなる批判……という、ここで語られるのはまさしく悪循環、負のスパイラルなのである。桐壺更衣を取り巻く後宮内からやがて宮中全体へ、さらには宮中を飛び出して社会一般へと、非難の輪が外へ外へと広がり政治問題にまで発展していく描き方に注目したい❸。先に「主人公光源氏の両親の恋物語」と述べたが、ここで描き出されているのはもはや単なる男女の愛情物語ではないことが理解されるだろう。「女の嫉妬って怖い」で片付けてしまうと、この物語の魅力は半減してしまうのである。

そもそも、桐壺帝が桐壺更衣をとりわけ愛することで、当事者である他の女御・更衣たちはともかく、なぜ「上達部・上人」さらには「天の下」の人々までが謗《そし》るのだろうか。それは、天皇が誰を愛するかということは、まさしく政治的行為だからである。後宮のキサキたちの背後には、その親兄弟である男性貴族たちが後見《うしろみ》として控えている。

男性貴族たちは官位による身分秩序に縛られているのだが（コラム「平安貴族のヒエラルキー」）、彼らの地位はこれを後見とするキサキたちの地位にも反映されており、天皇にはその序列に応じてキサキたちを待遇することが求められていたのである❹。ところが、桐壺帝はそうした身分社会のしきたりを破った。冒頭に「女御・更衣あまた」と記されていたが、子供の年齢などから推測すると恐らくまだ年若いこの帝のもとに、既に多くのキサキが存在するということは、多くの貴族たちが桐壺帝に期待をかけて娘を入内《じゅだい》させたということであろう。にもかかわらず、桐壺帝はそうした人々の思惑に背き、後見のない桐壺更衣に夢中になり、他のキサキたちへの配慮を忘れてしまったのだ。

けれども語り手は、そのような当時の政治的な背景を鋭く見据えつつも、二人の愛情関係に深く共感している。それは、更衣への破格の待遇を容認しない「上達部・上人」たちに「あいなく（本来関係ないのに、不都合にも）」と批判の目を向けていることからも理解される。帝は更衣に対しては、上記のような政治的なしがらみにとらわれない、純粋な愛情を抱く。そして更衣もまた、「かたじけなき御心ばへの類ひなきを頼みにて」というように、周囲の圧迫にも負けずに帝の愛だけを唯一の頼りとする。帝の寵愛が周囲の圧迫を引き起こしているのに、その帝への愛を貫こうとする姿勢からは、彼女が決して受身のか弱いだけの女性ではなかったことが想像される❺。

なおかつ、こうして見ると「楊貴妃のためし」との差異も明らかである。〈帝王が一人のキサキに夢中になり、批判を招く〉という共通点はありつつも、その寵愛に乗じて一族の者が権勢を握った楊貴妃（資料A）に対して、桐壺更衣には外戚《がいせき》となるべき一族の男性は皆無なのであった。彼女には、娘が宮廷で恥をかかないよう奮闘する未亡人の母がいるのみであり、それ以外には帝の愛以外何も持たない女性として造型されているのである❻。

このような帝と更衣の類いまれな関係性の結晶として、「玉の男皇子」光源氏が誕生する。光源氏は、異母兄である第一皇子とあらゆる点で対照的に描かれている。生母は更衣で、その外祖父《がいそふ》（母方の祖父）は大納言ではあったものの既に故人である光源氏に対して、生母は女御で、外祖父は現役の右大臣という第一皇子。彼女は後に弘徽殿《こきでん》という殿舎に住むことが明かされ、それゆえ「弘徽殿女御《こきでんのにょうご》」と呼称される人（第二章参照）であるが、ここではその居所の紹介よりも先に、右大臣家の娘であることに言及されている点に注意したい。当時の太政大臣《だいじょうだいじん》は名誉職的なもので、欠員とされることも多かったため、実質的には左右大臣が朝廷の最高官となっていた。その右大臣の娘ということは、後宮内での地位も最上位のキサキの一人であろうことが推察される。「とりたててはかばかしき後見《うしろみ》しなければ」と描かれる光源氏側と、「寄せ重く」という第一皇子側、それぞれの境遇の大きな差異をまずは押さえておこう（❼）。平安時代においては、この「後見」と称される後ろ盾の有無が、何より重要であった。だからこそ世間は、この第一皇子をまごうことなき次期東宮として重んじている。けれどもその内実はというと、光源氏の稀有な美しさに第一皇子は遠く及ばない。加えて、父である桐壺帝の愛情も明らかに光源氏の上にあり、第一皇子に対しての扱いは世間体を配慮しての通り一遍のものに過ぎなかった❼。

ここで、誕生したばかりの光源氏を取り巻く政治状況が浮かび上がる。次期東宮は、人々の思惑通りに第一皇子に決まるのだろうか。それとも、桐壺帝の圧倒的寵愛と類いまれな美質を持つ光源氏に、帝位への道は開かれるのだろうか。第一皇子の外祖父右大臣が登場したが、その上席である左大臣は存在するのだろうか。皇位継承争いの火種となるような皇子を生んだ桐壺更衣の苦境は、この先ますます深まっていくのではないか。いまだ中宮が不在らしいこの後宮秩序は、この先どうなっていくのだろうか。以上のように、当場面では、次期東宮の行方、政界の全貌、この先の後宮秩序という三つの大きな問題が提示されることで、今後の展開の伏線となっている❽。まさに、見事なプロローグといえるだろう。

果たして、光源氏は今後、どのような人生を歩んでいくのか。様々に波乱の予感を孕《はら》みつつ、今、その物語が始まりを告げる。

◆◇探究のために◇◆

▼画期的な冒頭　『源氏物語』以前の物語では、「（今は）昔、〇〇ありけり。」という形が冒頭部の定番であった（**資料B～E**）。けれども『源氏物語』は、そのようなテンプレートを用いることなく、新たな試みを行ったのである。「（今は）昔」というのが、漠然と古い時代を指す表現であるのに対して、「いづれの御時にか」というのは、ぼかしてはいるものの、ある特定の「御時（帝の治世）」に限定する言い方であり、これにより、実在した史上の帝の治世が物語世界に引き込まれる。そしてそれは具体的には、物語執筆当時から約百年ほど前の、醍醐《だいご》天皇（在位八九七～九三〇）の治世のこととされる。確かに物語では、桐壺帝の治世と醍醐天皇の治世が様々な箇所で重ね合わせられているのだが、一方で桐壺帝には、醍醐天皇以前の仁明《にんみょう》天皇（在位八三三～八五〇）や宇多《うだ》天皇（在位八八七～八九七）の面影も見いだすことができる。このように、モデルを一人に限ることなく、多様な史実を取り込むことで、物語世界に奥行きがもたらされる。それと同時に、モデルの存在はかえって物語世界の虚構性を際立たせてもいるのである。というのも、あるモデルが意識されればされるほど、それとの差異やフィクションならではの展開が目につくからである。

また、この冒頭の一文には様々な情報が含まれている。まず、時代は未詳とされながらも、天皇の治世下に女御・更衣が大勢存在するという点から、平安時代中期であることが分かり、舞台が宮中であることも読み取れる。けれども「中宮」に言及されていないところから、この後宮の序列がいまだ流動的であることが推測され、さらに、「たいして高貴ではないけれども格別に寵愛されているキサキ」が登場するに及んで、巻き起こる波乱が予想される。このように、漠然と主人公を登場させるに留まらない、『源氏物語』の冒頭文の重要性を押さえておこう。

▼桐壺帝のキャラクターと一文字の違い　この場面の桐壺帝の描写から、彼の人物像をどのように把握できるだろうか。例えば、「人のそしりをもえ憚らせ給はず」という一文について検討してみよう。「え〜ず」は「〜できない」という不可能の意であるので、ここは「他人の批判をも憚ることがおできにならず」と訳すことができる。人々の非難ももっともなことだと、頭では理解しているのだろうが、桐壺更衣に執心のあまりそれらを気に掛ける余裕さえも失い、我を忘れている帝の姿が浮かび上がるだろう。

ただし、実はこの箇所には異文がある。というのも、そもそも『源氏物語』をはじめとする古典作品は、近世になって印刷出版が一般的になるまでは、書写（手書き）によって流布していた。そうすると、おのずと書写者による誤写や意図的な書き換えによる本文の異同《いどう》が生じ、様々なバージョンの本が世に出回ることになる。現在、我々が通常目にする活字テキストは「青表紙本《あおびょうしぼん》」と呼ばれる系統のものであるが、それとは別系統の「河内本《かわちぼん》」という系統の本文によると、当該箇所は「人のそしりをも憚らせ給はず」と「え」が存在しない本文になっている。

たった一文字の違いであるが、これは帝のキャラクター解釈にも関わる大きな相違点である。河内本の本文で解釈すると、「他人の批判をも憚ることをなさらず」という意味になり、帝は人々の非難を「そんなもの構うものか」と意図的に無視していることになるからである。惑乱する帝か、独裁的な帝か……。わずかな表現の差によって解釈の違いが生じることを念頭に、原文の微細な表現も大切に読み解いていきたい。

【資料】

A　白居易『白氏文集《はくしぶんしゅう》』巻十二「長恨歌」（楊貴妃への寵愛と一族の繁栄）

春宵《しゅんせう》は短きに苦しみ日高くして起き／此《これ》より君王　早く朝《てう》せず／歓《くわん》を承け寝に侍して間暇無し／春は春遊《しゅんいう》に従ひ　夜は夜《よ》を専らにす／漢宮の佳麗《かれい》三千人／三千の寵愛　一身に在《あ》り／金屋《きんをく》に粧《よそほ》ひ成つて嬌《けう》として夜に侍《じ》し／玉楼《ぎよくろう》に宴罷《や》んで酔《ゑ》ひて春に和す／姉妹弟兄《ていけい》　皆土《ど》を列《れつ》し／憐れむべし　光彩　門戸《もんこ》に生ず

（現代語訳：（共に過ごす）春の夜は短いのを悲しみ、日が高く昇ってからようやく起きる。／以来皇帝は、早朝の政務を行わなくなった。／（一方彼女は）皇帝のご機嫌をとり、常に寝室に侍して片時の暇もない。／春は春の遊宴に伴われ、夜は夜でもっぱら皇帝のおそばに仕える。／漢の宮殿には三千人の美女がいたが、／その三千人分の寵愛を彼女一人で独占している。／黄金の御殿で化粧を凝らし、なまめかしい姿で夜の奉仕をする。／玉のような楼閣での宴が終わると、酔いの中で（二人は）春の気分にとけこむ。／（彼女の）姉妹、兄弟もみな、封土を賜り、／驚くべきことに、光り輝くような栄華が一門にもたらされた。）

※『白氏文集』は、現在一般的に「はくしもんじゅう」と読まれているが、これは明治中期頃から広まった新しい読みであり、それ以前は「はくしぶんしゅう」と読まれていたことが近年の研究で明らかにされている。

B　『竹取《たけとり》物語』（冒頭）

今は昔、竹取《たけとり》の翁《おきな》といふ者ありけり。

（現代語訳：今となっては昔のことだが、竹取の翁という者がいた。）

C　ア　『伊勢《いせ》物語』初段（冒頭）

昔、男、初冠《うひかうぶり》して、奈良の京春日《かすが》の里に、しるよしして、狩《かり》にいにけり。

（現代語訳：昔、ある男が、元服をして、奈良の京の春日の里に、領地を持っている縁があって、狩りに出かけた。）

イ　『伊勢物語』二段（冒頭）

昔、男ありけり。

（現代語訳：昔、ある男がいた。）

D　『落窪《おちくぼ》物語』巻一（冒頭）

今は昔、中納言なる人の、女《むすめ》あまた持《も》給へるおはしき。

（現代語訳：今となっては昔のことだが、中納言である人で、娘を大勢持っていらっしゃる方がいらした。）

E　『うつほ物語』俊蔭《としかげ》巻（冒頭）

昔、式部大輔《しきぶのたいふ》左大弁《さだいべん》かけて、清原の王《おほきみ》ありけり。皇女腹《みこばら》に男子《おのこご》一人持《も》たり。その子、心のさときこと限りなし。

（現代語訳：昔、式部大輔で左大弁を兼任する、清原の王という人がいた。その人には、皇女に産ませた男の子が一人いた。その子は、賢いことこの上なかった。）

第二章 少年時代の、永遠のマドンナ

桐壺更衣は光源氏三歳の時に亡くなり、翌年第一皇子が東宮となった。さらに祖母も亡くした光源氏は、父桐壺帝のもと宮中で暮らし、その才知を開花させていく。一方、今なお桐壺更衣を忘れられない帝は、彼女によく似ているという先帝の姫宮を入内《じゅだい》させる。

1 桐壺《きりつぼ》巻・藤壺《ふじつぼ》の入内《じゅだい》

光源氏十歳ほど

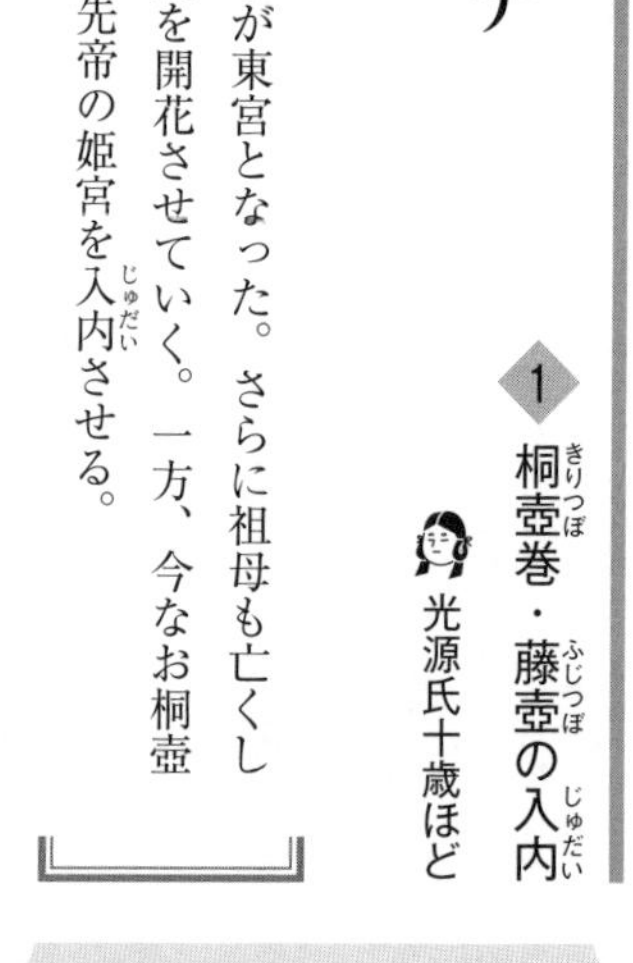

①藤壺《ふぢつぼ》と聞こゆ。げに、御《おほん》かたち・ありさま、あやしきまでぞおぼえ給《たま》へる。これは、人の御際《きは》まさりて、思ひなしめでたく、人もえおとしめ聞こえ給《たま》はねば、受けばりて飽《あ》かぬことなし。かれは、人の許し聞こえざりしに、御心ざしあやにくなりしぞかし。おぼし紛《まぎ》るとはなけれど、おのづから御心移《うつ》ろひて、こよなうおぼし慰むやうなるも、あはれなるわざなりけり。

②源氏の君は、③御あたり去り給はぬを、まして繁《しげ》く渡らせ給ふ御方《かた》は、え恥ぢあへ給はず。いづれの御方も、我《われ》、人に劣らむと思いたるやはある、とりどりにいとめでたけれど、うち④大人び給へるに、いと若ううつくしげにて、切《せち》に隠れ給へど、おのづから漏り見奉る。⑤母御息所《みやすどころ》も、影だにおぼえ給はぬを、「いとよう似給へり。」と⑥典侍《ないしのすけ》の聞こえけるを、若き御心地にいとあはれと思ひ聞こえ給ひて、常に参らまほしく、な

づさひ見奉らばやとおぼえ給ふ。

上も、限りなき御思ひどちにて、《帝》「な疎《うと》み給ひそ。あやしくよそへ聞こえつべき心地なむする。なめしとおぼさで、らうたくし給へ。つらつき、まみなどは⑦いとよう似たりしゆゑ、通《かよ》ひて見え給ふも似げなからずなむ。」など聞こえつけ給へれば、幼心地《をさなごこち》にも、はかなき花・紅葉《もみぢ》につけても心ざしを見え奉る。こよなう心寄せ聞こえ給へれば、⑧弘徽殿女御《こきでんのにょうご》、また、この宮とも御仲《なか》そばそばしきゆゑ、うち添へて、もとよりの憎さも立ち出でて、ものしとおぼしたり。⑨世にたぐひなしと見奉り給ひ、名高うおはする宮の御かたちにも、なほにほはしさは例《たと》へむ方なくうつくしげなるを、世の人、光る君と聞こゆ。藤壺、並び給ひて、御おぼえもとりどりなれば、かかやく日の宮と聞こゆ。

【現代語訳】

（入内した姫宮は）藤壺と申し上げる。本当に、（藤壺の）お顔立ちやお姿は、不思議なほど（亡き桐壺更衣に）似ていらっしゃる。こちら（＝藤壺の宮）は、そのご身分も抜きん出ていて、そう思うせいか素晴らしく、人々も見下し申し上げなさることはできないので、気兼ねすることもなく何の不満もない。あちら（＝桐壺更衣）は、人々がお許し申し上げなかったのに、（帝の）ご寵愛があいにくと深かったのであるよ。（桐壺帝の、亡き更衣への思いが）お紛れになるというわけではないが、自然と（藤壺に）お気持ちが移って、この上なくお心が慰められなさるというのも、しみじみと思われることであった。

源氏の君は、（父桐壺帝の）おそばをお離れにならないので、（帝がたまにお通いになる方はもちろん、）ましてや（帝が）頻繁にお通いになる方（＝藤壺）は、（光源氏に対して）恥ずかしがってばかりいらっしゃれない。（帝のお妃方は）どのお方も、自分が人に劣るだろうと思っていらっしゃる方がいようか、それぞれに非常に素晴らしいが、少し年配でいらっしゃるところに、（藤壺は）とても若くかわいらしくて、懸命にお隠れなさるけれど、（光源氏は）自然と（そのお顔を）お見かけ申し上げる。（光源氏は）母である御息所（＝桐壺更衣）のことも、面影さえも覚えていらっしゃらないのだが、「（桐壺更衣と藤壺の宮は）まことによく似ていらっしゃいます。」と典侍が申し上げたので、幼心にも（藤壺のことを）とても慕わしくお思い申し上げなさって、いつも（おそばに）参上したく、親しくお近づきになってお姿を拝見していたいと思われなさる。

帝としても、（このお二人は）この上なく大切にお思いの方同士なので、（帝）「（光源氏に対して）よそよそしくなさいますな。不思議なほど（あなたを光源氏の母親に）なぞらえ申してもよいような気がします。無礼なとお思いにならず、かわいがってやってください。頬の様子や目もとなどは、（光源氏と亡き更衣は）とてもよく似ていたので、（あなたが光源氏の母親に）通じるように見えなさるのも、不似合いなことではないと。」などと（藤壺に）お頼み申し上げなさるので、（光源氏は）幼心にも、ちょっとした花や紅葉につけても（藤壺に）好意をお見せ申し上げる。（光源氏が藤壺に）格別に心寄せ申し上げなさるので、弘徽殿女御は、また、この宮（＝藤壺）ともお仲が円満でないため、これに加えて、（光源氏方への）前からの憎しみもよみがえり、不愉快だとお思いになる。（桐壺帝が）世にまたとない方だと拝見なさり、評判が高くいらっしゃる藤壺の宮のお顔立ちに比べても、やはり（光源氏の）お美しさは例えようがなく、いかにも愛らしいので、世間の人は、光る君と申し上げる。藤壺は、（光源氏と）肩をお並べになって、（帝からの）ご寵愛もそれぞれに厚いので、輝く日の宮と申し上げる。

【語注】

①藤壺…後宮《こうきゅう》の殿舎《でんしゃ》の一つ「飛香舎《ひぎょうしゃ》」の別名（庭に藤が植えられていたことに拠る名）。先帝の姫宮は、入内（第十章**語注④**）後この飛香舎に住むことになったので、以後、その居所にちなんで「藤壺」と称される（**コラム**「宮中ってどんなところ？」）。

内裏図

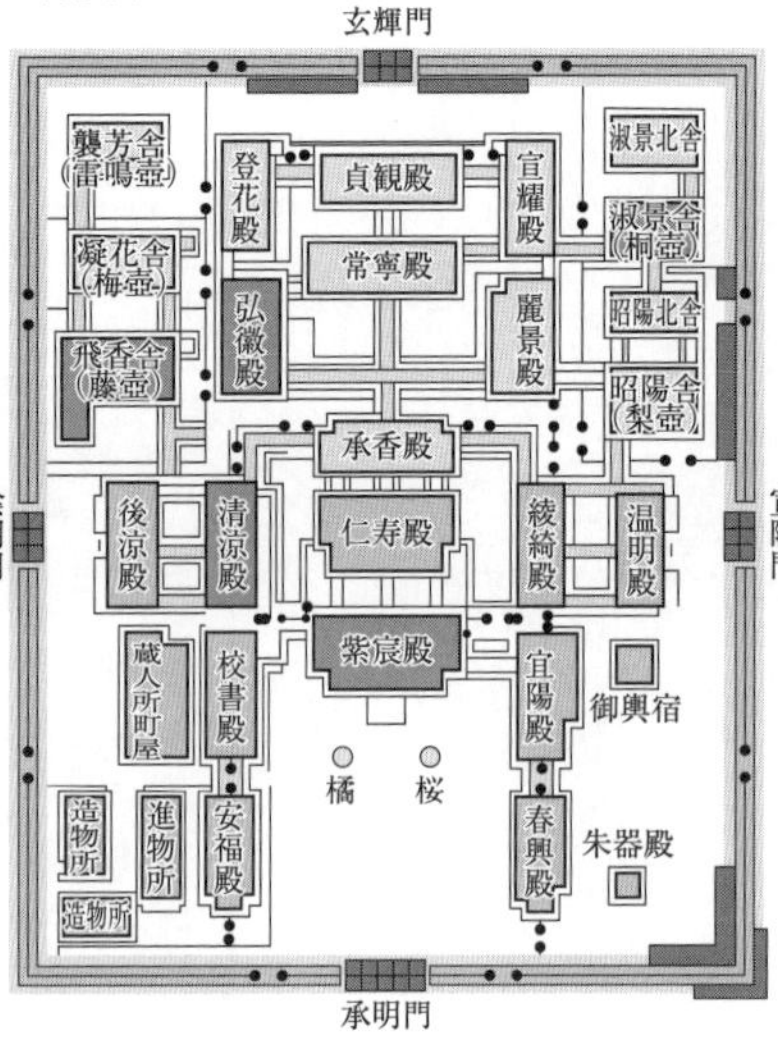

②源氏の君…桐壺帝は、光源氏を東宮とすることを望んでいたものの、後見《うしろみ》のなさや世間の反対を思い断念していた。さらに、高麗《こまの》相人《そうにん》の予言（第十章**資料C**）などを考慮した末、皇位継承権を持つ皇族から臣下に下し（これを「臣籍降下《しんせきこうか》」という）、「源《みなもと》」の姓を与えた。以後、「源氏《げんじ》」の物語が本格的に開始する。

③御あたり去り給はぬ…以前から帝は、キサキたちのもとを訪問するお供に幼い光源氏を連れ歩いていた。これは破格の待遇であり、帝の光源氏への寵愛のほどが窺えるところである。

④うち大人び給へるに、いと若ううつくしげにて…桐壺巻冒頭部分（第一章）から約十年の時が経《た》っており、キサキたちもそろそろ中年といわれる年齢にさしかかっている。一方、藤壺の年齢は光源氏の五歳年上であることが後の記述から分かる。

⑤母御息所…光源氏の母である桐壺更衣のこと。「御息所」とは、広く天皇妃を指す呼称であったが、特に更衣に対して「下位のキサキ」というマイナス評価を伴わずに称する際に用いられた。また、東宮妃・上皇妃を指すこともある。

⑥典侍…宮中の内侍司《ないしのつかさ》という役所の次官である女官。これまで三代の帝に仕えた経験を持ち、藤壺が桐壺更衣によく似ているという情報を桐壺帝にもたらした人物。

⑦いとよう似たりしゆゑ…亡き桐壺更衣と光源氏が似ていたことをいう。「似たりし」と過去の助動詞「き」を用いていることから、故人である桐壺更衣に言及していることが分かる。「桐壺更衣が藤壺に似ていた」との解釈もあるが、その場合、藤壺に対する敬語がないことが難点ともされる。いずれにせよ、藤壺と光源氏が母子のように見えるということを意味する。

⑧弘徽殿女御…帝寵厚い桐壺更衣に対し、その生前、とりわけ敵愾《てきがい》心を抱いていた人物。息子である第一皇子が東宮となったことで一時は落ち着いていたが、ここで光源氏方への憎しみを再燃させる。

⑨世にたぐひなしと見奉り給ひ、名高うおはする宮…帝が藤壺の宮を「たぐひなし」と見ているということ。ただしここは、弘徽殿女御が東宮である息子（第一皇子）を「たぐひなし」と見ている、との解釈も可能である（『新編日本古典文学全集』など）。

◆◇鑑賞のヒント◇◆

❶藤壺の後宮での身分は、どのようなものだったのか。

❷「あはれなるわざなりけり。」には、誰のどのような思いが込められているのか。

❸光源氏は、なぜ藤壺に心惹《ひ》かれていったのか。

❹桐壺帝が藤壺に、光源氏と仲良くするよう頼んだのはなぜか。

❺桐壺帝や光源氏に対する藤壺の思いが語られないことには、どのような意味があるのか。

❻「光る君」「かかやく日の宮」という呼称から、どのような印象を受けるか。

◆◇鑑賞◇◆

藤壺の宮との出会いが、光源氏が何歳の時だったのか、物語には明記されない。この場面が光源氏七歳と十二歳の記事の間に位置するので、その間のいずれかの時点としか分からないのである。ここでは仮に光源氏十歳のことと想定しておくと、桐壺更衣の逝去から七年が経過していることになるのだが、帝は更衣を喪《うしな》った悲しみを、今なお癒やすことができていないのであった。このような帝の亡き更衣に対する深い思慕の念が、更衣に瓜《うり》二つという藤壺の登場を導き出すのである。

藤壺の容姿は、なぜか不思議なほど桐壺更衣に似ているというのだが、ただ一つ、その身分だけは大きな隔たりがあった。桐壺更衣は、後見《うしろみ》たるべき父や兄弟を持たない心細い境遇で、キサキとしての地位も女御の下位の更衣に過ぎなかった。それゆえ、帝の厚い寵愛はその身の程に不相応なものとして、誰もがこれを認めなかったのであった（第一章）。翻って、この藤壺は先帝の姫宮――つまり、帝の内親王（皇女）という尊貴さである。これまで第一のキサキとして君臨してきた弘徽殿女御は右大臣の娘であるので、藤壺の宮はこの弘徽殿をも凌《しの》ぐ身分ということになる。それゆえ、その上位に立って彼女を貶《おとし》めることができる人などおらず、藤壺は何の気兼ねもなく振る舞えたのである❶。

帝も、それほど高貴な藤壺に対しては、誰はばかることなく厚遇することができた。その結果、「おのづから御心移ろひて」と、帝の気持ちは自然と藤壺に移っていく。「おぼし紛るとはなけれど」と、弁明めいた語句が差し挟まれてはいるものの、それが人の心の常というものであろう。更衣喪失の傷心が藤壺によって慰められ、藤壺の存在が大きくなるにつれて更衣への哀惜の情が薄れていく……、そんな帝の心の移り変わりに、語り手は「あはれなるわざなりけり。」との嘆声を洩《も》らす。亡き人の存在が遠くなることに一抹の寂しさを覚えながら、こうして人の心は移り変わり、いつしか悲しみも癒やされていくからこそ、また前を向いて歩き出せるのかもしれない。そのような、語り手のしみじみとした感慨が込められているのが「あはれ」という語なのである❷。

この場面ではもう一例、重要な箇所に「あはれ」の語が用いられている。それは、藤壺に対する光源氏の「いとあはれ」との心情が示された箇所である。以下、光源氏が藤壺に惹かれていく過程をたどってみよう。

まず第一に、光源氏が藤壺の顔を「おのづから漏り見奉る。」との一文に注目したい。古文単語の「見る」という語には「結婚する」という意味もあるように、平安時代において男性が女性の顔を「見る」ということは非常に重い意味を持っていたのである。そもそも当時の姫君は、父親や夫以外の男性に直接顔を見せることはなかった。姫君たちは日頃、邸《やしき》の奥深くでかしずかれてめったに外出などせず、来客との面会の際には御簾《みす》や几帳《きちょう》という隔てを置き、顔を見せることはおろか、直接声を聞かせることもまれであった。しかしそれは成人した大人の男性が相手の場合であり、ここで、光源氏と藤壺との出会いが彼の少年時代の出来事であったという点がポイントとなってくる。すなわち、元服《げんぷく》（男子の成人式）前の子供である光源氏は、まだ一人前の男性ではないからとのことで、帝は愛する光源氏をキサキたちの部屋にまで連れ歩いていたのである。肉親以外の女性たちを直接目にするという体験は、光源氏にとって大きなインパクトを与えたであろう。しかも、かつて「我はと思ひあがり」（第一章）、帝寵を競っていたキサキたちは、美しいとはいえ十歳ほどの光源氏にとってはみな母親と同世代のオバサンとなっていた中で、藤壺だけが十五歳ほどの若さでとてもかわいらしかったという。光源氏の心に、彼女の姿が深く刻み込まれたことは想像に難くない（❸）。

第二に、「母御息所も、影だにおぼえ給はぬを」と、光源氏が母の顔を覚えていないことが明言されていることに留意しておきたい。母との死別は、数え三歳の時のことであった。光源氏の藤壺に対する思いについては、しばしば「マザコン」の語で括《くく》られることがあるのだが、その把握が不十分であることはこの一節からも理解できるだろう（「継母《ままはは》への恋」については第九章**鑑賞**も参照）。とはいえ、藤壺と桐壺更衣の類似が光源氏にとってさして重要ではなかったわけではなく、むしろ非常に大きな意味を持つ。「この素敵な人が亡き母に似る」ということを知らされた光源氏は、藤壺に対して運命的な宿縁を感じたに違いない❸。この光源氏の心の震えが「いとあはれ」の一語に集約されているのである。

光源氏の藤壺への思慕を後押ししたのは、他でもない桐壺帝であった。桐壺帝は、この上なく愛しく思う二人が互いに親しみ合うことを願い、光源氏を藤壺の部屋へ伴うだけではなく、わざわざ藤壺に光源氏と仲良くするよう頼み込む。つまり、考えようによっては、二人の仲が深まるきっかけを作ったのは桐壺帝ともいえるだろう。年齢も近く、血の繋がらない男女を必要以上に接近させたこの行為が、結果的には後の二人の密通事件（第四章）にも通じていくのであるが、もちろんそれは帝の意図したことではない。桐壺帝は、最愛のキサキ桐壺更衣を亡くした悲しみを癒やすことなく、この七年ほどを過ごしてきたのだが、ここで亡き更衣に瓜二つの藤壺を得て、ようやく気持ちが慰められたという。それゆえ帝は、桐壺更衣の代わりとなる藤壺と、更衣の忘れ形見の光源氏とが睦《むつ》ぶことで、断ち切られた親子三人の時間を呼び戻したいと願ったのではないだろうか❹。帝が藤壺に、「あなたと光源氏が母子のように見える」と饒舌《じょうぜつ》に語るのも、そのような帝の浮き立つ思いが込められているのだろう。なおこの帝の言葉を受けて、光源氏もさらなる好意を藤壺に寄せていく。「花・紅葉につけても」との語からは、春には花を、秋には紅葉をと、ささやかな口実を見つけては始終藤壺のもとを訪れて懐《なつ》くその姿が想像できるところであろう（なお、それを面白く思わないのが弘徽殿女御である。彼女が光源氏方への憎しみを再燃させたことで、もう一波乱起こることが予想されるだろう。第七章参照）。

このように、光源氏や桐壺帝の思いは丁寧に描き出されるものの、肝心の藤壺自身がどう思っていたのかは、物語に一切語られていない。――十五歳ほどという若さで年齢差のある帝のキサキとなった藤壺は、周囲を圧倒する高貴さとはいえ、古株の「女御・更衣あまた侍《さぶら》」う（第一章）という環境に置かれて心細さを抱かなかっただろうか。帝が自分を亡き更衣によそえ、「光源氏と母子のように見える」と言ったとき、藤壺はどのような思いを抱いたのであろうか。幼い光源氏が四季折々の草花を持参してはせっせと自分に会いに来てくれたのに対して、どのような対応をしたのだろうか。真っすぐに自分を慕ってくれるこの少年の存在は、藤壺の宮廷生活の慰めになったのではないか。――様々に気になるところではあるが、物語は以上のような藤壺の思いや反応を一切語らない。このように藤壺の内面が明かされないことで、主人公光源氏にとって高嶺《たかね》の花である藤壺が、我々読者にとっても至高の存在としてイメージされ続けることになるのだ❺。

さて、世間の人々はその藤壺にもまして美しい光源氏を「光る君」と称したという。『竹取《たけとり》物語』のかぐや姫や『うつほ物語』の仲忠と同様、「光り輝く」との形容は、超越的な美質を持つ主人公にうってつけのものである（**資料A・B**）。ただしここでは、藤壺の宮がその「光る君」と並び立ち、あたかもその好一対であるかのように「かかやく日の宮（輝く日の宮）」と賞讃されていることにも注目しておきたい。まるでヒーローと、そのパートナーであるヒロインかのような紹介の仕方である❻。けれども、この一対の理想的な男女は、帝の最愛のキサキと最愛の息子という、最初から結ばれてはならない関係性なのであった。

◆◇探究のために◇◆

▼「先帝」とは誰か　藤壺の父親である「先帝」とは、桐壺帝とどのような関係にある人物なのだろうか。同じ皇族ということで、当然両者には何らかの血縁関係があるのだろうが、その系譜は物語内で明かされない。そのため古くから、先帝を桐壺帝の祖父や叔父とする説、別皇統の出身とする説などをはじめとして、様々な解釈が提出、検討されてきた。加えて、先帝をよく知る人物として、これまで三代の帝に仕えてきたという典侍が登場しているのだが（語注⑥）、先帝が桐壺帝の前代の帝なのか、それとも二代前の帝なのかも不明であり、同じく様々に議論されてきたところであった。

結局、物語に描かれていない以上、これ以上の追究は不可能という他ない。とはいえ、物語開始以前の「語られざる前史」について様々な推測が成り立つということは、この物語がそれほど奥行きのある世界を生み出している証ともいえるだろう。

▼藤壺の宮は「女御」なのか　この藤壺は後に中宮となるのだが、それ以前のキサキとしての身分はどのようなものだったのか。当然女御だと思うかもしれないが、実は彼女は物語中ではもっぱら「藤壺」「宮」などと称され、一度も「女御」とは呼ばれないのである。

これに関して、藤壺への「かかやく日の宮」の呼称には「妃の宮」の意が掛けられており、藤壺が「女御」ではなく「妃《ひ》」という身分であったことを意味しているとの説が提出されている（小松登美・今西祐一郎）。「妃《ひ》」とは律令《りつりょう》（当時の基本的な法典）に規定されたキサキの身分の一つで、内親王から選ばれるのを原則とし、皇后に次ぐ位であった（それゆえ、本来は女御の上位に位置づけられる）。けれども、このような律令に規定された地位は、平安時代初期から姿を現した女御・更衣（律令の規定外のキサキ）に徐々に取って代わられ、醍醐天皇の「妃《ひ》」であった為子内親王（？～八九九）を最後に姿を消している。

物語の藤壺を「妃《ひ》」とする説には様々に批判も加えられており、その断定には慎重になるべきだろうが、いずれにせよこの藤壺は、内親王（しかも母は皇后）という高貴さゆえ、物語内においてもその他の女御とは一線を画した特異な存在とされていることは押さえておきたい。

【資料】

A　『竹取物語』（主人公かぐや姫の描写）

この児《ちご》のかたちの顕証《けんそう》なること世になく、屋《や》の内は暗き所なく光満ちたり。

（現代語訳：この子（＝かぐや姫）の容貌の際だって美しい様は世に類いがなく、家の中は暗いところなどなく光が満ちている。）

B　『うつほ物語』俊蔭《としかげ》巻（後半の主人公仲忠《なかただ》の描写）

玉光り輝く男を生みつ。（中略）この子、養ひもてゆくままに、玉光り輝きて見ゆれば、

（現代語訳：（俊蔭女《としかげのむすめ》は、）玉のように光り輝く男児（仲忠）を生んだ。……この子は、成長するにつれて、玉のように光り輝いて見えるので、）

宮中ってどんなところ？

『源氏物語』は宮中（内裏《だいり》）を舞台として開幕する。南北百丈《じょう》（約三〇三メートル）、東西七十三丈（約二二〇メートル）の規模を誇る内裏には、様々な建物が建ち並ぶが、その正殿が紫宸殿《ししんでん》であり、ここで公的な儀式などが行われた。なお、その前庭には桜と橘《たちばな》（いわゆる「左《さ》近《こん》の桜・右近《うこん》の橘」）が植えられていた。

紫宸殿の北西にあったのが、平安中期以降、天皇の日常の居所となった清涼殿《せいりょうでん》である。清涼殿には、天皇の寝室（夜《よる》の御殿《おとど》）やキサキの控え所などの私的空間と、天皇の日中の御座所（昼《ひ》の御座《おまし》）や臣下が詰める殿上《てんじょう》の間《ま》などの公的空間が存在した。殿上の間に昇ること（昇《しょう》殿《でん》）を許された人が殿上人であり、殿上人たちはこの殿上の間に日常伺候していた。

清涼殿の北部が後宮《こうきゅう》と呼ばれるゾーンである。後宮には七殿五舎《しちでんごしゃ》があり、主にキサキの居所となっていたが、その他、皇太后・東宮・東宮妃・皇子女なども居住していた。江戸時代の大奥とは違って男性の出入りも自由であり、キサキらに仕える女房を中心に、華やかな文化サロンが形成された。

後宮の十二の殿舎《でんしゃ》のうち、『源氏物語』内で有力なキサキの居所とされているのが、弘徽殿《こきでん》と飛香舎《ひぎょうしゃ》（藤壺《ふじつぼ》）である。いずれも天皇が住む清涼殿に近いが、弘徽殿が早くから中宮や一の女御の居所となり重要視されていたのに対して、飛香舎は元来、弘徽殿・承香殿《しょうきょうでん》・麗景殿《れいけいでん》などよりも下位の建物であった。そもそも後宮の外縁部にある「舎」は、中心部の「殿」よりも格が低く（「寝殿」「雑舎」などの語を想起しよう）、面積も「殿」より一回り小さかった。ただし平安中期に天皇が清涼殿に住む慣習が成立したことで、そのすぐ近くの飛香舎の格も高くなっていったらしい。なお、作者紫式部が仕えた彰子（一条天皇中宮）もここを居所とし、「かがやく藤壺」と称されるほどの威勢を誇った（『栄花物語』）。

『源氏物語』においては、後宮殿舎の世襲化が見られ、そこに住むキサキに特定のイメージを与えている。例えば弘徽殿は、桐壺朝に第一皇子（後の朱雀帝）の母として重きをなした弘徽殿女御から、朱雀朝ではその妹の朧月夜《おぼろづきよ》へ、さらに冷泉朝ではその姪《めい》の弘徽殿女御（頭《とうの》中将《ちゅうじょう》の娘）へと、光源氏のライバル（藤原氏）方に受け継がれる。一方の飛香舎は、光源氏が恋慕した桐壺帝の藤壺の宮が最も有名だが、朱雀帝の御代にはその異母妹の藤壺女御が住んだ。この藤壺女御が、後に光源氏に降嫁《こうか》する女三の宮の母である。

また、光源氏の母親の居所であった淑景舎《しげいしゃ》（桐壺《きりつぼ》）の存在も重要である。淑景舎は清涼殿から最も遠く離れており、歴史的には、天皇のキサキの居所には用いられなかった。物語ではここに桐壺更衣を住まわせることで、淑景舎～清涼殿の往来の際に多くの殿舎の前を通らなくてはならない状況を作り出した。そのため他のキサキたちは、昼は桐壺更衣のもとを訪れる帝に素通り（「前渡《まえわた》り」）され、夜は帝のもとへ参上する更衣に住まいの前を横切られるという屈辱を受けることになり、それが彼女へのいじめに繋がっていく。なおこの淑景舎は、桐壺更衣の死後、息子の光源氏が使用し、さらに孫の明石姫君が東宮妃として入内した際の居所となった（ちなみに東宮の居所は梨壺《なしつぼ》だった）。

ただし、実は紫式部は、以上のような内裏での生活を経験していない。内裏は、九六〇年に初めて焼亡して以来、頻繁に火災にあっていた（一条天皇の時代だけでも四回も焼けている）。内裏が焼けると、再建までの間、有力貴族の私邸を仮の御所とした。これを里内裏《さとだいり》と呼ぶが、紫式部が彰子に仕えたのはこの里内裏の時代なのであった。『源氏物語』の世界では内裏は焼けず、七殿五舎の後宮にあまたのキサキたちがひしめいているが、これは物語に描き出された一つの理想の姿だったのかもしれない。

（※30頁**内裏図**参照）

第三章　山奥で見つけた運命の美少女

十二歳で元服した光源氏は、左大臣の娘葵《あおい》の上《うえ》と結婚したが、藤壺を思う気持ちは次第に強くなっていった。十八歳の晩春、病気治療のために北山《きたやま》を訪問した光源氏は、祈禱《きとう》の合間に周囲を散策し、小柴垣《こしばがき》をめぐらせたとある建物に目を留《と》めた。

5　若紫《わかむらさき》巻・小柴垣のもと

光源氏十八歳

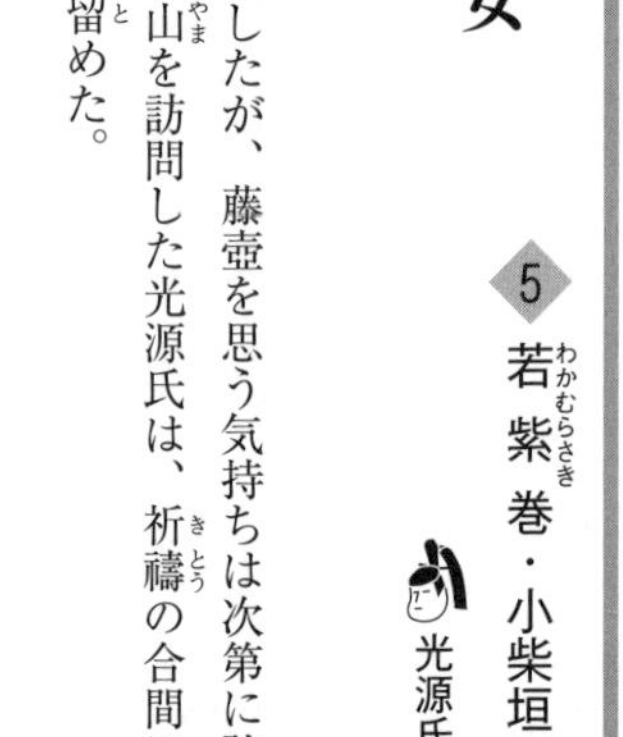

①日もいと長きに、つれづれなれば、夕暮れのいたう霞《かす》みたるに紛れて、②かの小柴垣《こしばがき》のもとに立ち出《い》で給《たま》ふ。人々は帰し給ひて、③惟光朝臣《これみつのあそん》とのぞき給へば、ただこの西面《にしおもて》にしも、④持仏《ぢぶつ》据《す》ゑ奉りて行ふ尼《あま》なりけり。簾《すだれ》少し上げて、花奉るめり。中の柱に寄りゐて、⑤脇息《けふそく》の上に経を置きて、いとなやましげに読みゐたる尼君、ただ人と見えず。⑥四十余《よ》ばかりにて、いと白うあてに痩《や》せたれど、つらつきふくらかに、まみのほど、⑦髪のうつくしげにそがれたる末《すゑ》も、なかなか長きよりもこよなう今めかしきものかなと、あはれに見給ふ。

清《きよ》げなる大人《おとな》二人ばかり、さては童《わらは》べぞ、出で入り遊ぶ。中に、十《とを》ばかりにやあらむと見えて、白き衣《きぬ》、⑧山吹《やまぶき》などの萎《な》えたる着て、走り来たる女子《をむなご》、あまた見えつる子どもに似るべうもあらず、いみじく生《お》ひ先見えて、うつくしげなるかたちなり。髪は扇《あふぎ》を広げたるやうにゆらゆらとして、顔はいと赤くすりなして立てり。

尼君「何事ぞや。童べと腹立ち給へるか。」とて、尼君の見上げたるに、少しおぼえたるところあれば、子なんめりと見給ふ。女子「雀《すずめ》の子を⑨犬君《いぬき》が逃がしつる。伏籠《ふせご》のうちに籠《こ》めたりつるものを。」とて、いと口《くち》惜《を》しと思へり。このゐたる大人、「例の、心なしの、かかるわざをしてさいなまるるこそ、いと心づきなけれ。いづ方《かた》へかまかりぬる。いとをかしう、やうやうなりつるものを。烏《からす》などもこそ見つくれ。」とて、立ちて行く。髪ゆるるかに、いと長く、めやすき人なんめり。少納言の乳母《めのと》とぞ人言ふめるは、この子の後見《うしろみ》なるべし。

尼君、「いで、あな幼《をさな》や。言ふかひなうものし給ふかな。おのが、かく今日明日《けふあす》におぼゆる命をば、何ともおぼしたらで、雀慕《した》ひ給ふほどよ。⑩罪得《つみう》ることぞと、常に聞こゆるを、心憂《こころう》く。」とて、尼君「こちや。」と言へば、ついゐたり。

つらつきいとらうたげにて、⑪眉《まゆ》のわたりうちけぶり、いはけなくかいやりたる額《ひたひ》つき、髪《かん》ざし、いみじううつくし。ねびゆかむさまゆかしき人かなと、目とまり給ふ。さるは、限りなう心を尽くし聞こゆる人に、いとよう似奉れるが、まもらるるなりけりと思ふにも、涙ぞ落つる。

尼君、髪をかきなでつつ、尼君「けづることをうるさがり給へど、をかしの御髪《みぐし》や。いとはかなうものし給ふこそ、あはれにうしろめたけれ。かばかりになれば、いとかからぬ人もあるものを。故姫君は、十ばかりにて殿⑫におくれ給ひしほど、いみじうものは思ひ知り給へりしぞかし。ただ今、おのれ見捨て奉らば、いかで世におはせむとすらむ。」とて、いみじく泣くを見給ふも、すずろに悲し。幼心地《をさなごこち》にも、さすがにうちまもりて、伏し目になりてうつぶしたるに、こぼれかかりたる髪、つやつやとめでたう見ゆ。

尼君 ⑬生ひ立たむありかも知らぬ若草をおくらす露ぞ消えむそらなき

またゐたる大人、「げに。」とうち泣きて、

大人 ⑭初草の生ひゆく末《すゑ》も知らぬ間にいかでか露の消えむとすらむ

【現代語訳】

（春であるから）日も実に長い上に、なすべきこともなく手持ち無沙汰なので、（光源氏は）夕暮れ時のひどく霞《かすみ》がかかっているのに身を隠して、あの小柴垣のそばへお出ましになる。人々（＝他の供人たち）はお帰しになって、（光源氏が）惟光朝臣と（二人で）覗《のぞ》いて御覧になると、（見えたのは）ちょうどすぐ目の前の西向きの部屋で、持仏を安置し申し上げて勤行《ごんぎょう》している尼なのであった。簾《すだれ》を少し上げて、（仏に）花をお供えしているようだ。中の柱に寄りかかって座り、脇息の上に経典を置いて、とても気分が悪く苦しそうに読経している尼君は、並大抵の人とは見えない。四十歳過ぎぐらいで、実に色白で気品があって痩せているけれども、頬のあたりはふっくらとして、目もとのあたり（が感じよく）、かわいらしい感じに切りそろえられている毛先も、かえって長いのよりもこの上なく新鮮なものだな、と（光源氏は）感慨深く御覧になる。

すっきりと美しい感じの大人の女房が二人ほど（いて）、それからまた童女たちが、（庭先に）出たり（建物内に）入ったりして遊んでいる。その中に、十歳くらいであろうかと見えて、白い衣の上に、山吹襲《やまぶきがさね》か何かの着慣らした表着《うわぎ》を着て、走って来た女の子は、大勢（姿が）見えていた（他の）子供たちとは比べようもないくらいに、将来とても美しくなることが思われて、いかにもかわいらしい様子の顔立ちである。（女の子の）髪は扇を広げたような形でたっぷりと豊かで、顔は（手で）こすってひどく赤くして立っている。

（尼君）「どうしたのですか。子供たちとけんかをなさったのですか。」と言って、尼君が見上げている顔に、少し似ているところがあるので、（この女の子は、尼君の）子であるようだと（光源氏は）御覧になる。（女子）「雀《すずめ》の子を犬君が逃がしてしまったの。伏籠の中にちゃんと入れておいたのに。」と言って、実に残念だと

思っている。そこに座っている女房が、「いつものように、うっかり者（の犬君）が、こんなことをして叱られるなんて、実にいけません。（雀は）どちらへ行ってしまったのでしょうか。本当にかわいらしく、だんだんとなっていたのに。烏《からす》などが見つけると大変です。」と言って、立ち上がって行く。髪がたっぷりとして、本当に長く、見苦しくない人のようである。少納言の乳母と（周囲の）人が言っているらしいその人は、この子の世話役なのだろう。

尼君が、「まあ、なんと子供っぽいこと。どうしようもなくていらっしゃいますね。私の、このように今日までか明日までかとも思われる命のことを、何とも考えていらっしゃらずに、雀を追い求めなさるほどとは。罰当たりなことだと、いつも申し上げているのに、情けないことに。」と言って、（尼君）「こちらへ。」と言うと（女の子は）膝をついて座った。

頰のあたりが実に可憐《かれん》な様子で、眉のあたりがほんのりぼうっとして、あどけない感じに（髪を）かき上げている額の様子、髪の生え具合が、とてもかわいらしい。成長してゆく様子が見たい人だな、と（光源氏は）目をおとめになる。そうであるのは、この上もなく心を尽くしてお慕い申し上げている方に、実によく似ているので、自然と見つめてしまうのだ、と思うにつけても、涙がこぼれる。

尼君は、（女の子の）髪をかき撫《な》でながら、（尼君）「梳《と》かすことを面倒に思っておいでだけれども、きれいな髪でいらっしゃいますね。本当に幼稚でいらっしゃるのが、かわいそうで心配です。このくらい（の歳）になると、まったくこんなふうではない人もいるのに。（あなたの母君である）亡くなった姫君は、十歳くらいで父殿に先立たれなさったときには、とてもよく物事をわきまえておいででしたよ。もし今まさに私が（あなたを）お見捨て申し上げたら、どうやって生きていかれようとするのでしょうか。」と言って、ひどく泣くのを御覧になっても、（光源氏は）無性に悲しい。（女の子は）子供心にも、そうはいってもやはり（感じ入って尼君を）じっと見つめて、目を伏せてうつむいたので、こぼれかかった髪は、光沢があって美しく見える。

（尼君）これからどこで成長してゆくのかも分からない若草（これからどうなってゆくのかも分からない幼子）を、残してゆく露（私）には、消えようにも消えてゆく空がありません（死ぬにも死にきれないのです）。

（と詠むと）もう一人座っている女房が、「本当にそうですね。」と涙ぐんで、

（大人）初々しい若草（幼い姫君）が生長（成長）してゆく将来のことも分からないうちに、いったいどうして露（あなた様）が消えようとするのでしょうか（生き続けていただかなければなりません）。

【語注】

①日もいと長きに、つれづれなれば…光源氏は、病気治療のために北山を訪問していたが、再び加持祈禱《かじきとう》（僧侶による祈りの儀。当時の身体的不調はもののけが原因ともされていたので、加持祈禱による治療が盛んに試みられた）を受ける予定の明け方まで時間を持て余していた。現在、三月末の晩春でだいぶ日の入りも遅く

なっている（ただしここは、「人なくて、つれづれなれば」という本文もある）。

②かの小柴垣…「小柴垣」とは、雑木の枝で編まれた垣根のこと。光源氏はこの場面の少し前に、この小柴垣をめぐらせた風情ある建物を見いだして関心を寄せていたため、「かの」という。

③惟光朝臣…光源氏の腹心の従者。光源氏の乳母《めのと》の息子（乳母子《めのとご》）という親しさから、その忍び歩きにも追従し、恋の秘め事の手助けをすることが多い。「朝臣」とは、五位以上の貴族につける敬称。

④持仏…本尊として身近に安置する仏像のこと。極楽浄土が西方かなたにあるとされていたため、西向きの部屋にこの持仏を据えて勤行をしている。

⑤脇息…座ったときに肘《ひじ》を乗せ、身体をもたれかけるための道具。細長い板の両端に脚が付いている。

⑥四十余ばかり…平安時代では四十歳からが初老。算賀《さんが》と呼ばれる長寿の祝いも四十歳以降、十年ごとに行われた（**コラム**「平安貴族のライフサイクル」）。

⑦髪のうつくしげにそがれたる末…当時の出家女性の多くは、髪の毛を肩や背中のあたりで切りそろえる「尼削《あまそ》ぎ」という髪型をしていた。なおこの尼削ぎは、尼だけでなく少女の髪型としても用いられていた。

⑧山吹…山吹襲《やまぶきかさね》という、表が薄朽葉《うすくちば》色（朽葉色は赤みがかった黄色）、裏が黄色の衣服。このような衣服の表地と裏地の配色のことを襲《かさね》の色目《いろめ》といい、季節や場面に応じた決まりがあったが、山吹襲は現在の季節である春に適したもの。

⑨犬君…召使いの童女の名前。『源氏物語』内には、「あてき」「こもき」など「〜き」という名を持つ童女が他にも登場する。

⑩罪得ること…生き物を捕らえることを罪とする仏教的な考え方。

⑪眉のわたりうちけぶり…「うちけぶる」とは、生えたままの自然の眉の状態の表現とされている。当時の成人女性は、自眉を抜き、眉墨で眉を描いていた（引眉《ひきまゆ》という）のだが、ここではまだその化粧を施していないということ。後の記述によると、紫の上は歯黒《はぐろめ》（いわゆるお歯黒《はぐろ》。同じく成人女性の化粧で、歯を黒く染める）もまだしていなかったらしい（末摘花《すえつむはな》巻）。

⑫殿におくれ給ひし…「おくる」はここでは「先立たれる、死別する」の意。「殿」は、故姫君の父親で、尼君の夫。

⑬「生ひ立たむ」歌…これから育っていく「女子《をむなご》」（紫の上）を「若草」に、老い先短い尼君自身をはかなく消える「露」に例え、幼い孫娘を一人残して死ぬことへの不安を述べる。「草」「露」「消え」は縁語（⑭歌も同様）であり、こうして密接に関連する複数の言葉を一首の中に入れ込むことで、和歌に統一感を持たせている。なお、この⑬⑭の和歌は、『伊勢物語』四十九段を踏まえている（**探究のために**）。

⑭「初草の」歌…尼君の和歌を受け、「女子」の比喩であった「若草」を「初草（春の初めに萌え出る草）」に、「生ひ立たむありか」を「生ひゆく末」に言い換えた。また、「露」「消え」は尼君の言葉をそのまま用いて、「露が消えることなどあってよいものか」＝長生きしてほしい、と述べたもの。

◆◇**鑑賞のヒント**◇◆

❶『伊勢物語』初段とこの垣間見場面の相違点はどこにあるのか。

❷「尼なりけり」「奉るめり」の助動詞「けり」「めり」には、それぞれどのような意味が込められているのか。

❸光源氏の動作を表した一文「まもらるるなりけりと思ふにも、涙ぞ落つる。」に、敬語がついていないのはなぜか。

❹光源氏がこの「女子《をむなご》」（紫の上）から目が離せず、最終的には涙まで落としたのはなぜか。

❺泣きべそをかきつつ走って来るという紫の上の登場の仕方は、どのような印象を与えるか。

❻紫の上の境遇について、この場面からどのような情報が得られるか。

◆◇**鑑賞**◇◆

光源氏十八歳、生涯の伴侶となる紫《むらさき》の上《うえ》との出会いは、晩春の山奥であった。病気治療のために北山の地（218頁**平安京付近図**参照）をお忍びで訪問した光源氏は、その珍しい風景に目を奪われる。高貴な身分ゆえ、日頃気ままな出歩きもできない彼は、加持祈禱《かじきとう》の合間を見て散策を楽しみ、興味をひかれた建物を覗き見したところ、幼い紫の上を見いだしたのであった。――現代で「覗き見」というと犯罪のにおいを感じてしまいそうだが、女性がめったに室外に出ない平安時代においては、覗き見は「垣間見《かいまみ》」と称される、堂々たる男女の出会いの一形態となっていた。とりわけ当時の文学作品では、垣間見から開始されるストーリーは恋物語の王道でもあった。

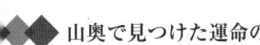

例えば『伊勢物語』の最初の章段は、元服直後の「男」が、奈良の春日《かすが》に狩りに出かけた際に美しい姉妹を垣間見するという物語であった（**資料Ａ**）。その際に「男」が詠んだ和歌「春日野の若紫の摺衣《すりごろも》…」の「若紫」の語が、当該巻の巻名であることにも示唆されるように、この垣間見場面では、『伊勢物語』初段が意識されている。いずれも、若い貴公子が人少なな郊外の地で思いがけない出会いを遂げるというストーリーであったが、『源氏物語』では、敢《あ》えて『伊勢物語』初段とはずらした展開となっている。京から南方にある奈良の春日に出かけた「男」に対して、光源氏は京から北方の北山に出かけているし、狩りという健康的なスポーツを目的として出かけた「男」に対して、光源氏は病気を患いその治療に赴いたのであった。そして何より、美しい姉妹を垣間見した「男」に対して、光源氏が見いだしたのは、同じ二人の女性とはいえ、初老の尼と幼い少女という、恋物語の相手としてはおよそ似つかわしくない二人であった点が最大の違いであろう❶。

さて光源氏は、夕暮れ時に立ちこめる霞に紛れて、小柴垣のもとで垣間見をした。すると、その視界に真っ先に入ってきたのはなんと尼であった。「尼なりけり。」というときの、助動詞「けり」に注目したい。「けり」には、今まで気づかなかった事実に今はっと気づいたことを示す用法がある。つまりここは「なんとここにいたのは尼だったのか」という光源氏の驚きが直接示された表現なのである。その尼は、どうやら仏様に花をお供えしているらしい。「花奉るめり。」の助動詞「めり」は、「～のように見える」という視覚による推量を表すもので、光源氏の視線に添って尼の様子が描写されていることを示している❷。

このように当場面は、垣間見る光源氏の目線で語られている（全てを知っている立場の語り手だったら、尼君が仏に花をお供えしていることなど承知しているため、右記のような言い方はしないはずである）。そもそも『源氏物語』の語り手は、その立ち位置を自在に変化させるという特徴を持っている。ナレーターのごとく、物語の外側に立って出来事を語ることもあれば、物語の内側に入り込み、登場人物の視点と一体化することもある。この文章では「惟光朝臣とのぞき給へば（源氏の君が惟光朝臣とお覗きになると……）」までは純粋な地の文——すなわち、語り手によるナレーション部分といえるのだが、以降の部分では語り手は光源氏と融合し、光源氏の視線が捉えたものと、それを見た彼のなまの感情を語るのである。「ただこの西面にしも」という語（「しも」は強意の助詞）にも、「自分が覗いているすぐそこの」という思いが込められており、「尼」というむき出しの呼称にも、光源氏のとっさの把握が写し取られている。これによって読者も、「恋物語のセオリーからいえば、ここで美女が登場するはずなのに、なんと尼だったのか」と、この思いがけない展開を光源氏とともに驚くことになるのである。

光源氏はなおもその尼の様子を眺め続け、「ただ人」とは見えないその尼を「尼君」と呼び直す。四十歳余りで、色白で上品で痩せている、という全体の雰囲気をまず見て取り、その後、頬・目もと・髪の毛と、その視線は細部に移動していく。続いて「あはれに見給ふ。」と光源氏に敬語が用いられ、語り手と光源氏が一旦分離したことが示される（❸）のだが、それも一瞬のことで、再び語り手の目は光源氏の目と融合する。彼の視点はより広がり、あたりにいるこざっぱりとした女房たち二人と、パタパタと出入りしつつ遊ぶ子供たちの存在を見いだす。そこに飛びこんで来たのが、他の子供たちとは比較にならないほどかわいらしい少女——後の紫の上なのであった。

尼君とこの紫の上の容貌が似ていることから、光源氏は二人を親子なのだろうと見て取った。後の会話から、実際は親子ではなく祖母と孫であることが判明するのだが、光源氏と同じだけの情報しか与えられていない読者も、まずはその推測に従い、両者を親子と捉えて読み進めることになる。これと同様に、例えば「四十余ばかりにて」「十ばかりにやあらむ」と記される尼君や紫の上の年齢も、あくまで光源氏の主観による情報に過ぎず、実際に彼女たちの年齢がいくつかということは明らかにされていない。垣間見場面が光源氏目線で語られることによって、神のごとき全知視点を持った語り手から確固たる情報を与えられるのではなく、読者も光源氏と同じ視点に立って（言い換えれば、光源氏の目と心と同化して）、臨場感をもって物語世界に入り込むことができるのである。

このあどけない紫の上に釘付けになった光源氏は、尼君の傍らにちょこんと座った彼女の愛らしさ、頬・眉・額・髪の毛の様子などをつぶさに眺め入る。ここまで光源氏は、なぜ自分がこの少女から目が離せないのか理解していなかったのだが、「さるは、～まもらるるなりけり」の文章においてその理由に気づき、激しい衝撃を受ける。また語り手も、「目とまり給ふ。」で一旦光源氏から離れたものの、「さるは」以下で再び光源氏と融合する❸。そして客観的に光源氏の心内を紹介するのではなく、光源氏の心と一体化して語ることにより、彼の衝撃を読者にも共有させるのである。

光源氏が「限りなう心を尽くし聞こゆる人」とは、父のキサキ・藤壺の宮のことである（第二章）。この少女が藤壺に似ているのだということに気づくと同時に、我知らず涙がこぼれた。なお、彼女が藤壺の姪《めい》であることはこの直後の場面で明かされるのだが、ここではまだ光源氏も読者もそのことを知らず、なおかつ光源氏は、最初から藤壺との類似を意識していたわけでもなかった。先にも述べたように、彼は当初、理由も分からずひたすら紫の上に引き寄せられていたのである。「まもらるるなりけり」と、自発の助動詞「る」が用いられていることで、これまでの「まもる（じっと見つめる）」という動作が、意識せずに行ってしまっていたものであることが表されている。それが、ふと「藤壺に酷似するからなのだ」と、その理由に思い当たる。「まもらるるなりけり」の、今まさにその事実に気づいて驚嘆するというニュアンスも押さえておきたい。結ばれるはずもない藤壺への思いの深さ――それまで意識していなかった自らの心の底を改めて察知すると同時に、その身が震え、自然と涙が落ちるという、微妙な心の動きが記された一文であった❹。光源氏の藤壺への思慕は、これ以前の巻でも点描されてはいたのだが、これほどまでに胸にせまる思いとなっていたことを、ここで初めて読者も驚きをもって知るのである。

ところで、藤壺とよく似たこの美少女紫の上だが、実はヒロインにあるまじき「泣きべそをかきつつ走って来る」という登場の仕方をしていることには注意しておきたい。平安貴族にとって「走る」とは日常から逸脱する行為だったのだが、とりわけ当時の高貴な姫君にとっては、たとえ幼い子供であっても「走る」という行為は慎みのないものとされていた。『源氏物語』において実際に走るシーンが描かれるのは、従者や女童《めのわらわ》といった使用人階級の他は、ごく幼い男児のみ（須磨《すま》巻の夕霧《ゆうぎり》五歳、横笛《よこぶえ》巻の匂宮《におうのみや》三歳・薫《かおる》二歳、幻《まぼろし》巻の匂宮六歳・薫五歳）である。従って、泣きじゃくってこすり赤くなった顔で駆け込んでくるという、姫君らしからぬその登場の仕方は、大変衝撃的なものなのであった❺。

走って部屋に飛び込んできて、雀の子を逃がされたと必死で訴え泣きじゃくる姿に、尼君は「あな幼や。」と嘆く。その幼さは、「扇を広げたるやうに」「つやつやとめでたう」と、その豊かさ見事さが指摘されている美しい黒髪も「けづることをうるさが」るほどだという。光源氏の見立てによると現在十歳ほどという年齢であるが、例えば、光源氏の娘で後に紫の上の養女となる明石姫君《あかしのひめぎみ》は、十一歳で東宮妃となり（第十章）翌年懐妊していることに鑑みても、紫の上は年齢よりも幼い人物として造型されているようである。「かばかりになれば、いとかからぬ人もあるものを。」という尼君の言葉も、とりわけ稚拙な紫の上の行く末を案じたものであった。つまり、その鮮烈な登場の仕方を含めて、ここではことさらに紫の上の幼さが描き出されているのである。

しかし、その紫の上の幼さは、「ねびゆかむさまゆかしき人かな（成長してゆく様子が見たい人だな）」との光源氏の感慨を導き出す。既に登場直後に「いみじく生ひ先見えて」と、成長後の美貌が予感されると記されてはいたものの、成長後に再会したいというのではなく、成長していくその過程こそを見届けたい人だというのである。この後、光源氏はその望み通り紫の上を引き取り、愛情込めて養育することになる。そして紫の上も、光源氏との関わりを通じてゆるやかに成長していく。やがて、梳《と》かすことを嫌がっていたその髪を光源氏に委ね、あれほど夢中であった人形遊びもいつしかしなくなり、和歌を詠み琴を弾き、十四歳にて光源氏に突然「女」とされた衝撃も徐々に乗り越え、その妻となったのであった。例えば、十二歳で「ものの心もおぼし知」るとされた『うつほ物語』のあて宮《みや》（**資料B**）や、同じく十二歳で「いささかいはけたるところなく」と語られる『栄花物語』の藤原彰子（**資料C**）などのように、年齢以上に成熟した一人前の姫君として登場してくるのではなく、紫の上は敢《あ》えて未成熟な少女として姿を現すことで、その成長過程が丁寧にたどられる。そしてそれにより、父娘であり夫婦であるという光源氏との稀有《けう》な関係性が築かれるのであった（第十章**探究のために**）。

さて、「故姫君は、……」以下の尼君の言葉によって、紫の上の母親（故姫君）並びにその父親である「殿」（紫の上にとっては祖父）は既に故人であることが知られる。そして、母に代わって紫の上を養育してきた祖母尼君も、どうやら読経するにも「いとなやましげ」という状態であり、「おのが、かく今日明日におぼゆる命」「若草をおくらす露」とのその言葉通り、残された時間がどれほどかおぼつかない。では、本文で言及されない父親はどのような人かとの疑問も浮かぶものの、尼君と女房の和歌で「生ひ立たむありかも知らぬ」「生ひゆく末も知らぬ」と、もっぱら紫の上の将来への不安が詠み込まれているところを見ると、紫の上の保護者として頼りにできるわけではないらしいことが察せられる（**探究のために**）。日常的な世話役という意味での「後見」としては少納言の乳母という人物がいるにしても（「乳母」については第八章**語注**③）、社会的・経済的な意味で後ろ盾となってくれる人物は、どうやらいないようである❻。それゆえ両者の和歌では、「若草」「初草」に例えられる紫の上を残して、唯一の肉親である尼君が「露」のようにはかなく消えようとすることへの不安が詠み込まれる（なお、この三十三年後、今度は自身が「四十余ばかり」となった紫の上が、死期迫る自らを「露」に例えて詠歌している。第十二章参照）。このような紫の上の心細い境遇が繰り返し語られることで、この半年後、尼君を亡くした紫の上を光源氏が引き取り、その苦境から救い出すという展開が導き出されることになるのであった。

◆◇探究のために◇◆

▼光源氏と紫の上の類似点　母を喪《うしな》い、今また母代わりとなりはぐくんでくれている祖母との別れの時も近いようだという紫の上の境遇を知った光源氏は、「すずろに悲し。」と無性に悲しい気持ちになる。本来無関係なはず（「すずろに」）の光源氏がなぜ、紫の上の境遇に心を揺さぶられるのか。それは、二人の生い立ちに多くの共通点があるからであった。

　この後の場面で、紫の上は生まれてすぐ母を亡くしたことが明かされ、この半年後に祖母も死去するのだが、光源氏自身も、三歳で母を、六歳で祖母を亡くしていたのだった。さら

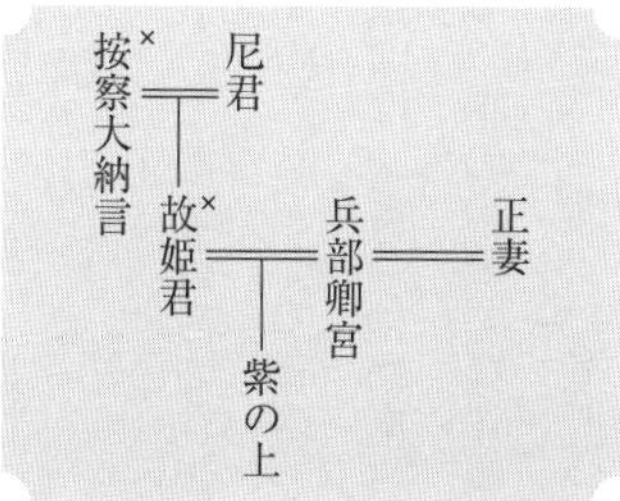

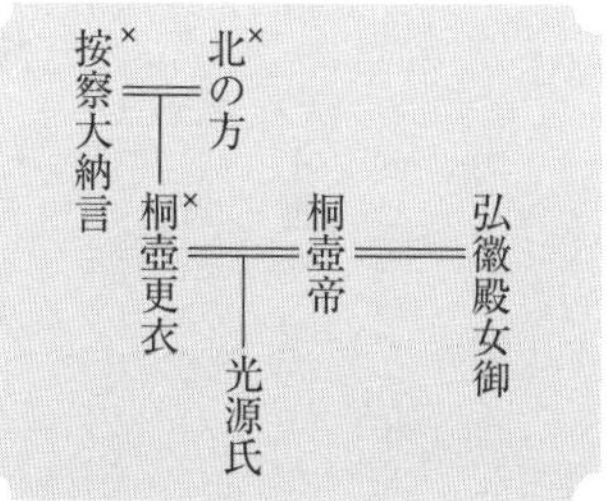

に、光源氏の祖母は按察《あぜち》大納言の未亡人であったが、紫の上の祖母の亡夫も同じく按察大納言であったことが、同様にこの後の場面で明かされる。また、娘桐壺更衣の入内を望んでいた光源氏の祖父・按察大納言と同様、紫の上の祖父の按察大納言も、娘である紫の上母の入内を願いつつもそれを果たせぬうちに死去したという。やがてその紫の上母のもとに通うようになったのが、藤壺の宮の兄である兵部《ひょうぶ》卿宮《きょうのみや》であった。けれども、兵部卿宮の正妻からの嫌がらせが度重なり、紫の上母は心労を募らせついに亡くなってしまったのだが（それゆえ尼君や乳母は、正妻と同居する兵部卿宮のもとへ紫の上が引き取られることに躊躇していた）、これも、弘徽殿女御らの迫害により死去した桐壺更衣の姿と重なるところであろう。

光源氏にとって紫の上は、思いを寄せる藤壺の姪という関係性だけでなく、その生い立ちの酷似からも、まさに「運命的な」繋がりを感じさせる存在だったのである。

▼紫のゆかり　そもそも紫の上はなぜ「紫」なのか。それは、光源氏がこの後の場面で、紫の上のことを例えて「紫の根にかよひける野辺の若草」と詠歌したことに由来する（**資料D**）。「紫」がその色から藤壺を暗示し、その藤壺と「同じ根に連なる若草」とは、紫の上が藤壺と血縁関係を有することを示したものである。ここには『古今和歌集』の「紫の一本ゆゑに……」との歌（**資料E**）が踏まえられている。これは、「自分が愛着している一本の紫草の存在ゆえに、その周辺に生えている草が全て好ましく見える」という意味の歌なのであるが、この歌以降、「紫」は愛《いと》しい人との「ゆかり」、縁故あるものを表現する言葉にもなっていた。

とりわけ『源氏物語』では、この「紫のゆかり」が、物語構造の根幹に関わるものとなっている。すなわち、桐壺更衣――藤壺の宮――紫の上の系譜である（ちなみに、桐・藤ともに紫色の花をつける）。光源氏の母桐壺更衣の死後、容貌の類似から新たに桐壺帝のキサキとなったのが藤壺であり、その藤壺の姪で光源氏の生涯の伴侶となったのが紫の上である。さらには、後年光源氏の妻となる女三《おんなさん》の宮《みや》（第十一章）も同じく藤壺の姪、「紫のゆかり」であった。

▼若紫巻と『伊勢物語』の響き合い　当垣間見場面は、先に述べたように『伊勢物語』初段にその想を得たものであったが、これ以外にも若紫巻と『伊勢物語』との関連は深い。例えば、尼君と女房が、各々紫の上を例えて「若草」「初草」と述べるその和歌は、『伊勢物語』四十九段で語られる贈答歌が念頭に置かれている（**資料F**）。この四十九段の内容は、男が、若々しい妹に異性としての魅力を覚え、一方で無邪気に兄を慕っていた妹は、兄の意外な言葉に驚くというものであった。尼君と女房の贈答歌とは無関係な内容のようにも見えるが、これは、光源氏と紫の上の今後の関係性——光源氏は引き取った紫の上を将来の妻として育てるが、純真な紫の上は光源氏を父や兄のごとく見なし懐《なつ》く——を暗示しているようでもある。

なお『伊勢物語』で語られる恋の代表といわれているのが、二条《にじょう》の后《きさき》や斎宮《さいぐう》との禁忌の恋なのだが、この連想によって、この後に展開される藤壺との密通が導き出されていく（第四章**探究のために**）。

【資料】

A『伊勢物語《いせものがたり》』初段「初冠」

昔、男、初冠《うひかうぶり》して、奈良の京春日《きやうかすが》の里に、しるよしして、狩《かり》にいにけり。その里に、いとなまめいたる女《をんな》はらから住みけり。この男かいまみてけり。思ほえず、ふる里にいとはしたなくてありければ、心地惑ひにけり。男の、着たりける狩衣《かりぎぬ》の裾《すそ》を切りて、歌を書きてやる。その男、信夫摺《しのぶずり》の狩衣をなむ着たりける。

春日野《かすがの》の若紫の摺衣《すりごろも》しのぶの乱れ限り知られず

となむおひつきて言ひやりける。ついでおもしろきことともや思ひけむ。

陸奥《みちのく》のしのぶもぢずり誰《たれ》ゆゑに乱れそめにし我ならなくに

といふ歌の心ばへなり。昔人は、かくいちはやきみやびをなむしける。

（現代語訳：昔、ある男が、元服をして、奈良の京の春日の里に、領地を持っている縁があって、狩りに出かけた。その里に、大変みずみずしく美しい姉妹が住んでいた。この男は、（その姉妹の姿を）垣間見てしまった。思いがけず、旧都にとても不似合いな様子でいたので、（男は）心が惑乱してしまった。男は、着ていた狩衣の裾を切って、（その裾に）歌を書いて贈る。その男は、信夫摺の狩衣を着ていたのであった。

春日野の若い紫草のように若々しく美しいあなた方にお会いして、私の心はこの衣の紫の信夫摺の模様のように、限りなく乱れています。

と、すぐに詠んで贈ったのだった。このような折が（こうした和歌を贈るのに）面白いと思ったのであろうか。（この歌は、）

あなた以外の誰のせいで、陸奥の信夫もじ摺模様のように、心が乱れ始めた私ではありませんのに（私が思い乱れ始めたのは、あなたゆえなのですよ）。

という歌の趣によったのである。昔の人はこんなにも熱情を込めた、風雅な振る舞いをしたのである。）

B 『うつほ物語』藤原の君巻（源《みなもとのまさより》正頼の九女あて宮の紹介）

あて宮は、御年十二と申しける如月《きさらぎ》に、御裳奉る、ほどもなく大人になり出で給ふ。あるが中にかたち清《きよ》らに、御心らうらうじく、今めきたる御心にあり、ものの心もおぼし知りたれば、

（現代語訳：あて宮は、御年十二になられた二月に、裳着をなさると、程なくすっかり大人に成長された。大勢の姉妹たちの中でも容貌が美しく、ご性格も利発で、当世風なお気立てで、物の分別もよくお分かりになっていらっしゃるので、）

C 『栄花物語』かかやく藤壺巻（裳着を済ませた彰子、一条天皇に入内する）

姫君の御ありさまさらなることなれど、御髪《みぐし》、丈《たけ》に五六寸《すん》ばかり余らせ給へり、御かたち聞こえさせむ方なくをかしげにおはします、まだいと幼かるべきほどに、いささかいはけたるところなく、言へばおろかにめでたくおはします。見奉り仕うまつる人々も、あまり若くおはしますを、いかにものの栄《は》えなくや、など思ひ聞こえさせしかど、あさましきまでおとなびさせ給へり。

（現代語訳：姫君（＝彰子）のご様子については言うまでもないことだけど、御髪は、身の丈に五、六寸ほど余っていらっしゃるし、ご容貌は申し上げようもなく美しくていらっしゃって、まだ本当に幼少というべきご年齢（十二歳）なのに、少しも幼いところはなく、言い尽くせないほど見事でいらっしゃる。お世話申し上げお仕えする人々も、（姫君が）あまりにもお年若でいらっしゃるのを、（天皇妃として入内なさっても）見栄えがしないのではないか、などとお思い申し上げていたのだが、驚くほどに大人っぽくていらっしゃる。）

D 『源氏物語』若紫巻（光源氏十八歳、紫の上の引き取りを決意する）

（光源氏）手に摘みていつしかも見む紫の根にかよひける野辺の若草

（現代語訳：我が手に摘み取って、早く見たいものよ。紫草（藤壺）の根と繋がっているあの野辺の若草（紫の上）を。）

E　『古今和歌集《こきんわかしゅう》』雑上《ぞうじょう》・八六七

紫の一本《ひともと》ゆゑに武蔵野の草はみながらあはれとぞ見る

（現代語訳：紫草の一本が生えているからこそ、武蔵野の草はみな、しみじみと心惹かれるものと見ることよ。）

F　『伊勢物語』四十九段「若草」

昔、男、妹のいとをかしげなりけるを見をりて、

うら若みねよげに見ゆる若草を人の結ばむことをしぞ思ふ

と聞こえけり。返し、

初草のなど珍しき言の葉ぞうらなくものを思ひけるかな

（現代語訳：昔、男が、妹のとても愛らしい様を見ていて、若々しいので、寝心地のよさそうなこの若草（あなた）を、他の人が枕として結ぶ（妻とする）ことを惜しく思います。と申し上げた。（妹の）返しの歌、

なんと思いもかけないお言葉ですこと。私は無心に、兄妹だからと思っていましたよ。）

第四章　一夜の過ち？　道ならぬ恋

5　若紫《わかむらさき》巻・藤壺との密通

光源氏十八歳

元服後の光源氏には藤壺の部屋への出入りは許されず、その姿を見ることはかなわなくなった。藤壺に対する慕情は次第に膨らみ、十八歳の春、北山でその姪《めい》紫の上を見いだした光源氏は、紫の上さらには藤壺への思いを抱えて帰京する。そんな折、藤壺が宮中から退出した。

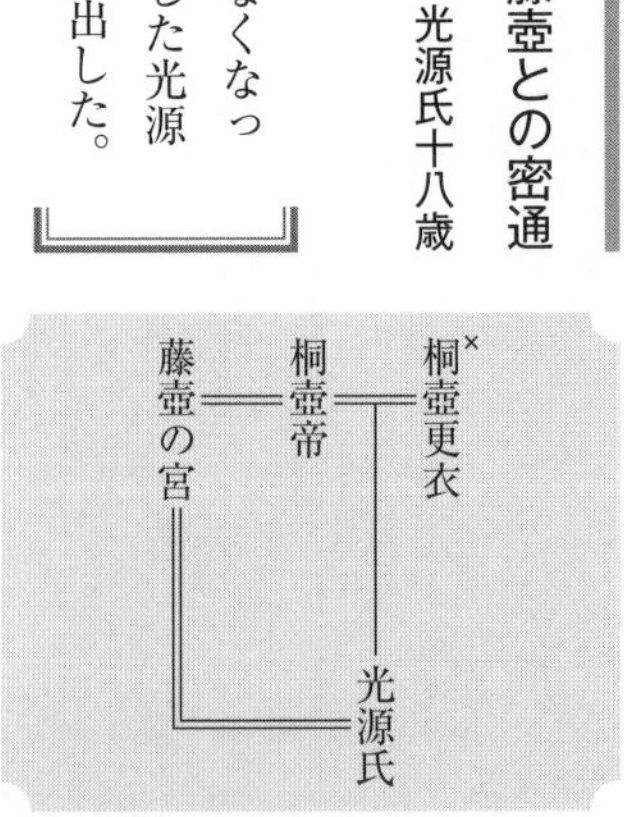

藤壺《ふぢつぼ》の宮、なやみ給《たま》ふことありて、まかで給へり。①上《うへ》の、おぼつかながり嘆き聞こえ給ふ御気色《けしき》も、いといとほしう見奉りながら、かかる折だにと、心もあくがれ惑ひて、②いづくにもいづくにもまうで給はず、内《う》裏《ち》にても里にても、昼はつれづれとながめ暮らして、暮るれば、③王命婦《わうみやうぶ》を責《せ》め歩《あり》き給ふ。

いかが謀《たばか》りけむ、いとわりなくて見奉るほどさへ、現《うつつ》とはおぼえぬぞわびしきや。宮も、あさましかりしをおぼし出づるだに、④世とともの御もの思ひなるを、さてだにやみなむと深うおぼしたるに、いと心憂くて、いみじき御気色なるものから、⑤なつかしうらうたげに、さりとてうちとけず、心深う恥づかしげなる御もてなしなどのなほ人に似させ給はぬを、などか、⑥なのめなることだにうちまじり給はざりけむと、つらうさへぞおぼさるる。

何事をかは聞こえ尽くし給はむ、⑦くらぶの山に宿《やどり》もとらまほしげなれど、あやにくなる短夜《みぢかよ》にて、あさましうなかなかなり。

光源氏　見てもまた⑧あふよまれなる夢のうちにやがてまぎるるわが身ともがな

とむせかへり給ふさまも、さすがにいみじければ、

藤壺　世語りに人や伝へむたぐひなく憂き身をさめぬ夢になしても

おぼし乱れたるさまも、いとことわりにかたじけなし。命婦《みやうぶ》の君ぞ、御⑨直衣《なほし》などはかき集めもて来たる。

【現代語訳】

藤壺の宮は、体調が優れずお苦しみになることがあって、（宮中から自邸に）ご退出された。帝が、お気をもまれお嘆き申し上げていらっしゃるご様子も、（光源氏は）まことにおいたわしく拝見しながらも、せめてこのような機会にでも（藤壺にお逢いしたい）と、心も上の空で、どこにもかしこにも一切お出かけにならず、宮中にいても自邸にいても、昼間は所在なくぼんやりと物思いに沈んでいて、日が暮れると、王命婦をあれこれと責め立てまわしていらっしゃる。

（王命婦が）どのように策をめぐらしたのであろうか、（光源氏が藤壺と）とても無理してお逢い申している間までも、まるで現実のこととは思われないのが辛いことであるよ。藤壺の宮も、意想外であったあの出来事を思い出しなさるだけでも、常につきまとうお悩みの種なので、せめてあれきりで終わりにしようと深く決心なさっていたのに、（このような逢瀬を持ったことが）実に情けなくて、ひどくつらそうなご様子ではあるものの、（それでいて）親しみ深くかわいらしくて、そうかといって気を許すわけではなく、奥ゆかしく気品のある御物腰などがやはり普通の人とは違って（格別で）いらっしゃるのを、（光源氏は）どうして（藤壺は）、凡庸な点すらも持ち合わせていらっしゃらなかったのだろうと、恨めしいとまでも思わずにはいらっしゃれない。

どのようなことを申し上げつくすことができようか、（光源氏は）夜が明けることないくらぶ山に宿をとりたい（いつまでも藤壺とともにいたい）と思うけれども、あいにくの短夜なので、嘆かわしくかえってつらい逢瀬である。

（光源氏）こうしてお逢いすることができても、再びお目にか

かれる夜はめったにない夢のような一夜だったのですから、
いっそこの夢の中にこのまま紛れ消えてしまう我が身でありたいものです。

と、涙にむせかえっていらっしゃる（光源氏の）ご様子も、（藤壺には）さすがに気の毒なので、

（藤壺）後々の世までの語り草となるのではないでしょうか。
類なく憂鬱なこの身を、覚めることのない夢の中のものとしましても。

物思いに乱れていらっしゃる（藤壺の）ご様子も、もっともで畏れ多いことである。王命婦が、（光源氏の）御直衣などをとり集めて持ってきた。

【語注】

①上…帝、ここでは桐壺帝のこと。帝は亡き桐壺更衣に瓜《うり》二つの藤壺を、その入内《じゅだい》以来とりわけ寵愛しているのだが（第二章）、かつて桐壺更衣を病で亡くした経験もあってか、今回の病悩には非常に心を痛めている。

②あくがれ…「あくがる」とは、本来の場所から離れてさまようという意味で、そこから対象に心惹《ひ》かれる意に転じて現代語の「憧れる」となった。ここでは、魂が肉体からさまよい出るような様をいい、藤壺が人目の多い宮中から自邸に退出したことで、気もそぞろな光源氏の様子を示す。

③王命婦…藤壺の側近女房の名前。本文中では「命婦の君」とも呼ばれている。「王」は彼女が王族出身であることを示しているため、先帝の内親王である藤壺と何らかの血縁関係を想定する説もある。

④世とともの…「世ととも」とは、四六時中常に、寝ても覚めてもいつも、の意。自分の人生が続く限りの苦悩、という気持ちを表す。

⑤なつかしうらうたげに…「なつかし」は、動詞「懐《なつ》く（慣れ親しむ）」が形容詞化したもので、親しみたくなるような魅力をいう語（現代語で「懐かしい」というときのような懐旧の意はこの時代にはない）。「らうたげ」は守ってあげたくなるようなかわいらしさ、いとおしさを示す語で、『源氏物語』では紫の上に対する使用例が特に多い。なお桐壺帝も、桐壺更衣の死後、彼女を「なつかしうらうたげなりし」と思い出していた（桐壺《きりつぼ》巻）。

⑥なのめなることだに…「なのめなり」とは、ありふれている、平凡であるとの意。そのありふれたところさえもない、藤壺の完全無欠な様をいう。わずかばかりの欠点でもあれば、自分の思いも多少は冷めるだろうに、との光源氏の思いが込められている。

⑦くらぶの山に宿もとらまほしげ…「くらぶの山」とは名の知れた歌枕だが、その所在は不明で、鞍馬山《くらまやま》の古称とする説や、近江《おうみ》国蔵部《くらぶ》の山のこととする説など諸説ある。鞍馬山説をとれば、紫の上を見いだした北山のモデルが鞍馬山とされていることとも関連するか。いずれにせよここでは、「暗い」という名の「くらぶの山」に籠もり、いつまでも藤壺とともにいたい、別れの時である夜明けが来なければよいのに、との心情を示している。

⑧あふよ…「逢ふ夜」「（夢が）合ふ世」の掛詞《かけことば》。「夢が合う」と

は、夢で見たことが現実になることをいい、再び私たちが「逢ふ夜」はめったになく、またそれは「合ふ世まれなる夢」、現実になることは難しい夢のようなものだという意味。

⑨直衣…当時の貴族男性の日常着。正装である束帯《そくたい》が位階に応じて色が規定されていたのとは異なり、色も文様も自由であった（ただし、平安後期にかけて次第に固定化されていった）。光源氏は、とりわけこの直衣姿が賞讃されることが多い。

◆◇鑑賞のヒント◇◆

❶密通が行われたことを直接示す表現はどれか。

❷光源氏が藤壺との逢瀬《おうせ》を遂げることになった経緯は、どのように推察されるか。

❸逢瀬の場面では、どのような描写が省略されているか。

❹「宮も、あさましかりしをおぼし出づるだに」とは、どのようなことを述べているのか。

❺この逢瀬に対する光源氏と藤壺それぞれの思いには、どのような違いがあるか。

◆◇鑑賞◇◆

『源氏物語』最大の事件の一つである光源氏と藤壺の宮の密通場面は、意外なほど簡潔な記述となっている。「いとわりなくて見奉るほどさへ」と、光源氏が藤壺を「見る」と記されているので、光源氏が藤壺のごく間近（平安時代としては、通常ではあり得ない距離）に接近していること、すなわちこれ以降が逢瀬の場面であることは理解される（「見る」については第二章**鑑賞**）❶。けれどもそこに至る経緯については、「いかが謀りけむ」の一語で済まされ、ばっさりと省筆されているのである。逢瀬前には、警固厳しい宮中からの藤壺の退出を受け、これを好機とする光源氏が、王命婦を追い回しては責め立てていたことが記され、逢瀬後には、王命婦が光源氏の脱いだ衣服をかき集めて差し出したことが記されているので、彼女の手引きによるものとは推察される❷。しかしながら、では光源氏はどのようにして王命婦を説き伏せ、帝の愛妃との仲立ちという恐ろしい行為を了承させたのかというと、それは謎のままなのである。また読者としては、藤壺のもとへと忍び込んだ光源氏が、どのようなセリフを口にして彼女をかき口説いたのかという点も気になるところだろうが、これについても同様に、物語ではまったく言及されないのである。

このように物語の記述は、二人が契りを交わすまでの経緯を省き、直ちに逢瀬そのものの場面へとなだれ込んでいる。加えて肝心の逢瀬の場面においても、「何事をかは聞こえ尽くし給はむ（どのようなことを申し上げつくすことができようか）」とその詳細は省略されてしまう。別れ際の和歌（後朝《きぬぎぬ》の歌）以外に二人のやりとりは描かれず、ただ、最後に王命婦が光源氏の服を「かき集め」て持ってきたという描写から、光源氏があたりに服を脱ぎ散らしていたこと――それほどまでに取り乱し、余裕を失っていたということが伝わるばかりである。

もしこの場面を現代風にリメイクし、ドラマ化などするとしたら、以上のような密通に至る細かいいきさつや、逢瀬のさなかの二人のセリフなどが足されるのではないだろうか❸。例えば、惑乱する光源氏が迫り、藤壺がそれを懸命に拒むという緊迫したシーンや、幼い頃からの恋慕の情を藤壺に必死で訴える光源氏の姿が取り入れられるかもしれない。二人の逢瀬を示す最初の一文、「いとわりなくて見奉るほどさへ、現とはおぼえぬぞわびしきや。」は、「現とはおぼえぬ（とても現実のこととは思われない）」という光源氏の惑乱ぶりを表現し、それは決して結ばれてはならない二人の関係性をも示すものであり、最後に「わびしきや（なんとやるせないことか）」と、光源氏の心に即した感慨で結ばれる。藤壺とようやく逢うことができた光源氏の思いの高まりが凝縮された一文なのだが、現代の目から見るとやはり物足りなく思われるのか、例えば円地文子などは、原文ではたった一行のこの箇所を、かなり膨らませて現代語訳をしている（藤井由紀子／**資料A**）。

あるいは、自然描写なども加えられるだろうか。というのもここには、恋の場面の背景に不可欠ともいえる情景描写――例えば、光源氏の千々に乱れる胸中を象徴するかのように吹きすさぶ風や、藤壺の黒髪を照らし出す月光、別れの時を告げる鳥の鳴き声やほのぼのと明るくなる空の様子など――が皆無であるからである（❸）。ただ、「あやになる短夜」とあるから季節は夏であることが了解されるのみなのだった。

このように、様々な要素が省かれた当場面であるが、ここで「あさましかりしをおぼし出づるだに」との表現に注目してみよう。「あさまし」とは、意外な展開に驚きあきれる気持ちを表す語だが、「あさましかりし」と、過去の助動詞「き」の連体形が付加されていることは非常に意味深い。つまりこれは、「あの思いもかけなかったかつての出来事を思い出しなさるだけでも」という意味になり、藤壺は、せめてその一度だけで終わらせようと思っていたのに、またこのようなことになってしまったことを嘆いているのである。ということは、なんと二人の密会は今回が初めてではないことになる❹。しかしながら、物語はその「思いもかけなかったあの出来事」について、一切記さないのである。

『源氏物語』は、なぜ二人の最初の密会場面を描かなかったのか。一度目の密会を描写した巻は散逸してしまったという説もあるのだが、そのような重要な巻のみがごっそりとなくなってしまうとは考えづらく、何よりこれ以前に密通場面が描かれていたとするのなら、この若紫巻での描写の意味が薄れてしまうようにも思われる。もっとも、以前の密会では逢瀬までには至らず、光源氏の接近はあったものの一線は越えることなく終わったとの説もある。けれども、「あさまし」「世とともの御もの思ひ（生涯続く懊悩《おうのう》）」という表現に照らし合わせると、やはり逢瀬という重い出来事があったと捉えておきたいところである。だとしたら、光源氏が北山に赴くきっかけとなった若紫巻冒頭での病悩や、今回の藤壺の体調不良とは何か関連があるのだろうか……。物語に描かれない以上、それは不明であるとしか言いようがないのだが、描かれないことによって、読者の想像は様々に膨らむ。物語の空白の時間で既に密事が行われたという事実は、光源氏と藤壺の断ちがたい結びつきを想像させ、かえって当場面に重みを加えるのだろう。

さて、藤壺については具体的な動作やセリフは記されていないのだが、優しく愛らしい様（「なつかしうらうたげ」）でありながらも、かといってすっかり心を許すわけでもなく、凜とした態度（「心深う恥づかしげなる御もてなし」）も持ち合わせているということが、光源氏の目を通して語られる。優美さと毅然さを完備したその素晴らしさに、光源氏はむしろ恨めしくさえ思うのだが、その心情が「つらうさへぞおぼさるる」と記され、一方の藤壺の思いは「いと心憂くて」と記されていることに注目してみたい。古文単語の「つらし」も「憂し」も、いずれも「つらい、苦しい」というニュアンスなのだが、その原因をどこに求めるかという点において大きな差異がある。すなわち、「つらし」の語は、自分がつらく思っている原因を相手の仕打ちに求めるのだが、「憂し」の語は、その原因を自分自身や自らの運命に求めるのである。つまり、光源氏は「つらし」と完全無欠な藤壺に恨みを向けるのに対して、藤壺は「憂し」とひたすら自分の運命を嘆いていることになる❺。涙にむせかえり、「再びの逢瀬もおぼつかないのなら、いっそこの夢の中に紛れて消えてしまいたい。」と訴える光源氏は、自分を惑乱させる藤壺を恨めしく思い、その惑乱する心をひたすら藤壺にぶつける。一方の藤壺は、涙を見せることもなく、「この憂き身を夢の中のものとしたとしても、私たちの関係は世間の語り草になるのではないか。」と、光源氏とは逆に、決して「夢」で終わらせることのできないこの現実を見据え、自らの運命に憂悶《ゆうもん》しているのである。両者の和歌では、同じ「世」の語が用いられていても、光源氏は藤壺と再び「あふよ（逢ふ世）」に言及する一方で、藤壺は「世語り」への憂慮を述べているという点も対照的であろう（❺）。

光源氏と藤壺の密通場面では、多くを削《そ》ぎ落としているからこそ、逆に語り出された部分の重要度が増している。それにより、両者の対照的な心内が重く浮かび上がるのである。

◆◇探究のために◇◆

▼「夢」のような密通と『伊勢物語』斎宮《さいぐう》との恋　若紫巻と『伊勢物語』の深い関係については先に述べたが（第三章**探究のために**）、この藤壺との密通場面においても同じく『伊勢物語』が踏まえられている。帝のキサキとの許されない恋という点では、『伊勢物語』三〜六・六十五段などに語られる二条《にじょう》の后《きさき》（清和《せいわ》天皇の女御となった藤原高子）の面影も想起されるが、この逢瀬の場面では、六十九段における男と伊勢斎宮（伊勢神宮に仕える皇族の女性で、未婚が条件）との密通の話（**資料B**）が下敷きとなっている。斎宮と男の密通も、「まだ何事も語らはぬ」うちにはかなく終わった、まるで現実のこととは思われない一夜として語られており、「夢」「現」の語が二人の贈答歌のキーワードとなっていた。当場面の、逢瀬に対する「現とはおぼえぬ」「何事をかは聞こえ尽くし給はむ」という表現や、「夢」の語を共有する光源氏と藤壺の和歌は、いずれもこの『伊勢物語』六十九段に拠っているのだろう。なお後の場面において、他ならぬ藤壺が『伊勢物語』を積極的に評価していること（**資料C**）にも注目される。

短編である『伊勢物語』では、その後の両者の葛藤や社会的影響などは脇に置き、あくまで禁忌の逢瀬のみを描き出した。一方で長編物語たる『源氏物語』では、この後、不義の子冷泉帝《れいぜいてい》の誕生という展開が繰り広げられていくのであった。

▼**『源氏物語』の構造と藤壺**　『源氏物語』に語られる光源氏の女性遍歴は、藤壺へのかなわぬ思いに端を発している。また、生涯の伴侶となる紫の上も、後年光源氏と結婚する女三の宮も、その藤壺の姪という「紫のゆかり」として物語に登場した（第三章**探究のために**）。さらに、光源氏と藤壺との密通によって後の冷泉帝が誕生するのだが、この冷泉帝の存在ゆえに、光源氏の須磨退去が導き出され（第七章）、また准太上天皇《じゅんだいじょうてんのう》という栄華が達成されることにもなるのであった（第十章）。加えて、柏木《かしわぎ》と女三の宮との密通事件（若菜下巻《わかなのげ》）も、この藤壺との密通を問い直す意味を持つものである（**コラム**「繰り返される密通」）。

このように、藤壺を起点として『源氏物語』正編の主要な出来事が結びつけられていると言っても過言ではない。彼女はその内面描写の乏しさに反して、物語内における存在感は非常に大きなものであったのだ。

【資料】

A　円地文子訳『源氏物語』

命婦は、どんなふうにして、多くのかしずきの眼を掠《かす》めたばかって、宮のおわします御帳台《みちょうだい》の内まで君をお手引き申上げたものか。常日頃耐えに耐え、忍びに忍びつづけてきた恋しさ慕わしさが一ときに雪崩《なだ》れ落ちて、現《うつ》し身《み》も泡沫《うたかた》のようなはかなさに消え失せるかと思えば、また、翼をひらいて上もなく空に舞いのぼるような喜びに、わが身がわが身とさえ思われず、月日を隔てて近くに眺める宮の御顔、手にふれる御肌えさえ現《うつつ》のものとも思えぬやるせなさに、源氏の君の心はあやしく昏《く》れ惑うのであった。

B　『伊勢《いせ》物語』六十九段「狩の使」

女、人をしづめて、子一《ねひと》つばかりに、男のもとに来たりけり。男はた、寝られざりければ、外《と》の方《かた》を見いだしてふせるに、月のおぼろなるに、小さき童《わらは》をさきに立てて人立てり。男、いとうれしくて、我が寝る所に率《ゐ》て入りて、子一つより丑三《うしみ》つまであるに、まだ何事も語らはぬにかへりにけり。男、いと悲しくて、寝ずなりにけり。つとめて、いぶかしけれど、我が人をやるべきにしあらねば、いと心もとなくて待ちをれば、明けはなれてしばしあるに、女のもとより、詞《ことば》はなくて、

君や来《こ》し我やゆきけむおもほえず夢か現《うつつ》か寝てかさめてか

男、いといたう泣きてよめる、

かきくらす心のやみにまどひにき夢現《うつつ》とは今宵定めよ

（現代語訳：女（＝斎宮）は、人を寝静まらせてから、子《ね》の一刻頃（午後十一時頃）に、男のところにやってきた。男もまた、眠ることができなかったので、外の方を見ながら横になっていたところ、月の光がおぼろげな中、小さな童を先に立てて、人が立っている。男はとても嬉しくて、自分の寝所に（女を）連れて入り、子の一刻から丑《うし》の三刻（午前二時頃）まで一緒にいたのだが、まだ何事も（じっくりと）語らわないうちに（女は）帰ってしまった。男は大変悲しく思い、そのまま眠らずにいたのだった。その翌朝、（男は）気がかりであったが、自分から使いをやれるものではないので、たいそうじれったく待っていたところ、夜がすっかり明けてしばらくしたときに、女のもとから（手紙が届いたが、その手紙には）、言葉はなくて、（歌のみだった）

あなたが来たのでしょうか、私が行ったのでしょうか、はっきりいたしません。夢だったのでしょうか、現実だったのでしょうか。寝ていたのでしょうか、目が覚めていたのでしょうか。

（これを読んだ）男は、たいそう激しく泣いて詠んだ（歌）、

悲しみにくれる心の闇の中で（私も）途方にくれてしまいました。夢か現実なのかは今宵（私の部屋に来て）決めてください。）

C『源氏物語』絵合《えあわせ》巻（光源氏三十一歳、藤壺の御前で行われた物語絵合）

次に、伊勢物語に正三位《じやうさむゐ》を合はせて、また定めやらず。（中略）「兵衛《ひやうゑ》の大君の心高さはげに棄《す》てがたけれど、在五《ざいご》中将の名をば朽《くた》さじ。」とのたまはせて、宮、

見るめこそうらふりぬらめ年へにし伊勢をの海人《あま》の名をや沈めむ

（現代語訳：次に、『伊勢物語』（の絵）に『正三位』（の絵）を合わせて、今度もまた勝負がつきがたい。…「（『正三位』の物語に登場する）兵衛の大君の志の高さはなるほど捨てがたいけれども、在五中将（＝在原業平）の名は、貶めることはできますまい。」と仰せになって、藤壺の宮（が詠んだ和歌は）、

見た目には、うらぶれて古びてしまっておりましょうが、年月を経て名高い伊勢の海人（『伊勢物語』）の名声を沈めてもよいものでしょうか。）

平安貴族のヒエラルキー

平安貴族たちは、位階《いかい》という位《くらい》によって序列化されていた。位階は一位から初位《そい》（九位）まで、さらにそれが正《しょう》・従《じゅ》、上《じょう》・下《げ》などと細かく分かれ、全三十階級であった。その位階に対応する官職《かんしょく》（具体的な役職、ポスト）に任じられるのが原則であったが（官位相当制《かんいそうとうせい》）、ポストには限りがあるため、位階に対して官職の格が低い者や、位階はあっても官職がない者もいた。

このうち、一～三位を「貴《き》」、四・五位を「通貴《つうき》（貴に通ず）」と称したが、これに従えば六位以下は厳密には「貴族」の名に値しないことになる。〈一～三位〉〈四・五位〉〈六位以下〉というグレードは、給与・税制・刑罰・子孫の出世など様々な優遇措置の厚さに比例し、服装などによっても一目瞭然であった。例えば、束《そく》帯《たい》の袍《ほう》（参内時に着用する正装の表着）の色は、一～三位が紫（上位ほど深い色。以下も同様）、四・五位が緋《あけ》、六・七位が緑……と決まっていた（ただし、徐々に全体的に色が濃くなっていき、後には一～四位が黒、五位が緋、六位が緑となった）。また、与えられる住宅地の広さについても、一～三位は一町《いっちょう》（約四千三百五十六坪）、四・五位はその半分、六位以下はさらにその半分と定められていたし、使用できる牛車の種類も規制されていた。

さて、位階では三位《さんみ》以上、官職では参議《さんぎ》（宰相《さいしょう》）以上（具体的には、摂関・大臣・大中納言・参議。大将《だいしょう》を兼任していることも多い）の者を「公卿《くぎょう》（上達部《かんだちめ》）」と呼ぶ。定員は十六名だが、実際には揺れがあった。彼らは国家の中枢機関である太政官《だじょうかん》の上層部で、国政審議に携わる。なお、この太政官の下に八つの省《しょう》（中務省《なかつかさしょう》・式部《しきぶ》省《しょう》・大蔵省《おおくらしょう》など）をはじめとするあらゆる官庁が置かれていた。

四・五位のうち昇殿《しょうでん》を許された者を殿上人《てんじょうびと》と呼ぶ。定員は平安中期に三十人と定められたが、時代が下るにつれて増加していった。昇殿とは清涼殿《せいりょうでん》の殿上《てんじょう》の間《ま》に昇ることであるが（公卿も昇殿を許されていた）、天皇との私的関係によって許可されるため、代替わりごとに選び直された。天皇に近侍し、身辺の世話をつとめるのが主な職務である。これとは別に彼らは様々な官職（例えば、弁《べん》・中少将・兵衛佐《ひょうえのすけ》・侍従《じじゅう》など）に任じられてもいたが、殿上人の地位には公卿予備軍としての名誉があった。

一方、公卿・殿上人ではない中下級貴族の多くは、受領《ずりょう》になることを望んでいた。受領とは、国司《こくし》（中央から派遣され、各国の政務を掌る地方官）のうち実際に現地に赴任する最高責任者（通常は長官である守《かみ》だが、守が赴任しない場合は次官の介《すけ》）を指す。徴収した税物を中央に納入する役目を負うが、一定額を納めれば残りを私財として蓄えることができたため、任官希望者は多かった。それゆえ彼らは、受領の人事権を握る摂関・公卿に私的に仕えたり、その財力を生かして様々な物を献上したりもした。

なお、中下級貴族を中心に女性も職に就いた。宮中の女官となると、男性と同じく位階を与えられる。中でも重視されたのが、天皇への取り次ぎを掌る内侍司《ないしのつかさ》という後宮の役所で、その長官が尚侍《ないしのかみ》（ただし平安中期にはキサキ化した）、次官が典侍《ないしのすけ》、三等官が掌侍《ないしのじょう》（内侍《ないし》）である。また、上流貴族に仕える女房《にょうぼう》（部屋を与えられて住み込みで働く侍女）として働く道もあった。

最後に、皇族である親王・内親王については、臣下とは別に一品《いっぽん》～四品《しほん》の位が授けられた。親王の官職としては、式部卿《しきぶきょう》・兵部卿《ひょうぶきょう》などといった省の長官や、大宰府《だざいふ》（九州を統括し、外交や国防にあたる地方官）の長官である帥《そち》、常陸《ひたち》や上総《かずさ》国の守などがあったが、いずれも名誉職であり、政務には携わらなかった。

以上のようなヒエラルキーに組み込まれ、狭い世界で暮らしていた平安貴族たち。だからこそ彼らは、現代の我々以上に世間から笑いものにされたり非難されたりすることを恐れていたのである。

第五章 正妻VS愛人 女同士のバトル勃発?

9 葵《あおい》巻・車争ひ

光源氏二十二歳

桐壺帝が譲位《じょうい》し、朱雀帝の御代となった。また賀茂《かも》の斎院《さいいん》も交代し、新斎院の禊《みそぎ》の儀式（御禊《ごけい》）には、右大将《うだいしょう》である光源氏も供奉《ぐぶ》することとなった。そんな中、正妻葵の上は待望の懐妊をし、恋人の六条御息所《ろくじょうのみやすどころ》は光源氏の冷淡さに悩んでいた。

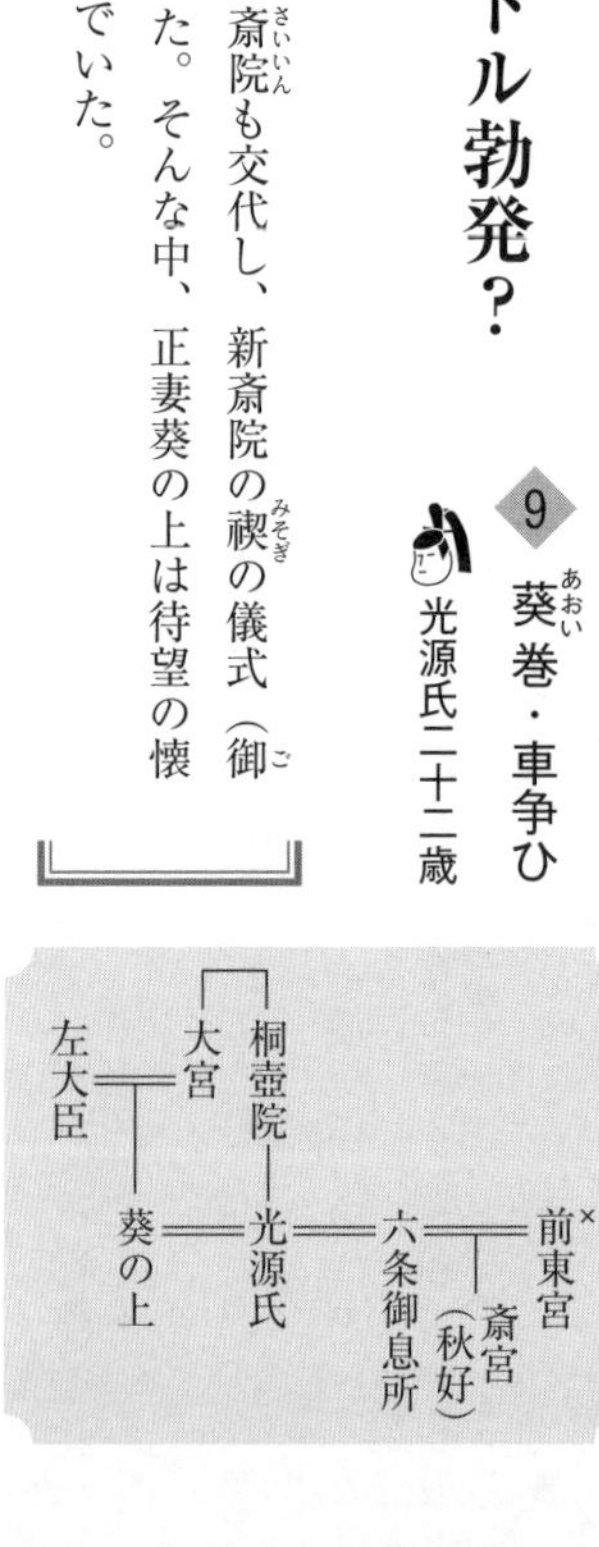

①大殿《おほとの》には、かやうの御歩《あり》きもをさをさし給《たま》はぬに、御心地《おほんここち》さへなやましければおぼしかけざりけるを、若き人々、「いでや、おのがどちひき忍びて見侍《はべ》らむこそ、映《は》えなかるべけれ。おほよそ人《びと》だに、②今日《けふ》の物見には、③大将殿《だいしやうどの》をこそは、あやしき山④がつさへ見奉らむとすなれ。遠き国々より、妻子《めこ》を引き具しつつもまうで来《く》なるを、御覧ぜぬは、いとあまりも侍るかな。」と言ふを、⑤大宮きこしめして、「御心地もよろしき隙《ひま》なり。候《さぶら》ふ人々もさうざうしげなんめり。」とて、にはかにめぐらし仰せ給ひて見給ふ。

日たけゆきて、儀式もわざとならぬさまにて出で給へり。⑥隙《ひま》もなう立ちわたりたるに、よそほしう引きつづきて立ちわづらふ。⑦よき女房車《にようばうぐるま》多くて、雑々《ざふざふ》の人なき隙を思ひ定めて、みなさし退《の》けさする中に、⑧網代《あむじろ》の少しなれたるが、下簾《したすだれ》のさまなどよしばめるに、いたう引き入りて、ほのかなる袖口、⑨裳《も》の裾《すそ》、汗衫《かざみ》など、物の色いと清《きよ》らにて、ことさらにやつれたるけはひしるく見ゆる車⑩二つあり。《供人》「これは、さらにさやうにさし退《の》けなどすべき御車にもあらず。」と口強《くちごは》くて、手触れさせず。いづ方《かた》にも、若き者ども酔《ゑ》ひすぎたち騒ぎたるほどのことは、えしたためあへず。おとなおとなしき御前《ごぜん》の人々は、「かくな。」など言へど、えとどめあへず。

⑪斎宮《さいぐう》の御母《おほんはは》御息所《みやすどころ》、ものおぼし乱るる慰めにもやと、忍びて出で給へるなりけり。つれなしづくれど、おのづから見知りぬ。《葵の上方》「さばかりにては、さな言はせそ。大将殿をぞ豪家《がうけ》には思ひ聞こゆらむ。」など言ふを、その御方の人もまじれれば、いとほしと見ながら、用意せむもわづらはしければ、知らず顔をつくる。つひに御車ども立てつづけつれば、⑫副車《ひとだまひ》の奥に押しやられてものも見えず。心やましきをばさるものにて、かかるやつれをそれと知られぬるが、いみじうねたきこと限りなし。⑬榻《しぢ》などもみな押し折られて、すずろなる車の筒《どう》にうちかけたれば、またなう人わろく、悔《くや》しう、何《なに》に来つらむと思ふにかひなし。

ものも見で帰らむとし給へど、通り出でむ隙《ひま》もなきに、「事なりぬ。」と言へば、さすがにつらき人の御前《まへ》渡《わた》りの待たるるも、心弱しや。⑭笹《ささ》の隈《くま》にだにあらねばにや、つれなく過ぎ給ふにつけても、なかなか御心づくしなり。げに、常よりも好みととのへたる車どもの、我も我もと乗りこぼれたる⑮下簾《したすだれ》の隙間《すきま》どもも、さらぬ顔なれど、ほほ笑みつつ後目《しりめ》にとどめ給ふもあり。大殿《おほとの》のはしるければ、まめだちて渡り給ふ。御供《とも》の人々うちかしこまり、心ばへありつつ渡るを、おし消《け》たれたるありさま、こよなうおぼさる。

《御息所》⑯影をのみみたらし川のつれなきに身のうきほどぞいとど知らるる

と涙のこぼるるを、人の見るもはしたなけれど、目もあやなる御さま、かたちのいとどしう出でばえを、見ざらましかばとおぼさる。

【現代語訳】

　左大臣家の姫君（＝葵の上）におかれては、このようなお出かけもほとんどなさらない上に、ご気分までも悪いので（行列見物など）お考えに入れもしなかったのに、若い女房たちが、「いやもう、私たち同士でことさらひっそりと見物しましたら、張り合いがないでしょう。直接関係のない人でさえ、今日の（行列）見物に際しては、大将殿（＝光源氏）をこそ、身分の低い木こりなどまでも拝見しようとしているそうです。遠くの各地方から、妻子を引き連れては（続々と）上京してくるというのに、御覧にならないのは、本当にあんまりでございますよ。」と言うのを、大宮（＝葵の上の母）がお聞きになって、「ご気分も悪くはない折です。お仕えしている女房たちも物足りない感じのようです。」とおっしゃって、急にみなにお命じになって見物（にお出まし）なさる。

　日が高くなって、（身分に応じた、出発の）作法もことさらではない様子にしてお出ましになった。隙間もなく（見物の牛車が）一面に立ち並んで（止まって）いるので、（葵の上の一行は）いかめしく列をなして止まりかねている。身分の高い女性の乗っている牛車が多くて、身分の低い者たちがいない所をよくよく選んで、（そのあたりの牛車を）みな立ち退かせている中に、網代車の少し古びているのが、下簾の様子などに風情があって、（車中の人々が）ずっと奥に乗っていて、わずかに見える袖口、裳の裾、汗衫など、着物の色合いが実に美しく、わざと目立たぬようにしている感じがありありと見て取れる（そうした）牛車が二両ある。（供人）「こちらは、決してそのように立ち退かせなどしてよいお車ではない。」と強い口調で、手を触れさせない。どちらの側でも、若い連中がひどく酔って大騒ぎしているときのことは、落ち着かせきれない。（葵の上方の）年長で分別のある前駆《ぜんく》の方たちは、「こんな（乱暴な）ことをするな。」などと言うけれども、抑えきれない。

　（その車は）斎宮の母君の（六条）御息所が、激しい物思いの慰めにもなるかと、人目を避けてお出かけになっていたのであった。（御息所方は）素知らぬ風を装うけれども、（葵の上方は）自然と分かってしまった。（葵の上方）「その程度の者には、そんなことを言わせるな。大将殿（＝光源氏）の威をお借り申すつもりだろう。」などと言うのを、そちら（＝光源氏方）のお方の人も交じっていたので、気の毒だと思いながら、知らぬふりをする。（葵の上方が）とうとう何両ものお車を並べ立ててしまったので、（御息所のお車は葵の上方の）お供の車の後ろに押しやられて周囲も見えない。（御息所は、押しやられたことが）面白くないのは言うまでもないこととして、こうして人目を忍んで来たのをそうだと知られてしまったことが、とてもいまいましいことこの上ない。榻《しじ》などもすっかりへし折られて、たまたま居合わせた牛車の轂《こしき》（＝車軸受け）に（轅《ながえ》を）ひょいと乗せてあるので、またとなくみっともなく、後悔されて、何のために来ているのだろうかと思ってもどうにもならない。

　（御息所は）見物もせずに帰ろうとなさるけれども、通り抜けるような隙間もなくて、「（御禊の行列が）来たぞ。」と声がすると、そうはいいながらもやはり恨めしく思われる人のお通りが待たれるのも、まあ心弱いこと。（ここも「隈《くま》」ではあるものの）「ささの隈」でさえないからなのか、（光源氏が）素っ気なく通り過ぎて行かれるにつけても、（なまじお姿を見たことで）かえってとても深く心を苦しませなさることである。なるほど、いつもよりも趣向を凝らして準備をした数々の牛車の、我先にと衣装の端を出して乗っているあちらこちらの下簾の隙間に対しても、（光源氏は）何食わぬ顔であるけれども、ほほ笑んでは流し目で注目なさるのもある。左大臣家の（牛車）はそれとはっきりしているので、（光源氏は）まじめな様子で（その前を）お通りになる。（光源氏の）お供の者たちもすっと姿勢を正し、敬意を表しながら通り過ぎるので、（御息所は）圧倒されている（我が身の）様子を、あまりにも（みじめだ）とお感じにならずにはいられない。

（御息所）姿を見るだけの、（流れゆく）御手洗川（のような源氏の君）が冷淡であるために、（川面に）浮かんでいるような（頼りない）我が身の情けなさがいっそう思い知らされることよ。

と（思って）涙があふれ出るのを、人（＝車に同乗している女房たち）が見るのもきまりが悪いけれども、（光源氏の）まばゆいほどのお姿、お顔立ちが人前でいっそう引き立つのを、もし見なかったなら（実に心残りであっただろう）とお思いにならずにはいられない。

【語注】

①大殿…「大臣」の敬称だが、単に「大殿」という場合、時の第一権勢者を示すことがほとんどである。現在「大殿」に値するのは左大臣だが、ここではその左大臣家の姫君である葵の上を指す。

②今日の物見…御禊《ごけい》（葵祭《あおいまつり》に先立ち、斎院が賀茂川に赴き身を浄める祭祀）の見物のこと。今回は、新斎院がいよいよ斎院御所（本《ほん》院《いん》）に入るに際しての御禊のため、例年の葵祭の際の御禊とは異なり、その行列には複数の上達部が供奉する。その上、帝からの特別な命令によって光源氏も参加することになったため、とりわけ多くの見物客を集めることとなった。なお、「葵祭」「斎院」については**探究のために**参照。

③大将殿…光源氏。現在、参議《さんぎ》兼右大将（従《じゅ》三位相当）の地位にあり、公卿《くぎょう》（上達部）の一員である（**コラム**「平安貴族のヒエラルキー」）。

④山がつ…猟師・木こりなど山里に住む者を指す。身分低く、情趣を解さない者の代表格とされていた。

⑤大宮…左大臣の正妻で葵の上の母親。桐壺院（かつての桐壺帝。譲位したため「院」と称す）の同母妹（内親王）であるため、「宮」と称される。

⑥隙もなう立ちわたりたる…牛車《ぎっしゃ》が隙間もなく立ち並んでいる様子をいう。当時の貴族たちは、祭礼などの際は、大路に止めた牛車の中、もしくは仮設された桟敷《さじき》（一段高くなった観覧席）にて見物した。

⑦よき女房車…身分の高い女性の乗っている牛車のこと。女性が乗車する牛車は「女車《おんなぐるま》」とも称す。女車の場合、簾《すだれ》の内側に目隠しのために「下簾」と呼ばれる絹布を垂らし、出衣《いだしぎぬ》という装飾（**語注⑨**）をするため、外からもそれと分かった。

⑧網代…網代車《あじろぐるま》という牛車の一種。「網代」という竹や檜の薄板を編んだものを車体に張ったことに拠る名。牛車にはランクがあり、身分に応じて使用できる車が定まっていたのだが、これは四位五位の者の常用車で、大臣・大中納言などには略式用のものとされた。光源氏も、離京直前に左大臣邸に別れの挨拶に出向く際（須磨《すま》巻）や、お忍びで昔の恋人に会いに行く際（若《わか》菜《な》上巻）など、人目に立つことを避ける折には網代車を使用している。

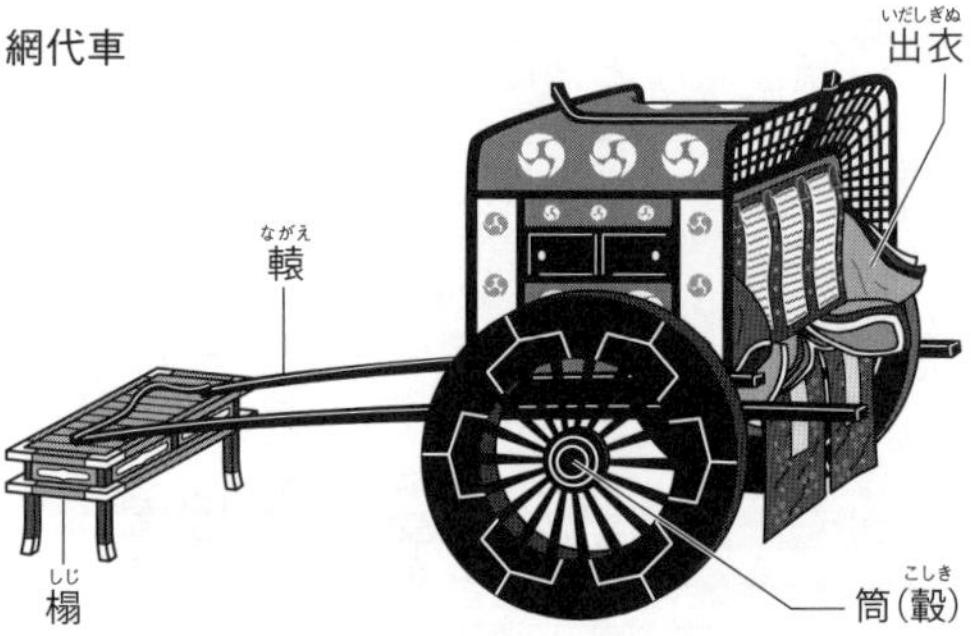

網代車

⑨袖口、裳の裾、汗衫など、物の色いと清らにて…「裳」は女房の、「汗衫」は童女の装束の一部。牛車の簾の下からこれらの裾先を出して装飾とする「出衣《いだしぎぬ》」の様子の素晴らしさを述べている。後に六条御息所が伊勢に下向する際、お付きの女房たちの乗る車の出衣の様子が「目馴れぬさまに心にくき気色《けしき》（目新しい趣向で奥ゆかしい風情）」と記されていた（賢木《さかき》巻）ことからも、彼女の洗練されたセンスが窺える。

⑩車二つあり…牛車の定員は四名で、一両目には主人と主立った女房、二両目以降にはそれ以外のお供の女房が乗る。

⑪斎宮の御母御息所…六条御息所のこと。「御息所」の呼称については、第二章**語注**⑤。前東宮（桐壺院の弟とされる）の未亡人であり、前東宮との間の娘（後の秋好中宮《あきこのむちゅうぐう》）が、このたびの代替わりに伴って伊勢の斎宮《さいぐう》に選ばれていた。六条御息所は、当てにならない光源氏との関係に見切りをつけ、斎宮となった娘に付き添ってともに伊勢に下ろうかと考えつつも、決心しきれないでいた。

⑫副車の奥に押しやられて…「副車」とは、主人に付き従う者たちのために用意された車のこと。六条御息所の車が、何両も強引に並べ立てる葵の上一行の車に押され、奥へと追いやられてしまったことをいう。

⑬榻などもみな押し折られて、すずろなる車の筒にうちかけたれば…「榻」とは、牛車から牛を外した際に、轅《ながえ》（牛車の前方に伸びた棒のことで、ここに牛をかける）を載せる台のこと。これがないと車が傾いてしまうのだが、折られてしまったため、たまたま居合わせた牛車の筒にもたれかける形になった。「筒」は轂《こしき》という、牛車の車輪の中心部の車軸受けのこと。

⑭笹の隈にだにあらねばにや…「ささの隈檜《くまひ》の隈《くま》川に駒《こま》とめてしばし水かへ影をだに見む（檜隈川に馬をとめて、しばらく水を与えてください。（その間に）せめてあなたのお姿だけでも拝見しましょう。）」（『古今和歌集《こきんわかしゅう》』神遊びの歌・一〇八〇）を引用した表現。ここは牛車の「隈（陰）」ではあるが、古歌に言うような、「駒とめ」る「ささの隈」でさえもないからか、光源氏が馬をと

めることなく過ぎ去ってしまう、という意味。

⑮乗りこぼれたる下簾の隙間ども…乗り込んだ女性たちの衣装がこぼれ出ている下簾の隙間。「下簾」を掛けて出衣をしていることから、これらに乗車するのが女性たちであることが分かる。

⑯「影をのみ」歌…「みたらし川」とは、神社のそばにある浄めの川のこと。ここでは賀茂川を指す。「みたらし川」に「見」を掛け、先の「ささの隈……」歌（**語注**⑭）の「影をだに見む」を踏まえて「影をのみ見」という。「うき」は「憂き」「浮き」の掛《かけ》詞《ことば》。自分自身は川面に「浮く」かのような不安定さであり、そのような「憂き」身の程をつくづくと思い知ったという意味。

◆◇鑑賞のヒント◇◆

❶葵の上が、当初、御禊の行列見物に出かける気にならなかったのはなぜか。

❷「若き人々」は、なぜ葵の上のお出ましを願ったのか。

❸六条御息所の牛車が、立ち退きを拒んだのはなぜか。

❹「さばかりにては、さな言はせそ。大将殿をぞ豪家には思ひ聞こゆらむ。」という発言には、どのような意味が込められているか。

❺六条御息所が、「いみじうねたきこと限りなし。」と感じた一番の原因は何か。

❻「さすがにつらき人の御前渡りの待たるる」とはどのようなことを言っているのか。

❼六条御息所が、実際に行列を見て我が身のみじめさを感じたのはなぜか。

◆◇鑑賞◇◆

いつの世にもセンセーショナルな、正妻と愛人との争い。とはいえ、これまでの六条御息所はもっぱら光源氏のつれなさを嘆くばかりで、葵の上に対する意識はまったく描かれていなかった。それが一転して葵の上に取り憑《つ》く生霊となる契機となったのが、まさしくこの車争いであった。当場面では、その車争いを引き起こした要因である葵の上と六条御息所それぞれの立場について、丁寧に描き出している。

まず葵の上が、「大殿」という重々しい呼称で登場する。「大殿（左大臣家）」イコール葵の上、とするこの呼称は、彼女の人物造型が左大臣家の娘ということと切り離せないことを示している。それは光源氏との結婚が、桐壺院と左大臣の思惑によって成立した、いわゆる政略結婚であったこととも大いに関わる。光源氏にとって、さらには物語内の位置づけにおいても、葵の上は左大臣家そのものなのであった。

その葵の上は、そもそも御禊の行列見物に出かける気はなかったという。妊娠中で体調優れぬ折ということもあろうが、「おぼしかけざりける（そのようなことはお考えもしなかった）」との語からは、光源氏に対する関心の薄さも読み取れる❶。今回の御禊は、新たに即位した朱雀帝のもと、新斎院にとっても初めて奉仕する葵祭関連の行事となるため、とりわけ盛大に行うことが企図されていた。それゆえ、この儀式に花を添えるために特別に供奉《ぐぶ》を命じられたのが光源氏であった。いわば光源氏はこの御禊の目玉なのであり、「大将殿をこそは、～すなれ。」と、係り結びで強調する女房たちのセリフからも、人々の光源氏に寄せる関心の高さが見て取れる。けれども葵の上においては、そのような夫の晴れの姿を是非とも見物したいという気持ちは薄いようである。葵の上にとって光源氏とは、強く恋い求める対象ではなく、与えられた夫として常に存在するのであり、身重の体でわざわざ出かけてまでその姿を見る必要はないということなのかもしれない。六条御息所が、正体を隠してもその晴れ姿を一目見ようと出で立ったのとは、まさに対照的なあり方であった。

ところが、ここで不満をこぼすのが「若き人々」であった。彼女たちは、「おほよそ人だに（でさえ）」「山がつさへ（までも）」と畳みかけ、光源氏の麗しい姿を拝もうとあまたの人々が集まっているのに、正妻葵の上が見物しないことがいかにあり得ないかを述べ立てる。女房たちが個人で見物に出かけることも可能なのに、妊娠中で気も進まぬ様子の葵の上に対し、なぜそれほどまで熱心に勧めるのか。それは、「おのがどちひき忍びて見侍らむこそ、映えなかるべけれ。」というセリフに端的に示されるように、彼女たちは「本日の主役である光源氏の正妻様ご一行だ」と、晴れがましく見物をしたかったからである❷。「おほよそ人だに（特に関係のない人でさえ）」という言い方からも、自分たちは光源氏の関係者だ、という驕《おご》りが透けて見える。このように、葵の上の供人たちの間には、「光源氏の正妻」「左大臣家」との立場を誇示したいという思いが漂っていたことを、まずは押さえておきたい。

以上のような女房たちの熱心な勧めと母大宮の後押しにより、葵の上のお出ましが急遽《きゅうきょ》決定する。それゆえに日が高くなってからの出立となってしまい、既に沿道には隙間なく見物の車が並んでいた。そこで一行は、他の車を立ち退かせるという強引な行為に及ぶ。しかも、左大臣家にふさわしい場所を陣取ろうとしたのか、わざわざ高貴な女性の車が多いゾーンに割り込んでいくのであった。葵の上一行は「よそほしう引きつづきて」と、美々しい牛車を何台も連ねるという権勢ぶりであり、強引に追いやられた周囲の車たちはこれに抗《あらが》うことはできなかった。まさしくその身分と権力を振りかざした行為なのだが、このような状況は他の文学作品にも見えるところであり（資料Ａ・Ｂ）、当時の実態とかけ離れたものでもなかったようである。

多くの牛車が追いやられていく中、唯一立ち退きを拒んだのが六条御息所の車であった。お忍びの見物であるにもかかわらず、なぜわざわざこのような目につく行動を取ったのか。そこに、六条御息所方の矜持《きょうじ》を見ておきたいと思う。ここで、「斎宮の御母御息所」という呼称の重さに注目してみよう。神聖なる斎宮の生母であり、前東宮の妃として「御息所」と称される彼女は、父大臣の期待を負って入内し、夫の早逝さえなければ、その即位に伴ってやがて中宮となってしかるべき人だったのである。そのプライドが、「こちらは、決してそのような扱いをしてよいお車ではない」との断固たる拒絶に繋がるのであろう❸。

今を時めく左大臣家の一行に対してここまで強硬な態度に出たことで、その車の主がかなりの身分の者であることが伝わる。しかも、「いたう引き入りて」「ことさらにやつれたる」とのように、どうやら何かしらの理由があってお忍びでやって来た人物のようである。さらに、わざわざ格の低い網代車を使用しながらも、牛車から覗《のぞ》く衣装からは隠しきれない奥ゆかしさが漂っていた。——以上の条件から、おのずと六条御息所の正体が見あらわされてしまう。「斎宮の御母御息所、～忍びて出で給へるなりけり。」と、彼女の存在が語り手に暴かれ、読者も驚きをもってその姿を発見するのである。そしてとうとう、従者同士の争いが起こるのであった。

前東宮妃というプライドを持ち、その格式を守って誇り高く暮らしてきた六条御息所方は、断じて車に手を触れさせない。一方で、押しも押されもせぬ正妻の地位を誇り、晴れがましく繰り出してきた葵の上方は、ここぞとばかりに愛人の六条御息所を押しのけ、その勢威を見せつけようとする。「その程度の者にそんなことを言わせるな」と、なんと、前東宮妃で大臣の娘であった六条御息所に対して敬語も用いず、「さばかり」と言い放つ。さらに「光源氏様の威を借りているのだろう」と、「愛人風情が」といった当てつけを込めた嫌味をぶつけるのである❹。折から、光源氏の当てにならない態度に苦悩していたところであった六条御息所には、胸に突き刺さる言葉であっただろう。祭りという非日常的な場で、酒も入った若い従者の勢いは止まらない。制止しきれない年配者や、厄介なことになったと知らんぷりを決め込む光源氏方の従者の姿なども、いかにもリアルな描写である。

結局、六条御息所の車は押しのけられ、その隙に葵の上一行の車が次々に割り込んでいった。そのため、行列もほとんど見えない奥へ奥へと追いやられた彼女の車は、ついには壊されてしまった。御息所の屈辱感は深い。光源氏との関係に思い乱れる彼女は、その麗しい姿を見ればこの物思いが慰められるかもしれないと、すがるような思いでこの場にやって来た。光源氏のせいで悩み苦しんでいるのにもかかわらず、それでも光源氏の晴れ姿を一目でも見て気晴らしをしたいという、六条御息所の執着心が見て取れるところである。けれども一方で、この未練がましい思いを人に知られたくないという気持ちもあるからこそ、わざわざ正体を隠して来たのに、よりによって正妻葵の上方の手によって、その姿を衆人のもとに晒《さら》されてしまったのだ。車を追いやられ壊されたという直接的な暴挙以上に、未練を断ち切れずに苦しんでいるという、人に知られたくない姿を晒されたことで、その自尊心が大いに傷つけられる❺。「いみじうねたきこと限りなし。」の「ねたし」とは、現代語の「ねたましい」とは異なり、相手を羨むような気持ちではない。主に相手にしてやられたことへのいまいましさを述べ、多くの場合、それを引き起こした自らの失策に対する腹立たしさをも含み込む語なのである。当場面の六条御息所についても、葵の上に対する明確な憎悪が語られることはなく、その思考は「悔しう、何に来つらむ」という自らの行為への後悔の念に収斂《しゅうれん》していくことには注意しておきたい。御息所の生霊化は、単純な嫉妬心の現れというものではなかったのである（第六章**探究のために**）。このようにして見ていくと、正妻（葵の上）と愛人（六条御息所）による「女同士のバトル」というような理解では不十分であることが分かるだろう。

見物に来たことを後悔し、このまま帰ろうとも思う六条御息所だが、いよいよ行列がやって来ると聞けば、光源氏を見ずにはいられない。「さすがにつらき人の御前渡りの待たるる」では、「さすがに（そうはいってもやはり）」の語にその心の揺れが表されており、光源氏のことを「つらき人（恨めしい人）」と思いながらも待たずにはいられない複雑な心情が示されている❻。なお「前渡り」とは素通りすることだが、特に他の女のもとへ向かう夫に自宅の前を素通りされることに対して使われる用語であった。ここにも、六条御息所の憐《あわ》れな思いが込められているといえるだろう。

馬上の光源氏は、大勢の観客の前を進んでいく。知り合いの女性が乗るのだろうか、ある車にはさりげなくほほ笑みと流し目を送る。また、ひときわ美々しい葵の上の車に対しては、うって変わって威儀を正した態度を見せ、供人たちも光源氏の正妻へ敬意を払う。けれども六条御息所に対しては、その存在に気づきもしなかったのであった。物も見えぬ物陰に押しやられた彼女を、光源氏が見いだすことができなかったのは当然でもあろうが、御息所にとっては、「つれなく（素っ気なく）」通過されたと感じられた。その上、「心ばへありつつ渡る」という葵の上との対比をも見せつけられて、いっそうのみじめさをかきたてられる❼。その思いは、あっさりと過ぎ去る光源氏を流れゆく御手洗川に例え、その「つれなき」態度に、遠くから姿を見ることしかできない自らの身の憂さを痛感するという和歌に凝縮される。けれども一方で、この晴れの場でいっそう輝く光源氏の素晴らしさに感動し、やはり見てよかったと思わずにもいられない。それほどまでの光源氏への思い――。千々に乱れる心を抱えた六条御息所の姿が、克明に描き出された場面であった。

◆◇探究のために◇◆

▼斎宮と斎院　当場面は斎院の御禊の日を舞台とし、また六条御息所が斎宮の母として登場してくる。斎宮・斎院（併せて斎王《さいおう》と呼ぶ）とは、ともに未婚の内親王または女王《じょおう》（親王の娘）が選ばれ、斎宮は伊勢神宮（三重県）に、斎院は賀茂神社（京都府）に巫女《みこ》として奉仕し、御代の安寧を祈る存在であった。代替わりごとに交代するのが原則ではあったが、斎院については天皇が代わってもその座に居続ける例が多くあった。また、遠く伊勢まで下る斎宮に対して、同じ都にいる斎院はより宮廷社会に近い存在だった。『源氏物語』成立時には、選子内親王（村上《むらかみ》天皇皇女）が五代の天皇にわたる五十七年間（九七五～一〇三一）も斎院をつとめ、「大斎院」と称されていた。それゆえ作者紫式部は、実際には斎院の交代を経験したことはなかったのである。

なお斎宮・斎院は、物語の主要なモチーフとなったり、優れた和歌を残したり、文化サロンを形成したりと、平安朝文学史においても重要な役割を果たしている。例えば虚構の世界においては、『伊勢物語』では斎宮との恋が重要な章段として語られ（第四章**資料B**）、『狭衣物語』（作者は斎院であった禖子内親王に仕えた女房・宣旨《せんじ》とされている）ではヒロインの一人である源氏《げんじ》の宮《みや》が斎宮となる。実在人物としては、斎宮を辞して後に入内し、後年今度は娘が斎宮となった際に同行して伊勢に下った「斎宮女御《さいぐうのにょうご》」徽子女王（九二九～九八五、六条御息所とその娘秋好中宮のモデルとされる）や、風雅なサロンを形成し、同時代を生きた清少納言や紫式部も大いに意識していた「大斎院」選子内親王（九六四～一〇三五）、『百人一首』歌人でもあり、藤原定家との恋の伝説が作られた式子内親王（？～一二〇一）などが、いずれも優れた歌人として著名である。

▼『源氏物語』と葵祭　賀茂神社の例祭である葵祭（賀茂祭）は、当時、単に「祭《まつり》」といえばこれを指すほど、人々

に親しまれた祭である。五月十五日に固定されたのは明治以後のことであり、そもそもは旧暦四月の行事であった。その次第は以下の通りである。まず祭に先立ち、斎院の御禊（**語注②**）が行われる。続いて祭当日には、宮中からの勅使《ちょくし》（祭の使い）と斎院一行が合流し、華麗な行列をなして神社に向かう。下社・上社での祭祀の後、斎院は神社に一泊し、翌日、斎院御所に帰還する還立《かえりだち》の儀が行われた（祭の還《かえ》さ）。

当場面に続く祭当日の場面では、光源氏が十四歳の紫の上と同車して祭見物に出かけ、彼女の素性をあれこれと推し量る人々の注目の的となった。この十七年後、光源氏の妻として確固たる地位を築いた紫の上は、祭の日に賀茂神社に参詣した後、桟敷で多くの車を従えて行列見物をするという威勢ぶりを誇った（藤裏葉《ふじのうらば》巻）。

またこの物語では、葵祭を背景に暗い展開も導き出している。当場面は六条御息所の生霊事件に繋がっていくのだが、この二十五年後、今度は死霊となって紫の上を危篤に陥れた六条御息所が姿を現すのは、祭の還さの日のことであった（若菜下《わかなのげ》巻）。しかも、同じ年の斎院御禊の前日には、柏木と女三の宮の密通が行われていた（若菜下巻／**コラム**「繰り返される密通」）。これは、女三の宮に仕える女房たちが奉仕や見物準備に忙しく、主人のもとを離れた隙を突いての出来事であった。

【資料】

A『落窪《おちくぼ》物語』巻二（今を時めく男君一行の葵祭見物）

「この向かひなる車、少し引きやらせよ。御車立てさせむ。」と言ふに、執念《しふね》がりて聞かぬに、「誰《た》が車ぞ。」と問はせ給ふに、「源中納言殿。」と申せば、「中納言のにもあれ、大納言にてもあれ、かばかり多かる所に、いかでこの打杭《うちぐひ》ありと見ながらは立てつるぞ。少し引きやらせよ。」とのたまはすれば、雑色《ざふしき》ども寄りて車に手をかくれば、車の人出で来て、「などまた、真人《まうと》たちのかうする。いたうはやる雑色かな。豪家《がうけ》だつる我が殿も、中納言におはしますや。一条の大路《おほぢ》もみな領じ給ふべきか。強法す。」と笑う。「西、東、斎院も、怖《お》ぢて、避《よ》き道しておはすべかなるは。」と、口悪《あ》しき男《をのこ》また言へば、「同じものと、殿を一つ口にな言ひそ。」などいさかひて、えとみに引きやらねば、男君たちの御車ども、まだえ立てで、御前《ごぜん》の人々、君、左衛門《さゑもん》の蔵人《くらうど》を召して、「かれおこなひて少し遠くなせ。」とのたまへば、近く寄りて、ただ引きに引きやらす。男ども少なくて、えふと引きとどめず。

（現代語訳：（男君の従者が）「この向かいにある車を、少し引きのけさせよ。（そこに）こちらのお車を止めさせよう。」と言うと、（相手方は）強情に従おうとしないので、（男君が）「誰の車か。」と尋ねさせなさると、「源中納言殿の車です。」と（相手方の従者が）申すので、（男君は）「中納言の車であれ、大納言の車であれ、これほど場所が多いところに、どうしてこちらの打杭（場所取りのために打った杭）があると見ながら車を止めたのか。少しどけさせなさい。」とおっしゃるので、雑色たちが近寄って（相手の）車に手をかけると、（その）車の従者が出てきて、「どうしてまた、お前たちはそんなことをするのか。ずいぶん気の早い雑色だな。いばり散らしているお前たちの主人も、（こちらと同じように）中納言でいらっしゃるのではないか。一条大路もみな自分のものとなさろうとするのか。無茶なことだ。」と言って笑う。「西でも東でも、斎院でさえも、（そちらのご威光を）恐れて、道をよけてお通りになるはずだとでも言うのか。」と、口の悪い男がまた言うと、（男君の従者が）「同じ中納言だなどと、我が殿を同列に言うな。」など言い争って、すぐには車をどかすことができないので、男君たちのお車はまだ止められず、男君は左衛門の蔵人を召し寄せて、「あの車を取りさばいて少し遠くへやりなさい。」とおっしゃるので、御前駆の人々は（相手の車の）近くへ寄って行って、ただもう引きのかさせる。（相手の）供人たちは数が少なく、即座に引き止めることができない。）

B　『枕草子《まくらのそうし》』「よろづの事よりも、わびしげなる車に」

所もなく立ち重なりたるに、よき所の御車、副車《ひとだまひ》、引きつづきて多く来るを、いづこに立たむとすらむと見るほどに、御前《ごぜん》どもただ下《お》りに下《お》りて、立てる車どもを、ただ退《の》けに退《の》けさせて、副車《ひとだまひ》まで立て続けさせるこそ、いとめでたけれ。追ひ下《さ》げさせつる車どもの、牛かけて、所ある方《かた》に揺るがし行くこそ、いとわびしげなれ。きらきらしくよきなどをば、いとさしも押しひしがず。

（現代語訳：（葵祭にて、見物の車が）空いた場所もなく重なるように立ち並んでいるところに、身分高い家のお車が、お供の牛車も途切れることなく続いて多くやって来るので、どこに止めようとするのだろうかと見ている間に、御前駆の方たちがどんどん（馬から）降りて、止めてあるいくつもの車を、有無を言わさず立ち退けさせて、お供の牛車まで立て続けさせてしまうのは、本当に見事である。追い払わせたいくつもの車が、（外してあった）牛をかけて、場所が空いている方へ（車体を）揺るがして行くのは、ひどくみじめに見える。立派で身分の高い人の車などに対しては、特にそのように押しつぶすことはしない。）

キャラクターの呼ばれ方

『源氏物語』では、惟光《これみつ》・良清《よしきよ》（第七章など）・時方《ときかた》（第十四章）などの家来を除き、ほとんどの人物の実名が明かされない。例えば「光源氏」も、「光《ひか》る君《きみ》（光るように美しい君）」というあだ名（第二章）に由来する通称に過ぎず、その氏《うじ》は「源《みなもと》」だが、名は不明である。これは、大伴《おおともの》御行《みゆき》（『竹取物語』）、藤原仲忠《なかただ》（『うつほ物語』）、道頼《みちより》（『落窪《おちくぼ》物語』）などといった主要な男君の実名が明かされるそれ以前の物語との大きな違いである。

翻って「夕霧《ゆうぎり》」「朧月夜《おぼろづきよ》」などの優雅な通称が『源氏物語』の特徴の一つであるが、実はこれらの中で作者自身の命名によるものはごく一部であり、現在一般に用いられている通称の多くは、後の時代の読者によって名付けられたものなのである。例えば、「葵の上」という名前は物語本文には登場しない。彼女が車争いやもののけ事件が起こった葵巻（第五・六章）で特に印象的に取り上げられたことにより、後世の人がそう呼び習わしたのである。同様に「明石姫君」についても、作中では専ら「姫君」「女御」「中宮」などと呼ばれ、決して「明石」を冠して呼ばれはしない。その生母明石の君が、上京後も頻繁に作中で「明石」と称されていることと対照的であり、「明石」を感じさせないところが、姫君の人物造型において肝要な点なのである。

では、物語本文では各キャラクターはどのように呼ばれているのだろうか。第一に、公的立場にある人物は、その官職等による呼び名（左大臣・尚侍《ないしのかみ》など）を用いるのが基本である。ただし、物語内でその地位が変化する場合も多いため（例えば光源氏のライバル頭中将《とうのちゅうじょう》は、出世に伴い権中納言・内大臣・太政大臣《だいじょうだいじん》などと呼称が変化する）、注意を要する。なお、同じ官職にある人物が複数存在する場合は、氏をつけて区別することもあった（源氏の中将・藤典侍《とうないしのすけ》など）。第二に、居住場所による呼び名（朱雀院など）があるが、これは身分・官職等と組み合わされることも多い（弘徽殿女御《こきでんのにょうご》・六条御息所《ろくじょうのみやすどころ》など。なお、「桐壺更衣」もこれに該当するが、「桐壺帝」に関しては後世の読者の命名によるものであり、作中に登場する呼称ではない）。第三に、公職にない女性や子どもなどは、出自や出生順による呼び名（大殿の君・女三の宮・大君《おおいぎみ》など）が用いられる。

最後に、前述したような優雅な通称が挙げられる。その多くは和歌や巻名にちなんだものであり（空蟬《うつせみ》・夕顔《ゆうがお》・末摘花《すえつむはな》・花散里《はなちるさと》など）、このような呼称が本文で用いられた際には、その語が象徴する作中エピソードが読者にも喚起されることになる。なお、これら物語内での通称には、作中人物も使用するものと語り手のみが使用するものとがある。前者が、「光源氏」のように、人々が呼び習わしたあだ名として物語内に登場してくるもの（他に「匂《にほ》ふ兵部卿《ひょうぶきょう》」「薫《かお》る中将《ちゅうじょう》」など）である。後者の代表としては、「紫の上」が挙げられる。この呼称は基本的に語り手のみが用い、作中人物が使用することはない。なぜならこれは「紫（藤壺）のゆかり」（第三章**探究のために**）、すなわち藤壺の姪《めい》ゆえに求められたという経緯を暗示する呼び名だからである。そのため、作中人物――紫の上自身や周囲の人は、彼女が紫の上と呼ばれていることを知らないのである。

これ以外にも、物語内では「君」「殿」「上」「男」「女君」などといった一般的な呼称も頻繁に使用され、それぞれのキャラクターに対しては複数の呼び名が使い分けられている。それは、人物が置かれた立場や印象を左右したり（例えば、単に「男」「女」などと称されたときには、恋の山場を迎えている場合が多い）、各場面の視点がどこにあるかを暗示したりする役割を果たす。現在我々は、便宜上ある特定の通称に統一し理解をしているが、原文を読む際には、固定化された通称からは見えない、多様な呼び名の使い分けに注目したい。

第六章 身の毛もよだつモノノケの怪奇

9 葵《あおい》巻・物の怪の出現

光源氏二十二歳

葵《あおい》の上《うえ》方との車争い以来、六条御息所《ろくじょうのみやすどころ》の物思いはいよいよ深まっていく。一方、懐妊中の葵の上は、もののけに取り憑《つ》かれ苦しんでいた。光源氏は、恋人六条御息所の懊悩を気に掛けながらも、正妻葵の上の容体が心配でならない。

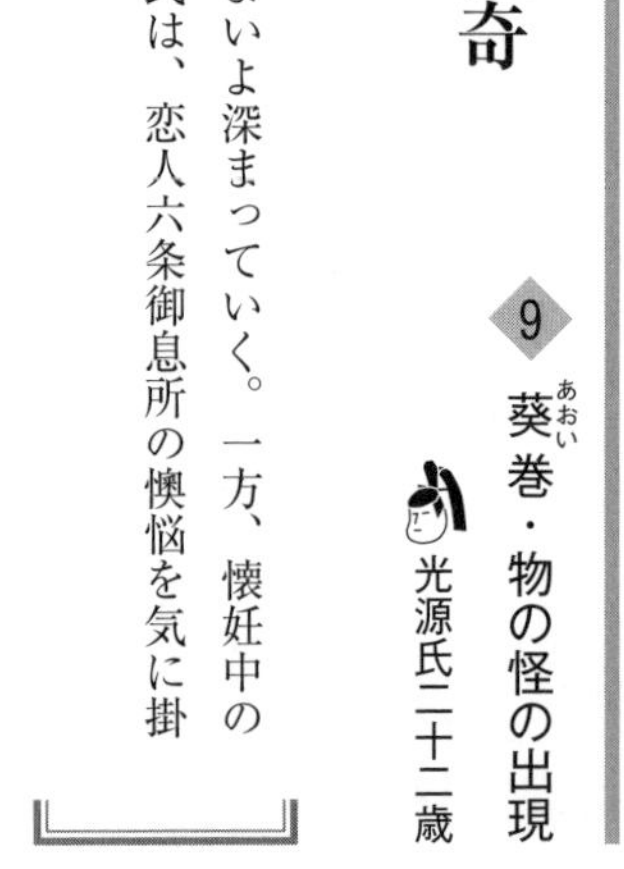

まださるべきほどにもあらずと、みな人もたゆみ給《たま》へるに、にはかに御気色《けしき》ありてなやみ給へば、いとどしき①御祈り、数を尽くしてせさせ給へれど、②例の執念《しふね》き御物《もの》の怪《け》一つ、③さらに動かず、やむごとなき験者《げんざ》ども、珍《めづら》かなりともてなやむ。さすがにいみじう調《てう》ぜられて、心苦しげに泣きわびて、(葵の上)「少しゆるべ給へや。大将《だいしょう》に聞こゆべきことあり。」とのたまふ。女房「④さればよ。あるやうあらむ。」とて、⑤近き御几帳《みきちやう》のもとに入れ奉りたり。⑥むげに限りのさまにものし給ふを、聞こえ置かまほしきこともおはするにやとて、⑦大臣《おとど》も宮も少し退《しぞ》き給へり。加持《かぢ》の僧ども声静めて法華経《ほけきやう》を読みたる、いみじう尊し。

御几帳の帷子《かたびら》引き上げて見奉り給へば、いとをかしげにて、御腹《おほんはら》はいみじう高うて臥《ふ》し給へるさま、よそ人だに見奉らむに心乱れぬべし。まして、惜しう悲しうおぼす、ことわりなり。⑧白き御衣《おほんぞ》に、色合ひいとはなやかにて、御髪《みぐし》のいと長うこちたきを引き結ひてうち添へたるも、かうてこそ、らうたげになまめきたる方《かた》添ひて、をかしかりけれと見ゆ。御手《て》をとらへて、光源氏「あないみじ。心憂《こころう》き目を見せ給ふかな。」とて、ものも聞こえ給はず泣き給へば、例はいとわづらはしう恥づかしげなる御まみを、いとたゆげに見上げてうちまもり聞こえ給ふに、涙のこぼるるさまを見給ふは、いかがあはれの浅からむ。

あまりいたう泣き給へば、心苦しき親たちの御ことをおぼし、またかく見給ふにつけて、口惜《くちを》しうおぼえ給ふにやとおぼして、光源氏「何事も、いとかうなおぼし入れそ。さりともけしうはおはせじ。いかなりとも、⑨必ず逢《あ》ふ瀬《せ》あんなれば、対面はありなむ。大臣《おとど》、宮なども、⑩深き契《ちぎ》りある仲は、巡りても絶えざんなれば、あひ見るほどありなむとおぼせ。」と慰め給ふに、「いで、あらずや。身の上のいと苦しきを、しばし休め給へと聞こえむとてなむ。かく参り来むともさらに思はぬを、⑪もの思ふ人の魂《たましひ》は、げにあくがるるものになむありける。」と、なつかしげに言ひて、

嘆きわび空に乱るる我が魂《たま》を結び⑫とどめよしたがひのつま

とのたまふ声、けはひ、その人にもあらず変はり給へり。いとあやしとおぼしめぐらすに、ただかの御息所《みやすどころ》なりけり。あさましう、⑬人のとかく言ふを、よからぬ者どもの言ひ出づることと、聞きにくくおぼしてのたまひ消《け》つを、目に見す見す、世にはかかることこそはありけれと、疎《うと》ましうなりぬ。あな心憂《こころう》とおぼされて、光源氏「かくのたまへど、誰《たれ》とこそ知らね。確かにのたまへ。」とのたまへば、ただそれなる御ありさまに、あさましとは世の常なり。人々近う参るも、かたはらいたうおぼさる。

【現代語訳】

まだそうなるはず（＝出産があるはず）の時期でもないと、誰も彼も油断していらっしゃったところ、（葵の上は）急に（出産の）きざしがおありになってお苦しみになるので、いっそう激しいご祈《き》禱《とう》を、できる限り多くの人数でさせていらっしゃるけれども、いつもの執念深い御もののけ一つが、まったく離れず、優れた加持祈禱《かじきとう》を行う僧たちが、めったにないことだと処置に困っている。（離れないとはいうものの）それでもやはり厳しく祈禱で責められて、いかにも痛ましい様子でつらそうに泣いて、（葵の上）「少し（祈禱を）弱めてくださいね。大将（＝光源氏）に申し上げなければならないことがあります。」とおっしゃる。（女房は）「やはりね。事情があるのでしょう。」と思って、（光源氏を葵の上の）近くにある御几帳のそばにお入れ申し上げた。まるでもう亡くなりそうな様子でいらっしゃるので、（光源氏に）遺言を申し上げたいこともおありなのかと思って、（葵の上の）父大臣も母宮も少し遠のきなさった。加持の僧たちが声を低くして「法華経」を読んでいるのが、とても尊く感じられる。

（光源氏が）御几帳の帷子を引き上げて拝見なさると、（葵の上が）本当に可憐《かれん》な感じで、お腹はとても大きくて横たわっていらっしゃる様子は、他人でさえ拝見したら心を乱すに違いない。まして、（夫である光源氏が）惜しく悲しくお思いになるのは、当然である。白いお召し物の上に、色の取り合わせも実に鮮やかに、髪の毛が本当に長くたっぷりとしておいでなのを束ねてそっと身に添わせているのも、こうあってこそ、かわいらしくみずみずしいところが加わって、可憐なのであったよと思われる。お手を握って、（光源氏）「ああなんと。つらい思いをおさせになることよ。」と（だけ）言って、（あとは）何も申し上げなさらずにお泣きになると、いつもは実に気詰まりで、こちらが気後れするようなまなざしを、（今日は）本当に見るからに弱々しく見上げてそっと（自分を）見つめ申し上げなさるうちに、涙がこぼれる（葵の上の）様子を御覧になっては、どうして愛《いと》しさが浅いことがあろうか（いや、浅くない）。

（葵の上が）あまりにひどくお泣きになるので、おいたわしいご両親のことをお思いになり、また、（自分を）このように御覧になるにつけて、（死別するのが）名残惜しくお感じになっているのかとお思いになって、（光源氏）「何事も、まったくそんなふうに深く思いつめないでください。それにしても（＝症状が悪そうでも）たいしたことはおありでないでしょう。どうなるにしても、（夫婦は）必ず会う機会があるそうだから、きっとお目にかかるはずです。（親子の縁は現世限りでも）大臣や、宮などにも、深い縁のある仲は、（輪廻転生《りんねてんしょう》して）生まれ変わっても繋がりが切れないそうなので、会うときは必ずやあるとお思いください。」と慰めなさると、「いいえ、そうではありませんの。我が身が本当に苦しいので、しばらくは（私を）安らかにしてくださいと申し上げようと思ってなのです。このように参上しようなどとはまったく思わないのに、物思いをする人の魂は、本当にさまよい出るものであったことよ。」と、いかにも親しみを込めた感じに述べて、

嘆き苦しんで空に乱れ飛ぶ私の魂を、下前の褄《つま》を結んでつなぎ

　止めてください、我が夫よ。

とおっしゃる声や、感じが、その人（＝葵の上）ではないようにお変わりになった。まったく不可解だと様々思い合わせて御覧になると、まさにあの六条御息所なのであった。呆然とすることで、他の人があれこれ言うのを、身分低い連中が言い出すことだと、聞くに堪えないとお思いになって打ち消していらっしゃるのに、この目でまざまざと見ているうちに、世の中にはこうしたことがあるのだったと、不気味になった。ああいやなこととお思いになって、（光源氏）「そうはおっしゃるけれども、どなたか分からない。はっきりとおっしゃってください。」とおっしゃると、まさにそのような（御息所らしい）ご様子となって、「あきれたことだ」という言葉ではとても言い表せない。女房たちが近くに参上するのにも、（光源氏は）はらはらしていらっしゃる。

【語注】

①御祈り…葵の上に取り憑くもののけの調伏《ちょうぶく》、並びに安産祈願のために行う加持祈禱（僧侶による祈りの儀）のこと。左大臣家ではかねてから優れた験者（**語注**③）たちを呼び集めて祈禱させていたのだが、いよいよ葵の上が産気づいたということで、よりいっそうの力を尽くして祈禱させる。

②例の執念き御物の怪…これ以前に、葵の上に取り憑いた様々なもののけが調伏されていく中、片時も離れないもののけが一つだけあることが語られていた。それを受け、「例の」という。取り憑かれている葵の上への敬意を表し「御物の怪」という。なお、「物の怪」は「物の気」が本来の表記ともされており、現在では「物の怪」表記を避ける傾向にあるため、本書でも引用部分を除いて「もののけ」で統一した。

③さらに動かず…もののけが憑坐《よりまし》に移らず、葵の上から離れないということ。憑座とは、もののけなどを一時的に乗り移らせるための人のことで、多くは女性や子供がつとめた。「験者」と呼ばれる法力を得た僧侶らは、加持祈禱によってもののけを憑坐に乗り移らせ、その正体を明かして追い払うという手順をとるのが通例だった。

④さればよ。あるやうあらむ。…「さればよ」とは「思った通りだ」、「あるやう」は「事情」の意。つまり葵の上の女房は、もののけの正体を光源氏の関係者だと考えていたということになる。

⑤近き御几帳…「几帳」とは当時の調度品で、丁字形の柱に「帷子」と呼ばれる布を垂らしたもの。間仕切りや目隠しのために用いられた。ここでは、葵の上が臥している傍らに置かれていたもの。

⑥むげに限りのさま…「すっかり最期を迎えそうな様子」。当時は出産に際して命を落とす例が多く、『栄花《えいが》物語』の事例に記された計算によると、四十七人の妊産婦のうち十一人の死亡例（二十三・四％）があり、出産回数でいうと六十四回の出産に対し十七・二％の母体死亡となる（佐藤千春）。

⑦大臣も宮も…葵の上の両親である、左大臣とその妻大宮。大宮については、第五章**語注**⑤。

⑧白き御衣…当時は出産が近づくと、産婦やお付きの女房の装束、

室内の調度品を白一色にする慣習があった。

⑨必ず逢ふ瀬あんなれば…夫婦の仲は「二世の契り」などといわれ、現世だけではなく来世でも結ばれる固い縁があるとされていた。それゆえここでは、この世で死別してもまた来世で会えるということを言っている。

⑩深き契りある仲は、巡りても絶えざんなれば…夫婦の仲が二世（現世と来世）にわたるのに対して、親子の仲は一世（現世のみ）であるが、特に縁の深い親子は別だと考えられていた。

⑪もの思ふ人の魂は、げにあくがるるものになむありける…「あくがる」は第四章**語注**②。物思いによって魂が遊離するという発想は、和泉式部《いずみしきぶ》の和歌（**資料A**）にも見られる。これより前の場面で、自らが葵の上に乱暴を働く夢をしばしば見た六条御息所が、「もの思ひにあくがるなる魂は、さもやあらむ（物思いによってさまよい出るという魂は、実際にそういうこともあるのかもしれない）」と考えたという記述があった。それを受けての「げに」。

⑫結びとどめよしたがひのつま…「したがひ」とは、着物の前を合わせた内側の部分（下前《したまえ》）。その褄《つま》（端）を結ぶと、さまよい出た魂が元に戻るとされていたらしい。さまよい出た魂を結び留《とど》めてほしいという発想の歌は『伊勢物語』にも見える（**資料B**）。「つま」には「夫《つま》」を響かせている。

⑬人のとかく言ふを…葵の上に取り憑くもののけの正体について、六条御息所だという噂《うわさ》が以前からあり、光源氏の耳にも入っていたらしい。

◆◇鑑賞のヒント◇◆

❶もののけが正体を現したのはどの部分以降か。

❷「いかがあはれの浅からむ。」には、光源氏の、誰に対するどのような気持ちが込められているのか。

❸「何事も、いとかうなおぼし入れそ。……」以降の光源氏の言葉は、どのようなことを言っているのか。

❹光源氏は、どこからもののけ出現の異変に気づき始めたか。

❺光源氏はもののけを目の当たりにして、どのように思ったのか。

◆◇鑑賞◇◆

『源氏物語』随一の怪異というべきなのが、六条御息所のもののけ事件であろう。もののけとは「物の気」、すなわち人知を超えた霊的存在のことを指すのだが、特に、嫉妬や怨恨によって個人に取り憑き、病や死に至らせる生霊・死霊のたぐいについて言うことが多い。当時の文献にはたびたびこのもののけのことが記され、平安貴族たちがその実在を信じていたことが窺《うかが》えるのだが、実はそのほとんどが死霊であり、生霊によるもののけの有様を具体的に描き出したのは『源氏物語』が初めてと言われている（藤本勝義）。

さて、にわかに産気づいた葵の上に対して、験者たちはいっそう激しい祈禱をするのだが、かねてから尋常でない執着ぶりを見せていた例のもののけは、一向に離れようとしない。この験者たちとは、臣下最高位にある左大臣が呼び集めた、とりわけ法力優れた人々であり、後の記述によると、中には天台座主《てんだいざす》（延暦寺《えんりゃくじ》の最高位の僧）という平安仏教の中枢・天台宗《てんだいしゅう》の最高権威も含まれていたという。そのような尊い験者たちでも退散させられないほど、手強《てごわ》いもののけであったのだ。ただし、異例の執念深さであったこのもののけも、強力な加持祈禱によりさすがに調伏され、とうとう姿を現すことになる。

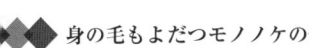

「少しゆるべ給へや。大将に聞こゆべきことあり。」という言葉を発したのは、葵の上である。そのため「のたまふ」という敬語が用いられているのだが、実は葵の上の口を借りて実際に喋《しゃべ》ったのはもののけであった❶。もののけは苦しさに耐えきれずに現れ出て、祈禱を弱めるよう懇願し、さらに光源氏と話したいと言うのであった。葵の上の傍らに座すその両親は、これを娘の言葉だと疑わず、光源氏への遺言でもあるのかと考えて、一時その場から退く。

なお、「大臣も宮も」という呼称は、父は左大臣、母（大宮）は内親王というこの上なく高貴な葵の上の出自を改めて想起させ、その両親が二人そろって枕元に付き添う様子からは、葵の上がいかに大切に育てられてきた姫君であるかが窺えるところである。

左大臣や大宮と同様に、光源氏もまた、先の言葉を葵の上自身のものと信じて疑わない。臨月の葵の上は、高々と突き上げるようなお腹をして、白い調度に囲まれ白い衣で臥していた。それは、光源氏が初めて身近に接する妊婦の様であったはずである。しかもそのお腹の中にいるのは自らの子なのである。光源氏の心は大きく動く。これまで、葵の上に対する形容は「うるはし（きちんとしている、整いすぎていて近寄りがたいという気持ちも込められる）」の語が主に用いられていたのだが、ここでは「らうたげになまめきたる方添ひて」と、異例なことに「らうたし（かわいらしい、第四章語注⑤）」「なまめく」の語が用いられている。また、「をかしかりけれ」と、助動詞「けり」を用いているのも、これまで気づかなかった葵の上の魅力を、今初めて見いだしたということなのだろう（「かうてこそ〜をかしかりけれ」と係り結びが用いられている点にも注意）。普段の、あまりにも端正で打ち解けづらかった姿とはうって変わり、目の前で横たわる葵の上は非常に可憐であり、弱々しいまなざしで自分をじっと見つめて涙を流す。その様を見た光源氏は「いかがあはれの浅からむ。」——「あはれ」という強い感動を覚える。十年の結婚生活で初めて、妻への愛しさを強く感じた瞬間であった❷。このような光源氏の思いが描かれることで、この後の展開（もののけの本格的な出現と、葵の上の落命）との落差が効果的に示されている。

普段は取り澄ましていた葵の上も、ここでは素顔の弱さを晒し、光源氏もまた、「本来の彼女はこういう人だったのか」と感動を新たにする。——でも、本当にそうなのだろうか。先に述べたように、ここは、葵の上に取り憑くもののけが前面に出つつある場面であった。ということは、もしかしたら、光源氏が心を動かされた葵の上の「らうたげ」な様子や仕草というのは、実際にはもののけの仕業であったのかもしれない……。妻への初めての愛しさを感じた場面とは、実はこのような解釈の余地を残すものなのであった。

さて、ここで葵の上がひどく泣いているのも、加持祈禱で責められたもののけによるものと思われるが、それを知らない光源氏は、懸命に葵の上を慰める。光源氏はまず、「さりともけしうはおはせじ。」——たいした病状ではないですよ、必ずよくなりますよ、と励ますのであるが、続く「いかなりとも、……」以下では、「万が一死別することになっても、私ともご両親とも、来世でまた会えますよ」ということを言い出す❸。確かに葵の上に対しては、「むげに限りのさま」「惜しう悲しう」などと、臨終が予感されるほどの容体であることが記されてきた。とはいえ、まるで「死んだとしても大丈夫」とでもいうような光源氏の慰め方は、現代の我々にとっては少々違和感を覚えるものであろう。この背景には、平安時代に広く定着していた仏教思想がある。この世で生を終えた者は、生まれ変わってまた来世を生きるという、いわゆる輪廻《りんね》転生《てんしょう》の思想を持っていた平安時代の人々にとっては、来世というものが現代以上に身近だったのだろう。ともあれ光源氏は、様々な角度からの慰めを行い、必死で妻を気遣うのであった。

けれども、「いで、あらずや。」と口を開いたのは、もはや葵の上ではなかった。これ以降、ついにもののけがその正体を現す。そのセリフの内容は、「加持祈禱が自分を苦しめる」「思い悩む人の魂が身体から抜け出ることを思い知った」というもので、明らかに葵の上のものではない。しかも、その声も様子も葵の上とはすっかり変わってしまっている。光源氏は、ここに至って初めて「いとあやし」と異変に気づく❹。そして葵の上に取り憑いたもののけの正体が、あの六条御息所であったと察知する。「ただかの御息所なりけり。」の一文は、語り手と光源氏が融合し、光源氏の驚愕《きょうがく》と戦慄をじかに伝えるものとなっている。葵の上が六条御息所そのものに変わるこの箇所こそが、もののけ出現事件のクライマックスといえよう。

六条御息所のもののけに対峙《たいじ》した光源氏は、まず「あさまし」と、予想だにしなかった事態に驚きあきれる。これまで御息所の生霊の噂は耳にしていながらも、たちの悪いデマだと一蹴してきたのに、このような事実を目の当たりにして愕然《がくぜん》としたのである。そして、「疎まし」「あな心憂」と、心の底からの強い嫌悪感を抱かずにはいられない。信じたくない思いからか、ダメ押しのように名乗りを求める光源氏に対して、六条御息所ははっきりとその正体を示す。そこで光源氏は、今度は「あさましとは世の常なり。」と、「あさまし」という言葉では表現できないほどの衝撃を覚えるのであった❺。

ただし光源氏のこの思いは、六条御息所個人への嫌悪に留《とど》まらないのだろう。この後の場面で、光源氏は「世の中をいと憂《う》きものにおぼししみぬれば（男女の仲というものを、本当に厭《いと》わしいものだと身に染むほど深くお思いになったので）」と、物思いの果てに生霊にもなるような男女間の愛執を、つくづく「憂きもの」と痛感したと語られていた。二十二歳の光源氏が初めて、計り知れない人間の心の凄《すさ》まじさを思い知り、厭世《えんせい》観を抱く契機ともなった事件であった。

◆◇探究のために◇◆

▼紫式部のもののけ観　作者紫式部は、もののけとは「おのが心の鬼」、つまり自身の良心の呵責《かしゃく》が原因であるという合理的な見解をその和歌で示している（**資料C**）。彼女のもののけ観を重視し、当場面の六条御息所のもののけも、光源氏の幻影や御息所の自己暗示と見なす解釈もある。けれども一方で、このもののけ場面が幻想の域を超えた迫真の描写になっていることも確かである。

なお当時、生霊・死霊のたぐいは怨恨をもって相手に祟《たた》ると理解されていたのだが、六条御息所の場合、明確な恨みを持って葵の上に取り憑いたわけではないということも大きな特徴であろう。本文中でも「かく参り来むともさらに思はぬを」と述べられており、またその前の場面では、自分はただ我が身の拙さを嘆くばかりで、葵の上に対して「あしかれなど思ふ心もなけれど（不幸になれという気持ちはないけれど）」という御息所の思いが語られていた。つまり、六条御息所は「葵の上を呪ってやろう」と思って取り憑いたわけではなく、自分でも無意識のうちに魂が身を抜け出てしまったというのである。だからこそ、六条御息所自身も自らのもののけ化に驚き、絶望するのであった。

『源氏物語』では、もののけを一般的な死霊ではなく生霊とし、もののけ出現に至る経緯を丁寧に積み重ねることで、憑く側である六条御息所の心理を克明に掘り下げた。それにより、「葵の上への嫉妬」「三角関係の恨み」などという次元を超えて、「底知れない人間の情念」への恐しさが描き出されたのである。

▼六条御息所のその後　当場面の直後、葵の上は無事男児（夕霧《ゆうぎり》）を出産するのだが、その後もののけによる発作に襲われ、命を落とす。一方、自らのもののけ化に深く傷つく六条御息所は、斎宮となって伊勢に赴く娘に同行し、都を去った（賢木巻《さかき》）。そして六年後、斎宮の交代に伴い都に戻り、程なくして死去する（澪標巻《みおつくし》）。

けれども、彼女はこれで退場しなかった。六条御息所の死後、娘の前斎宮は光源氏の養女となり、冷泉帝のキサキとなり中宮にまで引き立てられた（秋好中宮《あきこのむちゅうぐう》）。それでも六条御息所の魂は鎮められず、その死から十八年後、死霊となって紫の上に取り憑き、危篤に陥れ（若菜下巻《わかなのげ》）、紫の上が一命をとりとめると、今度は不義の子を出産した女三の宮に取り憑いて、出家に追い込んだ（柏木巻《かしわぎ》）。妄執のためにいまだ成仏できずに苦しむ六条御息所の姿を見た光源氏は、人間の愛執の凄《すさ》まじさを改めてかみしめるのであった。

【資料】

A 『後拾遺和歌集《ごしゅういわかしゅう》』雑六・一一六二・和泉式部《いずみしきぶ》

男に忘られて侍りける頃、貴船に参りて、御手洗川に蛍の飛び侍りけるを見てよめる

もの思へば沢の蛍も我が身よりあくがれいづる魂《たま》かとぞ見る

（現代語訳：男に忘れ捨てられておりました頃、貴船神社に参詣して、御手洗川に蛍が飛んでおりましたのを見て詠んだ和歌

思い悩んでいると、沢を飛ぶ蛍も、自分の身体からさまよい出た魂かと思われることよ。）

B 『伊勢《いせ》物語』百十段「魂結び」

昔、男、みそかに通ふ女ありけり。それがもとより、「今宵夢になむ見え給ひつる。」と言へりければ、男、

思ひあまり出《い》でにし魂のあるならむ夜深く見えば魂結びせよ

（現代語訳：昔、男が、こっそりと通う女があった。その女のところから、「今宵（あなたの）お姿が私の夢に見えました。」と言ってきたので、男は（こう詠んだ）、

（あなたのことを）思うあまりに、身体から出ていってしまった魂があるのでしょう。夜更けにまた見えたらその私の魂をとどめる「魂結び」をしてください。）

C 紫式部《むらさきしきぶ》『紫式部集《むらさきしきぶしゅう》』四四

絵に、もののけつきたる女のみにくきかた書きたる後ろに、鬼になりたるもとの妻《め》を、小法師のしばりたるかた書きて、男は経読みて、もののけ責めたるところを見て

亡き人に託言《かごと》はかけてわづらふもおのが心の鬼にやはあらぬ

（現代語訳：絵に、もののけが取り憑いた女の醜い様子を描いた後ろに、（死んで）鬼になった先妻を、小法師が縛っている図が描いてあり、夫はお経を読んでもののけを調伏しようと責め立てている場面を見て、

亡くなった人に言いがかりをつけてあれこれ悩んでいるのも、実は自分の心が生んだ疑心暗鬼というものではないでしょうか。）

平安貴族のライフサイクル

満年齢《まんねんれい》ではなく数《かぞ》え年《どし》が用いられていた平安時代では、生まれた日から一歳となり、以降誕生日に関わらず、新年を迎えるごとに一つ年をとった。当時は早くて十二歳頃に成人式を迎え、二十歳を超えて独身の場合はやや晩婚という感覚であり、四十歳からは初老とされた。概して、現在の一・五倍換算で考えるとイメージしやすいかもしれない。なお、平安時代の平均寿命は、およそ五十歳前後であった（梅村恵子氏の『大鏡《おおかがみ》』による計算では、男性五十六・五歳、女性四十八・八歳。服藤早苗氏の天皇・キサキの計算では、天皇五十二・七歳、キサキ五十一・二歳。出産時の落命が多かった女性の方が、やや短命となっている。ただし、これらには乳幼児期の死亡はほぼ反映されていない）。

では、平安貴族たちはどのような通過儀礼を経て、一生を過ごしたのであろうか。

まず出産直後には、「臍《ほぞ》の緒」（竹刀などで臍の緒を切る）、「乳付《ちつけ》」（新生児に初めて乳を含ませる）、「御湯殿《おゆどの》」（新生児に産湯を使わせる）などの儀式が行われる。中でも御湯殿の儀は大がかりで、一日二回、七日間も続けられた。明石姫君が東宮の第一皇子を出産した際には、実の祖母にあたる明石の君が女房としてこれに奉仕していた（若菜上巻《わかなのじょうまき》）。また、誕生から三・五・七・九日目の夜（主催者は毎回変わったが、七日目が最も重視された）には「産養《うぶやしない》」と呼ばれる祝宴が催される。産婦をねぎらい、新生児の健やかな成長を祈って行われたもので、親族や知人などから様々な贈り物が贈られた。生後五十日目の「五十日《いか》の祝《いわい》」、百日目の「百日《ももか》の祝《いわい》」は現在のお食い初めに相当し、乳児に餅を含ませた。薫の五十日の祝では、この不義の子を我が子として抱く光源氏の姿が語られる（柏木《かしわぎ》巻）。

男女とも三～五歳頃になると、幼児が初めて袴を着ける「袴着《はかまぎ》（着袴《ちゃっこ》）」の儀が行われた。これは我が子を貴族社会に披露する意味も持ち、光源氏が三歳の明石姫君を自邸に引き取ったのは、自らのもとで袴着を行いたかったからであった（薄雲《うすぐも》巻）。その後、光源氏が七歳で読書始《ふみはじめ》（初めての漢籍の講義）を行ったように、童たちは手習《てならい》・学問に励む。なお上流貴族の子息の場合、「童殿上《わらわてんじょう》」をすることがある。童殿上とは、元服（成人）前に昇殿《しょうでん》を許され、天皇に近侍して様々な雑用を行うものである。これにより、宮中のしきたりや作法を身につけ、天皇との私的関係を強化することが目的とされた。光源氏の息子夕霧も、八歳ほどで冷泉帝や東宮のもとに童殿上している（澪標《みおつくし》巻）。

男子の成人式が「元服《げんぷく》」、女子の成人式が「裳着《もぎ》」であり、十代半ばで行われることが多い。元服は「初《うい》冠《こうぶり》」とも言われるように、これまで角髪《みずら》に結っていた髪型を改め、髻《もとどり》（髪の毛を頭上で束ねたもの）を結い、初めて冠をかぶる儀式である。冠をかぶせる加冠《かかん》（引入《ひきいれ》）役は重要で、有力者に依頼した。光源氏の場合は十二歳で元服し、左大臣（葵の上の父）が加冠をつとめている（桐壺《きりつぼ》巻）。成女式においては、古くは「髪上げ」という髪を結い上げる儀礼が中心であったが、女子の髪型の変化により、裳を着することがメインとなった。裳の腰紐を結ぶ腰結《こしゆい》役も有力者が務めた。元服・裳着をすますと程なく結婚が行われることが多く（婚儀については**コラム**「平安貴族の気になる結婚事情」）、男子は官職を得て宮中に出仕することになる。

結婚し、めでたく懐妊すると、妊娠五ヶ月頃に妊婦が腹帯を巻く「着帯《ちゃくたい》」が行われた。なおキサキの場合、宮中は穢れを忌むため、およそ妊娠三〜五ヶ月（体調や寵愛の度合い、神事の都合などで前後する）で実家に退出する。そしていよいよ出産間近となると、産屋《うぶや》の調度品や、産婦・女房の装束などが白で統一され、僧侶による修法の中で出産が行われる。当時の出産は座産であり、光源氏の正妻葵の上も、もののけが去った後、抱き起こされて程なく夕霧を出産している（葵《あおい》巻）。当時はおよそ四人に一人は出産により命を落としており（第六章**語注⑥**）、命がけの仕事であった。

長寿を祝う祝宴が「算賀《さんが》」であり、四十歳で行われる「四十賀《しじゅうのが》」以降、五十賀、六十賀…と、十年ごとに行われる。主催者別に数回催されることもあり、光源氏の四十賀は、妻子らの主催で計四度も行われた（若菜上《わかなのじょう》巻）。平均寿命が短かった当時にも、長寿を誇った人物はいた。例えば紫式部と同時代では、藤原実資《さねすけ》が九十一歳、道長の妻の源倫子が九十歳まで生き、道長の娘彰子が八十七歳、息子頼通《よりみち》が八十三歳の寿命を保っている。

いよいよ臨終を迎えても、しばらくは蘇生《そせい》祈願が行われることもあった。沐浴させ、白い単衣を着せた故人を北枕に寝かせ、屏風や几帳を逆さに立てるというのが遺体安置の方法であるが、これを行うと死が確定してしまうので、蘇生の可能性に望みをかけ、しばらくは様子を見るということもなされた。やがて入棺となるが、女性の場合は人目に晒《さら》さぬよう棺《ひつぎ》に蓋をし針で打ち付けた。その後葬送までの期間が長いほど死者への手向けになるとされた一方で、季節や故人の遺志、または残されたものの未練を断つため等の理由で、葬送が急がれる場合もあった。葬送は夜間に行われ、親類縁者も葬送地（郊外の野辺）まで供奉《ぐぶ》した。当時は火葬が一般的であり、紫の上も一晩かけて荼毘《だび》に付され、はかなき煙となった（御法《みのり》巻）。このように、ありし人が煙となるはかなさは物語や和歌にしばしば描き出されている。その後、近親者は一定期間喪服を着用し「服喪《ふくも》」する。重い喪であるほど黒に近い濃い色の喪服を着し、軽い喪であれば薄墨《うすずみ》というグレーに近い喪服を着た（喪の軽重は故人との間柄により規定されていた）。また、初七日以降、七日ごとの追善《ついぜん》供養が行われた。死後中有《ちゅうう》をさまよう霊魂は、四十九日目までには次の生を得ると考えられていたので、「七七日《なななぬか》」（四十九日目）の法要は、特に手厚く行われた。

第七章 フルサトのキミはあまりにも遠く……

光源氏二十三歳の時に桐壺院《きりつぼいん》が崩御《ほうぎょ》すると、朱雀帝《すざくてい》の外戚《がいせき》の右大臣や弘徽殿大后《こきでんのおおきさき》が実権を握り、光源氏の失脚が画策されていく。官位剝奪の上、謀反の濡《ぬ》れ衣《ぎぬ》さえ着せられそうになった光源氏は、二十六歳の春に、自ら都を離れ須磨に退去した。

12 須磨《すま》巻・心づくしの秋風

光源氏二十六歳

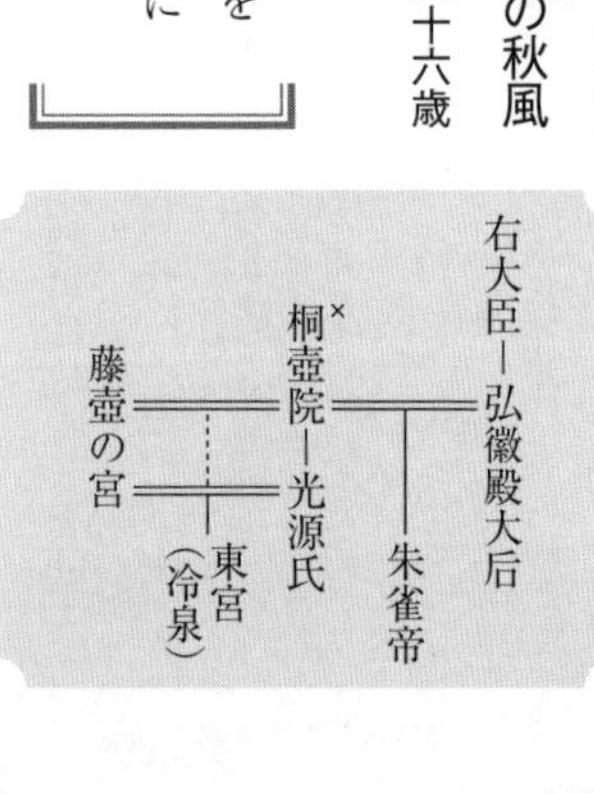

①須磨《すま》には、いとど心づくしの秋風に、海は少し遠けれど、②行平《ゆきひらの》中納言の、関吹き越ゆると言ひけむ浦《うら》波《なみ》、よるよるはげにいと近く聞こえて、またなくあはれなるものは、かかる所の秋なりけり。

御前《おまへ》にいと人少《ひとずく》なにて、うち休みわたれるに、独《ひと》り目をさまして、③枕をそばだてて四方《よも》の嵐《あらし》を聞き給《たま》ふに、波ただここもとに立ちくる心地して、涙落つともおぼえぬに、枕浮くばかりになりにけり。④琴《きん》を少しかき鳴らし給へるが、我ながらいとすごう聞こゆれば、弾《ひ》きさし給ひて、

光源氏 ⑤恋ひわびてなく音《ね》にまがふ浦波は思ふ方より風や吹くらむ

とうたひ給へるに、人々おどろきて、めでたうおぼゆるに、忍ばれで、あいなう起きゐつつ、鼻を忍びやかにかみわたす。げにいかに思ふらむ、我が身一つにより、親はらから、片時たち離れがたく、ほどにつけつ

つ思ふらむ家を別れて、かく惑ひ合へるとおぼすに、いみじくて、いとかく思ひ沈むさまを、心細しと思ふらむとおぼせば、昼は何くれと戯《たはぶ》れ言《ごと》うちのたまひ紛らはし、つれづれなるままに、いろいろの紙を継ぎつつ手習《てなら》ひをし給ひ、珍しきさまなる唐《から》の綾《あや》などにさまざまの絵どもをかきすさび給へる、屏風《びやうぶ》の面《おもて》どもなど、いとめでたく見どころあり。⑥人々の語り聞こえし海山《うみやま》のありさまを、はるかにおぼしやりしを、御目に近くては、げに及ばぬ磯《いそ》のたたずまひ、二《に》なく書き集め給へり。供人「この頃の上手にすめる⑦千枝《ちえだ》・常則《つねのり》などを召して、作り絵つかうまつらせばや。」と、心もとながり合へり。なつかしうめでたき御さまに、世のもの思ひ忘れて、近う慣れつかうまつるをうれしきことにて、四、五人ばかりぞつと候《さぶら》ひける。

前栽《せんざい》の花いろいろ咲き乱れ、おもしろき夕暮れに、海見やらるる廊《らう》に出で給ひて、たたずみ給ふ御さまの、ゆゆしう清《きよ》らなること、所がらはましてこの世のものと見え給はず。⑧白き綾のなよよかなる、紫苑色《しをんいろ》など奉りて、こまやかなる御直衣《なほし》、帯しどけなくうち乱れ給へる御さまにて、光源氏「⑨釈迦牟尼仏弟子《さかむにぶつのでし》。」と名乗りてゆるるかに読み給へる、また世に知らず聞こゆ。沖より舟どものうたひののしりて漕《こ》ぎ行くなども聞こゆ。ほのかに、ただ小さき鳥の浮かべると見やらるるも心細げなるに、雁《かり》の連《つら》ねて鳴く声、⑩楫《かぢ》の音《おと》にまがへるを、うちながめ給ひて、涙のこぼるるをかき払ひ給へる御手つき、黒き御数珠《ずず》に映《は》え給へるは、ふるさとの女恋しき人々の心、みな慰みにけり。

光源氏 初雁《はつかり》は恋しき人のつらなれや旅の空飛ぶ声の悲しき

とのたまへば、良清《よしきよ》、

良清 かきつらね昔のことぞ思ほゆる雁はその世の友ならねども

民部大輔《みんぶのたいふ》、

惟光 心から　⑪常世《とこよ》を捨てて鳴く雁を雲のよそにも思ひけるかな

前右近将監《さきのうこんのぞう》、

「常世出でて旅の空なる雁がねもつらにおくれぬほどぞ慰む

友惑《まど》はしては、いかに侍らまし。」と言ふ。親の常陸《ひたち》になりて下《くだ》りしにも誘はれで、参れるなりけり。下には思ひくだくべかんめれど、誇りかにもてなして、つれなきさまにしありく。

月のいとはなやかにさし出でたるに、今宵《こよひ》は⑫十五夜なりけりとおぼし出でて、殿上《てんじやう》の御遊び恋しく、ところどころながめ給ふらむかしと思ひやり給ふにつけても、月の顔のみまもられ給ふ。光源氏「二千里外故人《じせんりのほかこじんの》心《こころ》。」と誦《ずん》じ給へる、例の涙もとどめられず。⑬入道《にふだう》の宮の、「⑭霧や隔つる」とのたまはせしほど、言はむ方《かた》なく恋しく、折々のこと思ひ出で給ふに、よよと泣かれ給ふ。供人「夜更《よふ》け侍《はべ》りぬ。」と聞こゆれど、なほ入り給はず。

光源氏 見るほどぞしばし慰む巡り合はむ月の都ははるかなれども

その夜、上《うへ》のいとなつかしう昔物語などし給ひし御さまの、院に似奉り給へりしも、恋しく思ひ出で聞こえ給ひて、光源氏「恩賜《おんし》の御衣《ぎよい》は今ここにあり。」と誦じつつ入り給ひぬ。御衣《おんぞ》はまことに身放たず、傍らに置き給へり。

光源氏 憂しとのみひとへにものは思ほえで左右《ひだりみぎ》にもぬるる袖かな

【現代語訳】

須磨では、いっそう物思いの限りを尽くさせる秋の風に（乗せて）、海は少し遠いけれども、行平の中納言が、「（風が）関吹き越ゆる」と言ったという海岸に打ち寄せる波音が、毎晩毎晩確かに実に近くに聞こえて、この上なく感慨深いものは、こうした所の秋なのであるよ。

（光源氏の）おそばには本当に人が少なくて、（わずかな供人たちも）みな軽く寝入っている中で、（光源氏が）独り目を覚まして、枕を立てて周囲の激しい風（の音）を聞いていらっしゃると、立つ波がまさにすぐ近くに寄せてくる感じがして、涙がこぼれるとも意識しないうちに、（涙で）枕が浮きあがるくらいになってしまった。琴《きん》の琴《こと》を少しかき鳴らしていらっしゃるのが、我ながら本当にもの寂しく聞こえるので、弾く手をお止めになって、

（光源氏）恋しさに苦しんで泣く声に、海岸の波音がよく似ているのは（私を）思ってくれている（人の）方から、風が吹いて（その泣き声を運んで来て）いるからであろうか。

と詠じていらっしゃると、供人たちが目を覚まして、素晴らしいと感じられることに、じっとしていられず、むやみと幾人も起きて座り、みなひそやかに鼻をかんでいる。本当に今（この者たちは）どのように感じているだろうか、私一人のために、親や兄弟姉妹、わずかの間も離れて行きたくなく、めいめいの身分に応じて愛しているだろう家から離れて、こうして何人も一緒にさまよっているとお考えになると、とてもせつなくて、本当にこうしてふさぎ込んでいる（私の）様子を、（供人たちも）不安に思っているだろうとお思いになるので、昼間には何かと軽い冗談をおっしゃって気を晴らし、手持ち無沙汰なのにまかせて、様々な色の紙を継ぎ足しては思いつく和歌などを書き付けなさり、めったにない様子をした舶来の綾絹などに様々な絵をいくつも思うままに描いていらっしゃる、（それらを貼った）屛風の絵の数々は、実に素晴らしく見る甲斐がある。（以前に）供人たちが（光源氏に）話して差し上げた海や山の様子を、（当時は）遠くかけ離れたこととして想像していらしたけれども、絶えず御覧になっているからには、なるほど（都では）想像もできない岩場の風景を、他に比べようもないくらい美しくたくさん描いていらっしゃった。（供人）「近頃の名人とされているらしい千枝や常則などを呼び寄せて、彩色して差し上げさせたい。」と、みなもどかしがっている。（供人たちは光源氏の）魅力的で立派なご様子に、世俗の嘆きを忘れて、身近に親しくお仕え申し上げていることを嬉しいこととして、四、五人ほどがずっとおそばに伺候していた。

庭先の植え込みの花が色とりどりに咲き乱れ、興趣をそそる夕暮れ時に、遠く海まで目に入る廊にお出ましになり、じっと立ち止まっていらっしゃる（光源氏の）ご様子が、不安になるほど素晴らしく美しいことは、場所が場所だけにいっそうこの世のものとはお見えにならないようでいらっしゃる。白い綾織りの柔らかい袿、紫苑色の指貫などをお召しになって、濃い色のお直衣に、帯を無造作な感じにやや着崩していらっしゃるお姿で、（光源氏）「釈迦牟尼仏弟子。」と名乗って、ゆっくりと（経を）読んでいらっしゃるお声が、またこの世には他にないように聞こえる。沖を通って幾艘もの

舟が歌声を響かせて漕いでいくのなども聞こえる。（その舟が）かすかに、まるで小さい鳥が浮かんでいるように遠く眺められるのもいかにも頼りなさそうな上に、雁が列をなして鳴いている声が、楫の音によく似ているのを、ぼんやりと見聞きしていらっしゃって、涙がこぼれるのを拭っていらっしゃった（色白の）お手の様子が、黒いお数珠によって一段と鮮やかに見えていらっしゃるのには、故郷の女を恋しく思う供人たちの心が、みな和んでしまった。

（光源氏）初雁は（都にいる）恋しい人の仲間だからなのだろうか。空を旅して飛ぶその声が悲しく聞こえるのは。

とお詠みになると、良清、

（良清）次々と昔のことが懐かしく思い出されます。雁はその当時の友達であったわけではありませんが。

民部大輔（惟光）、

（惟光）自分から常世を捨てて鳴いている雁を、（今までは）雲のかなたのひとごとのように思っていたことでした。

前右近将監、

（前右近将監）「常世を出て旅の空にいる雁も、仲間から外れないでいる間は心も慰みます。

もし友にはぐれたら、どのように生きていきましょうか。」と言う。（前右近将監は）親が常陸介《ひたちのすけ》になって下向していったのにも同行しないで、（光源氏のお供をして須磨に）参ったのであった。内心では様々に思い乱れているに違いないが、得意げに振る舞って、平然とした態度でいる。

月が本当に明るく美しく輝いて出てきたので、（光源氏は）今夜は十五夜であったのだとお思い出しになって、宮中殿上《てんじょう》の間《ま》での詩歌管絃の宴が恋しく思われて、今頃は都のあの方この方が物思いにふけっておいでであろうと想像なさるにつけても、月の顔ばかりを見つめ続けなさらずにはいられない。（光源氏）「二千里外故人心。」とお口ずさみになると、例によって涙も抑えられない。入道の宮（＝藤壺）が、「霧や隔つる」とおっしゃった折（のこと）が、言いようもなく恋しくて、あの時この時のことをお思い出しになると、激しくお泣きになってしまう。（供人）「夜が更けました。」と申し上げるけれども、それでも（奥へは）お入りにならない。

（光源氏）（月を）見ているしばらくの間は心が和む。同じ月がまためぐり来るように、めぐりめぐって再び会うような、月の都（京）は遠く隔たっているけれども。

その夜、（朱雀）帝が実に親しみを込めて昔の思い出話などをお話になったご様子が、（桐壺）院に似ていらしたことをも、恋しく思い出し申し上げなさって、（光源氏）「恩賜の御衣は今ここにあり。」とお口ずさみながら（奥へ）お入りになった。お着物は本当に我が身から離さずに、すぐそばに置いていらっしゃる。

（光源氏）（朱雀帝に対して）つらいとだけ一途には思われなくて、あちらの（思いの）ためにもこちらの（思いの）ためにも、（涙で）袖が濡れることよ。

【語注】

①須磨…摂津《せっつ》国の西南隅《すみ》（「須磨」の名はこの「隅《すみ》」に由来する）。
現在の兵庫県神戸市西部。畿内《きない》（都周辺の特別行政区）最西端の

要所として、古代には関所が置かれていた。その海岸は景勝地として知られ、また月の名所でもあり、古くから和歌の題材とされた地であった。なお、当時の上流貴族は許可なく畿内を出ることは禁じられており（『類聚三代格《るいじゅうさんだいかく》』）、光源氏は畿内ぎりぎりの地である須磨を退去先に選ぶことで、反逆の意志がないことを示したともされている。

須磨・明石関連地図

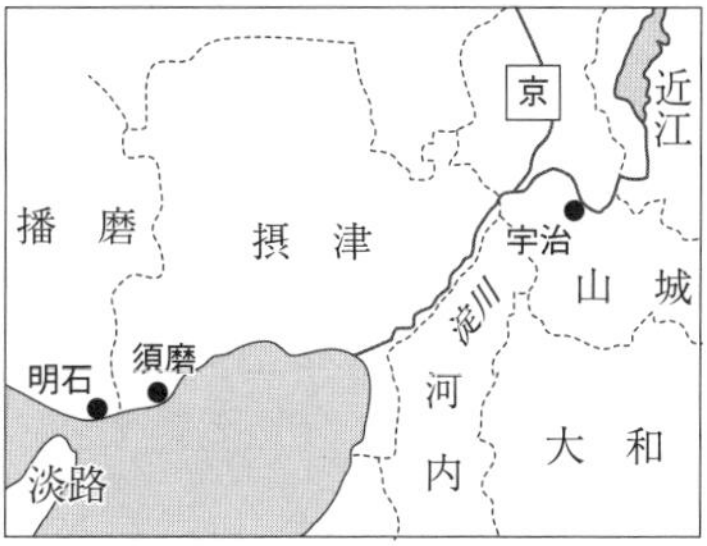

②行平中納言…在原行平《ありわらのゆきひら》（八一八〜八九三）。業平《なりひら》の兄で、文徳《もんとく》天皇（在位八五〇〜八五八）の時代に事件に関わって須磨に隠棲《いんせい》したとの記述が『古今和歌集』に見える（**資料A**）が、他に記録がないため、真偽のほどや詳細は不明。

③枕をそばだてて…『白氏文集《はくしぶんしゅう》』の「遺愛寺の鐘は枕を欹《そばだ》てて聴き」（**資料B**）に拠る。「枕を欹てる」は諸説あるが、「枕を立てる」と解されるのが一般的。安眠を得るための動作とも、物をよく聞くための動作ともいわれる。

④琴…中国由来の七絃琴《しちげんきん》（七本の絃を張った琴）。中国では君子の楽器として愛好され、日本でも奈良時代から平安初期にかけて重視されたが、琴柱《ことじ》（絃の音程を調節する可動式の支柱）がなく演奏法が難しいことから、平安中期以降は次第に廃れた。ただし平安貴族たちはこの楽器を特別視していたようで、『うつほ物語』は四代にわたる琴《きん》の伝承がテーマの一つとなっている。『源氏物語』でも琴《きん》を弾く人物は皇族に連なる人物にほぼ限られており、特に光源氏はその第一人者とされている。光源氏は須磨退去にあたって、最低限の生活必需品の他は、『白氏文集』などの漢籍を入れた箱と琴《きん》一つのみを携えていた。

⑤「恋ひわびて」歌…「恋ひわびて泣く」のは、光源氏のことを思う都の人々。ただし、光源氏自身を主語とする説もある。

⑥人々の語り聞こえし海山のありさま…かつて若紫巻において、北山の景色に感動する光源氏に、供人たちが諸国の風景の見事さを語り、「そのような他国の海山の様子を御覧になったら、絵の腕前もいっそう上達なさるでしょう。」と述べたことがあった。それを受けて後文で「げに」と言う。

⑦千枝・常則…常則は、村上《むらかみ》天皇（在位九四六〜九六七）の頃に実在した宮廷絵師、飛鳥部《あすかべの》常則。千枝もその頃の絵師と考えられている。ここでは、「この頃の上手にすめる」とあるので、光源氏が彼らと同時代人との設定になっている。

⑧白き綾のなよよかなる、紫苑色など奉りて、こまやかなる御直衣…光源氏の着崩した直衣姿（「直衣」については第四章**語注**⑨）の説明。「白き綾」は袿《うちき》（表着である直衣と下着との間に着た衣服）と解したが、単《ひとえ》（下着）とする説もある。「紫苑色」とは秋の色目で、表が薄紫色、裏が青色という（諸説あり）。これは指貫《さしぬき》（直衣の際に着用する袴）の色を指すか。「こまやかなる」は色が濃いという意味。

⑨釈迦牟尼仏弟子…経文を読む際に最初に唱える言葉で、「釈迦牟尼仏弟子」に続けて自分の名を名乗る。これ以外の場面でも、須磨での光源氏はもっぱら仏道修行の日々を送っていたと記される。

⑩楫の音にまがへる…雁の声と楫の音が似ているというのは『白氏文集』「秋の雁は楫の声来たる」（**資料C**）に拠る発想。

⑪常世…海のかなたにあるという仙境のこと。秋の深まりとともに海を越えて日本列島にやって来る雁は、常世から飛来するとされていた。

⑫十五夜…八月十五夜、中秋の名月。この夜の満月を愛でる風習は、中唐《ちゅうとう》（七六六～八三五）のころ中国で始まり、その後日本に伝わった。日本では十世紀半ば頃には、宮中にて、天皇出御のもとで式次第が整った形での月見の宴が催されるようになっていたらしい。

⑬入道の宮…藤壺の宮のこと。桐壺帝の治世下で中宮となり、その所生子（実は光源氏との密通による子）は、現在東宮となっている。けれども桐壺院崩御後、弘徽殿大后らの圧迫が続く中、光源氏からの恋情をかわして東宮の地位を守るため、出家をした。そのため「入道」と称す。

⑭霧や隔つる…藤壺が出家の直前に詠んだ和歌「九重《ここのへ》に霧や隔つる雲の上の月をはるかに思ひやるかな（宮中には幾重にも霧が立ちこめて隔てているのでしょうか。雲の上にある月をはるかに遠くに思っています。）」を指す（賢木《さかき》巻）。隔てる「霧」を右大臣一派に、見えない「月」を朱雀帝に例えた和歌。

◆◇鑑賞のヒント◇◆

❶冒頭の一文における詩歌の引用は、どのような効果をもたらしているか。

❷「恋ひわびて……」の和歌から、光源氏のどのような思いが読み取れるか。

❸供人たちが光源氏に心服していることが分かる記述はどこか。

❹光源氏と三人の供人による一連の和歌は、どのように繋がっているか。

❺「今宵は十五夜なりけり」からは、光源氏のどのような境遇が読み取れるか。

❻光源氏は、朱雀帝に対してどのような思いを抱いているのか。

◆◇鑑賞◇◆

当場面冒頭は、様々な和歌や漢詩が織り込まれた抒情《じょじょう》あふれる文章となっており、古来、名文として親しまれてきた。ただしその詩歌の引用は、単なる装飾に留まらない意味を持つ。

まず「いとど心づくしの秋風」とは、『古今和歌集』秋の歌にある「……心づくしの秋は来にけり（物思いの限りを尽くす秋がやって来たのだな）」（**資料D**）に拠る表現だが、この歌を引くことで、ただでさえ秋はもの悲しい季節であるとの共通認識が示され、その上で、ましてや「いとど（よりいっそう）」感慨を催しているという光源氏の心細い境遇が浮かび上がる。続いて、在原行平の「関吹き越ゆる」の和歌（**資料E**）が引かれ、「げに（なるほど）」須磨の浦とは行平の言うとおりであったと納得するのだが、『万葉集』以来多く詠まれてきた須磨の海辺の歌の中で、とりわけ在原行平の和歌が選ばれた点も重要であろう。行平には、何らかの事件に関わって須磨で謹慎したとの言い伝えがあり、これにより、同じく流謫《るたく》の身の上となった光源氏の姿と、須磨の地でぽたぽたと涙を流しながらわびしく過ごしていたという行平の姿（**資料A**）が重なるのである。そして行平の歌「……関吹き越ゆる須磨の浦風」を「（秋風に吹き寄せられる）浦波」に転じたところから、「よるよる（波が寄る）」の語が導き出される。この言葉は「夜々」と掛詞《かけことば》にもなっていて、夜ごとに吹き寄せる波音に、よりいっそうの寂寥《せきりょう》感が増す様が表される。「秋風に吹き寄せられた浦波の音が近く聞こえる」という一節が、詩歌の引用と連想によってここまでの厚みを持たされたのである❶。

続いて、その「夜」の光源氏の描写に移る。供人たちが寝静まる中、一人眠ることができずにいる彼は、嵐ともいうべき激しい風の音を聞きながら、打ち寄せる波がすぐそこまで来ているように感じる。その「波（なみ）ただここもとに」の表現から「涙」が連想されることで、自分でも気づかぬうちに枕が浮かぶほどの涙を流してしまったという内容に繋がっていく。「枕が浮くほどの涙」については、『古今和歌六帖』の「独り寝の涙によって石の枕も浮いてしまいそうだ」（資料F）との和歌を想起することにより、単に流謫の身となったうら寂しさだけでなく、「独り寝」すなわち愛する人との別離の悲しみをも浮かび上がらせる。そしてその思いは、「恋ひわびて」の和歌に繋がっていく。波の音が、自分を恋うる人々の泣き声かと思われるというのだが、そう詠む光源氏自身も独り寝の床で涙を流している。都には、今や最愛の妻となった十八歳の紫の上をはじめ、愛する人々が残されており、流謫の身となった自分のことを恋しく思ってくれているはずである。彼女たちもいかに心細い思いをしていることか——と、都から遠く離れた須磨の地で思いを馳《は》せるのであった❷。

とはいえ、光源氏は一人ではなかった。そこには、彼の思いに共感し、ともに涙を流す供人たちがいたのである。以前、大将の地位にあった光源氏には、外出の際には随身《ずいじん》（第十三章**語注**⑦）が六人、加えて供の者が二、三十人はついたはずといわれているが（『新編日本古典文学全集』）、今回の須磨退去に同行した従者は、全員合わせても七、八人ばかりであった。けれども彼らは、いずれも以前から親しく仕えていた選《よ》りすぐりの者たちであり、親兄弟や妻子らと離れ、光源氏とともにさすらいの身となることを選んだ人々であった。「光源氏の従者ならば、その流謫に同行するのも当然ではないか」と思うかもしれないが、実は彼らは光源氏とは私的な主従関係を結んでいるに過ぎず、公的にはそれぞれ別に官職を持つ身であった。例えば、供人たちの代表格である惟光（第三章**語注**③）は、光源氏の乳母子《めのとご》でその腹心という私的な一面と同時に、「民部大輔」（民政一般を掌った民部省《みんぶしょう》の次官、正《しょう》五位下《げ》相当）の地位にある役人という公的な一面も併せ持っている。その惟光が光源氏と共に須磨に下るというのは、まさに公職を投げ打っての奉仕といえよう。また、光源氏に親しいということで右近将監の官職を罷免される憂き目にあった前右近将監も、親の地方赴任に同行して光源氏から距離を取ることもできたのに、敢《あ》えてそれをしなかった。それほどまでに、光源氏に心服する人々なのである❸。

このように自分とともに流謫の地に来てくれた供人たちの気持ちを、光源氏も思いやる。そして、自分が思い沈んでいると彼らも心細く思うだろうと、強いて明るく冗談などを言いつつ過ごすのであった。琴《きん》の音色、書や絵の腕前、輝くような美貌と美しい声――またとないほど素晴らしい光源氏の様子に、供人たちの気持ちも慰められ、そのそば近くに仕えられることを喜ぶ（❸）。折しも、今年初めての雁が飛来した。この主従の連帯は、雁をめぐる一連の和歌の唱和に繋がっていく。

まず光源氏は、「初雁の声が、都にいる恋しい人のものと思われる」と、都に残した女君たちを思い、雁の声に悲しみを抱く。これを受け、続く良清は「雁を見ると昔のことが思い出される」と、かつてのよき時代を懐かしむ思いを雁に託す。両者の和歌では「恋しき人のつら」「かきつらね」と「つら」の語が共通し、雁によって「恋しき人」が想起されると言う光源氏に対して、良清は雁によって「昔のこと」が想起されると詠むとの内容の連続も見られる。すると惟光は、良清の「その世」に対して新たに「常世」を持ち出し、「自ら常世を捨てた雁が、今は他人《ひと》事とは思えない」と、さすらいの身の上となった自身の境遇を雁に重ねる。最後に前右近将監が、惟光の「常世を捨てて」を受けて「常世出でて」と言い、同じく自らを雁によそえて「仲間と一緒ならば心が和む」と、一同の連帯を強調して場を取り持つ。なおかつ彼の和歌は、「旅の空」「つら」の語が、最初の光源氏の和歌に対応してもいる。つまりこの四首の和歌は、少しずつ内容をずらしながらも、前の歌とその語を対応させ、しかも最後の歌は最初の歌に回帰するという、緊密な構成になっているのである❹。これにより、主従の一体感が表現されている。ただし一方で、秋に飛来し春にはまた北へと帰っていく雁によそえながらも、誰ひとりとして都への帰還については口にしていないことにも注目される。生きて再び京の土を踏めるのかもおぼつかない、それほどの覚悟で決断した須磨流謫であった。

夕暮れから夜になり、満月が華やかにさし出てきた。これを見た光源氏は、「今宵は十五夜なりけり」と思い出す。「なりけり」の語には、今はっと気づいて驚く気持ちが込められている。都にあったときには、宮中での月見の宴の準備のため、前々からこの日付は意識されていたことであろう。ことに詩歌管絃《かんげん》に秀でた光源氏は、宴の花形であったはずである。それが今や、そのような華やかな行事とは無縁の生活をしており、実際に月が昇るまで十五夜にも気づかなかったという❺。光源氏の現在の境遇をよく示した箇所である。

光源氏は、自分と同じく物思いを抱えながら月を眺めているであろう女君たちに思いを馳せ、白居易の漢詩「二千里外故人心」の一節（資料G）を朗詠する。これは、白居易が八月十五夜に宮中で一人、遠方に左遷された親友元稹《げんしん》の身の上を思って詠んだ詩であった。満月を眺めつつ、はるか遠くにいる「故人（昔なじみの人）」を思うという共通点はあるものの、都にいる白居易に対して、自らが遠方で流謫の身となっている光源氏の場合、より「故人」を希求する思いは強いだろう。

やがて「月」と「故人」の連想から、藤壺の宮が思い出されてくる。この二年前の秋、藤壺は「霧や隔つる雲の上の月（霧が隔てているのでしょうか、雲の上の月を）」との歌を詠み、「月」の周囲を厚く取り巻く「霧」――弘徽殿大后らによって帝と隔てられている現状を嘆き、息子東宮の行く末を案じていた（資料H）。その藤壺も出家し、もはや俗世の人ではなくなってしまった。光源氏はこの他にも、「折々のこと」を思い出す。かつて「光る君」「輝く日の宮」と並び称された幼い日々（第一章）をはじめ、苦しい密通の記憶（第四章）、ともに悲しんだ桐壺院の死など、藤壺をめぐる様々な思い出が胸に迫ったのであろう。耐えきれず涙を流す彼は、ここで再び和歌を詠む。月を眺めている間だけは心が和むと言いつつも、「巡り合はむ月の都ははるか」、再び都に帰ることができるのはいつのことになろうか。『竹取物語《たけとり》』のかぐや姫は、八月十五夜に月の都に帰っていったのに――。これは、光源氏が須磨の地において初めて、都への帰還に言及した歌であった。

華やかな宮廷生活、残して来た女君たち、そして藤壺へ……と推移していった光源氏の思いは、最終的には朱雀帝へと収斂《しゅうれん》されていく。かつて藤壺が「霧や隔つる」と詠んだまさにその夜、光源氏は朱雀帝とも対面していた（資料H）。あの晩、学問の話から秘密の恋愛話に至るまで親しく語り合った兄帝。二人の間には、確かに互いへの共感の思いが流れていた。さらにその折には、朱雀帝の中に亡き父桐壺院の面影をも見いだしていた光源氏は、その帝の有様を「恋しく思ひ出」す。当場面にはこの「恋し」の語がたびたび用いられているのだが、そもそも「恋」とは、目の前にない対象を求め慕う心情をいう言葉であった（『日本国語大辞典』）。光源氏にとって今や都の全てが遠く、乞い（恋い）求めずにはいられないものであろうが、気持ちが通い合っている女君たちとは異なり、朱雀帝との距離はとりわけ遠い。光源氏は、朱雀帝の母である弘徽殿大后らの圧迫によって、都落ちに追い込まれた。柔和な朱雀帝は、桐壺院から「光源氏を重んじよ」との遺言も賜っていたにもかかわらず、母たちの専横を抑えることができなかったのであった。

「恩賜の御衣は今ここにあり。」とは、菅原道真《すがわらのみちざね》が配所の大宰府《だざいふ》で醍醐天皇を思って詠んだ漢詩（資料I）である。かつて、醍醐天皇から褒美として衣を下賜《かし》された道真と同じく、光源氏もまた朱雀帝から拝領した衣を、この須磨への少ない所持品の中に入れてきたのだという。この場面最後の光源氏の和歌は、朱雀帝に対して一途に「憂し」とばかりは思われない、その仕打ちを恨めしく思いながらも、一方で懐かしさ恋しさも感じずにはいられないという、複雑に絡み合うその心情を詠むものであった❻。

見てきたように、この本文では様々な詩歌が引用されていたのであるが、最後に菅原道真が呼び込まれたことは意味深い。右大臣にまでのぼりながら、政争によって一転して大宰府に左遷された道真の事跡は、光源氏と重なる点も多く、同じく都での栄光の日々から転落し、無実の罪で沈淪《ちんりん》するその姿をより鮮やかに浮かび上がらせる。けれども、望郷の思いに駆られながらも配所に没してついに都に戻ることがかなわなかった道真とは異なり、この後光源氏は、明石《あかし》の地を経て都への復活を遂げることになる。

◆◇探究のために◇◆

▼貴種流離譚《きしゅりゅうりたん》と須磨巻でのモデル

須磨、さらには明石への光源氏の流離は、貴種流離譚という話型《わけい》（物語のパターン）として把握される。貴種流離譚とは、高貴な者が故郷を離れてさすらいの旅を続け、数々の試練に立ち向かうというストーリーである。例えば、都を離れて西へ東へと征討の旅に出たヤマトタケルノミコト（『古事記《こじき》』）や、月の都から地上に落とされたかぐや姫（『竹取物語』）などはその典型的なパターンであった。また、当場面では在原行平の和歌が引用されていたが、それにより行平の弟業平をモデルとした『伊勢《いせ》物語』も想起される。『伊勢物語』の「男」もまた、都に居づらくなり、東国へと当てもない旅を続けた人物であった。

以上のような貴種流離譚のモチーフ以外に、実在人物とのイメージの重なりも見逃せない。先に見たように、須磨に謹慎したという伝説を持つ在原行平（八一八～八九三）や、無実の罪で大宰府に左遷された菅原道真（八四五～九〇三）との重ね合わせは重要であった。また、当場面でたびたびその詩が引用されている白居易（七七二～八四六）も、都長安《ちょうあん》から遠く離れた江州《ごうしゅう》（江西省《こうせいしょう》）に左遷され、心内に不満を抱えつつも、香炉峰のもとに草堂を構えて自適の生活をしていた経験を持つ（資料B）。さらには、光源氏と同じく帝の皇子（しかも母は更衣）でありながら臣籍降下し、左大臣にまで至るものの失脚し大宰府に左遷された源 高明《みなもとのたかあきら》（九一四～九八二）など、須磨巻の光源氏には数多くの人物の面影を見いだすことができる。

ただし、一人として光源氏とぴたりと重なり合う人物はいないということも押さえておきたい。既存の話型やモデルの存在は、かえって光源氏の独自性を浮かび上がらせているのであった。

▼なぜ光源氏は須磨へ退去したのか　よく「光源氏は須磨へ流された」などとも言われるが、前述のように光源氏は流されたのではなく、自主的に退去したと解釈されるのが一般的である。では、なぜ光源氏は退去を選んだのか。それは、朱雀帝の外戚である右大臣・弘徽殿大后らの迫害によって、官位を剝奪されたばかりか、謀反の疑いで流罪《るざい》も取りざたされるという切迫した事態に追い込まれたからであった（その直接的な引き金となったのが、尚侍《ないしのかみ》として朱雀帝の寵愛を受けていた朧月夜《おぼろづきよ》という女性との密会の露見であった）。流罪が正式決定してしまえば、それは光源氏一人だけの問題ではなく、彼が後ろ盾となっている東宮（後の冷泉帝《れいぜいてい》。表向きは桐壺帝の皇子だが、実は光源氏と藤壺の密通による子）らにまで累が及ぶ恐れがある。そうなる前にと先手を打って、自ら都を離れて謹慎することで、東宮の地位を守ろうとしたとされている（なお、このとき実際に東宮廃立の動きがあり、弘徽殿大后らによって新たな東宮として担ぎ出されようとしていたのが、宇治の八の宮である。第十三章参照）。

ただし、光源氏がまったくの無実かというとそうでもない。確かに、謀反に関しては事実無根の言いがかりなのだが、その一方で彼は藤壺との密通という重い罪を抱えていた。光源氏は、政治的潔白を訴えながら、心内では密通の罪の代償としてこの流謫を捉えているのであった。

【資料】

A 『古今和歌集《こきんわかしゅう》』雑下《ぞうげ》・九六二・在原行平《ありわらのゆきひら》

田村の御時に、事にあたりて、津《つ》の国《くに》の須磨といふ所にこもり侍りけるに、宮の内に侍りける人につかはしける

わくらばに問ふ人あらば須磨の浦に藻塩《もしほ》垂れつつわぶと答へよ

（現代語訳：文徳天皇の御代に、事件に関わって、摂津国の須磨というところに引き籠もっておりましたとき、宮廷に仕えておりました人に贈った歌

まれにでも（私の消息を）尋ねてくれる人があったら、須磨の浦で、海藻にかける塩水のようにぽたぽたと涙を垂れ流しながら、心細く暮らしていると答えてください。）

B 白居易《はくきょい》『白氏文集《はくしぶんしゅう》』巻十六「香炉峰下、新卜山居、草堂初成。偶題東壁。（重題其三）」

遺愛寺《ゐあいじ》の鐘は枕を欹《そばだ》てて聴き／香炉峰《かうろほう》の雪は簾《すだれ》を撥《かか》げて看《み》る

（現代語訳：遺愛寺の鐘は枕を傾けて横になったまま聴き、／香炉峰の雪は簾をはね上げて眺める。）

※『枕草子』に語られる、「香炉峰の雪いかならむ。」との定子の問いかけに対して、清少納言が簾を高く上げてみせたとのエピソード（「雪のいと高う降りたるを、例ならず御格子まゐりて」段）など、日本でもなじみ深い一節。

C 白居易『白氏文集』巻五十四「河亭晴望」

晴れの虹は橋の影出でたり／秋の雁は櫓《ろ》の声来たる

（現代語訳：雨上がりの空にかかる虹のような橋が姿を現し、／（水上を行く船の）雁の鳴き声のような櫂の音が聞こえてきた。）

D 『古今和歌集』秋上・一八四・よみ人知らず

木の間よりもりくる月の影見れば心づくしの秋は来《き》にけり

（現代語訳：木の枝の間からもれてきた月の光を見ると、物思いの限りを尽くす秋がやって来たのだなと、しみじみと感じられる。）

E 『続古今和歌集《しょくこきんわかしゅう》』羇旅《きりょ》・八六八・在原行平

津《つ》の国《くに》須磨といふ所に侍りける時よみ侍りける

旅人は袂《たもと》涼しくなりにけり関吹き越ゆる須磨の浦風

（現代語訳：摂津国須磨というところにおりましたときに詠みました歌

旅人は袖の袂も涼しくなったことだな。須磨の関所を吹き越していく、須磨の浦からの風によって。）

F 『古今和歌六帖《こきんわかろくじょう》』第五・三二四一

独り寝の床《とこ》にたまれる涙には石の枕も浮きぬべらなり

（現代語訳：わびしい独り寝の床にたまった私の涙には、石の枕さえも浮いてしまいそうである。）

G 『白氏文集』巻十四「八月十五夜、禁中独直、対月憶元九」

三五夜中《さんごやちゅう》　新月の色／二千里外《にせんりぐわい》　故人の心

（現代語訳：八月十五夜の昇ったばかりの満月の色（を眺めるにつ

けても）、／二千里のはるか遠方に追いやられた旧友の心（が偲ばれる）。）

H　『源氏物語』賢木《さかき》巻（光源氏二十四歳、朱雀帝・藤壺の宮と対面する）

まづ内裏《うち》の御方に参り給へれば、のどやかにおはしますほどにて、昔今《むかしいま》の御物語聞こえ給ふ。御かたちも、院にいとよう似奉り給ひて、今少しなまめかしき気《け》添ひて、なつかしうなごやかにぞおはします。かたみにあはれと見奉り給ふ。（中略）よろづの御物語、書《ふみ》の道のおぼつかなくおぼさるることどもなど問はせ給ひて、またすきずきしき歌語《うたがたり》なども、かたみに聞こえかはさせ給ふついでに、

（中略）

月のはなやかなるに、昔かうやうなる折は御遊びせさせ給ひて、今めかしうもてなさせ給ひしなどおぼし出づるに、同じ御垣《みかき》の内ながら、変れること多く悲し。

九重《ここのへ》に霧や隔つる雲の上の月をはるかに思ひやるかな

と、命婦《みやうぶ》して聞こえ伝へ給ふ。

（現代語訳：（光源氏が）まず帝の御前に参上なさると、（朱雀帝は）くつろいでいらっしゃるところだったので、昔や今のお話を申し上げなさる。（朱雀帝の）お顔だちも、（故桐壺）院に実によく似ていらっしゃって、もう少し優美なところが加わり、やさしく柔和でいらっしゃる。互いにしみじみと懐かしく思い申し上げなさる。…様々なお話、学問上の不審にお思いあそばす数々のことなどを（朱雀帝が）お尋ねになり、また色めいた和歌に関する話なども、互いに交し合い申されるついでに、…

（その後、藤壺の宮のもとを訪れると）月が美しいので、昔はこのような折には（故桐壺院が）管絃の遊びを催しなさって、（藤壺も）華やかに振る舞っていらっしゃったことなどを（光源氏は）思い出しなさると、同じ宮中でありながら、昔と変わったことが多く悲しい。

（藤壺）宮中には幾重にも霧が立ちこめて隔てているのでしょうか。雲の上にある月をはるか遠くに思っています。

と、（藤壺は）王命婦に取り次がせて（光源氏に）申し伝えなさる。）

I　菅原道真《すがわらのみちざね》『菅家後集《かんけこうしゅう》』「九月十日」

去にし年の今夜　清涼に侍りき／秋の思ひの詩篇　独り　腸《はらわた》を断つ／恩賜の御衣《ぎょい》は　今此《ここ》に在り／捧げ持ちて毎日　餘香《よきやう》を拝す

（現代語訳：去年の今夜、私は清涼殿（の天皇のそば近く）に侍っていた。／「秋思」の題を賜り、私の詩のみ痛切な思いを込めて詠んだものであった。／（にもかかわらず褒美として）天皇から賜った御衣は今ここにある。／（私はそれを）毎日おし頂いては、残り香を懐かしんでいる。）

第八章　娘のしあわせのためにできること

19 薄雲《うすぐも》巻・母子の別離

光源氏三十一歳

明石入道―明石の君
＝光源氏＝紫の上
┃明石姫君

須磨から明石《あかし》に移り、明石《あかし》の君《きみ》と結ばれた光源氏は、やがて都に召還された。残された明石の君はその後姫君を出産し、都郊外の大堰《おおい》の山荘に移り住む。けれども光源氏は、姫君を将来の后にしようと、紫の上の養女として手元に引き取ることにした。

雪・霰《あられ》がちに、心細さまさりて、あやしく、さまざまにもの思ふべかりける身かなと、うち嘆きて、常よりもこの君を撫《な》で繕《つくろ》ひつつ見ゐたり。雪かきくらし降りつもる朝《あした》、来《き》し方行《かたゆ》く末《すゑ》のこと残らず思ひ続けて、例はことに①端近《はしぢか》なる出でゐなどもせぬを、汀《みぎは》の氷など見やりて、白き衣《きぬ》どものなよよかなるあまた着て、眺めゐたる様体《やうだい》、頭《かしら》つき、後手《うしろで》など、限りなき人と聞こゆとも、かうこそはおはすらめと、人々も見る。落つる涙をかき払ひて、明石の君「かやうならむ日、ましていかにおぼつかなからむ。」と、らうたげにうち嘆きて、

明石の君　雪深み深山《みやま》の道は晴れずともなほふみ通へ②跡絶えずして

とのたまへば、③乳母《めのと》、うち泣きて、

雪間《乳母》なき吉野④の山をたづねても心の通ふ跡絶えめやは

と言ひ慰む。

この雪少しとけて渡り給《たま》へり。例は待ち聞こゆるに、さ⑤ならむとおぼゆることにより、胸うちつぶれて、人⑥やりならずおぼゆ。我が心にこそあらめ、否《いな》び聞こえむを強《し》ひてやは、あぢきな、とおぼゆれど、軽々しきやうなりと、せめて思ひ返す。いとうつくしげにて、前にゐ給へるを見給ふに、おろかには思ひがたかりける人の宿世《すくせ》かなと思ほす。この春より生《お》ほす御髪《みぐし》、尼⑦のほどにてゆらゆらとめでたく、つらつき、まみの薫《かを》れるほどなど、言へばさらなり。よそのものに思ひやらむほどの心⑧の闇《やみ》、推し量り給ふに、いと心苦しければ、うち返しのたまひ明かす。「何《明石の君》か。かく口惜しき身のほどならずだにもてなし給はば。」と聞こゆるものから、念じあへずうち泣くけはひあはれなり。

姫君は、何心もなく、御車《おほんくるま》に乗らむことを急ぎ給ふ。寄⑨せたる所に、母君自《みづか》ら抱《いだ》きて出で給へり。片言の、声はいとうつくしうて、袖をとらへて、「乗《姫君》り給へ。」と引くも、いみじうおぼえて、

末《明石の君》遠き二⑩葉《ふたば》の松に引き別れいつか木《こ》高き影を見るべき

えも言ひやらずいみじう泣けば、さりや、あな苦しとおぼして、

「生《光源氏》⑪ひそめし根も深ければ武隈《たけくま》の松に小松の千代を並べむ

のどかにを。」と、慰め給ふ。さることとは思ひ静むれど、えなむ堪《た》へざりける。乳母・少将とて、あてやかなる人ばかり、御⑫佩刀《みはかし》、天児《あまがつ》やうのもの取りて乗る。副⑬車《ひとだまひ》に、よろしき若人・童《わらは》など乗せて、御送りに参らす。道すがら、とまりつる人の心苦しさを、いかに、罪や得らむとおぼす。

【現代語訳】

雪や霰《あられ》の日が多く、（明石の君は）心細さもいっそう募って、不思議なことに、あれこれと物思いをしなければならない身の上だこと、とため息をついて、いつにもましてこの姫君を撫でたり身なりを繕ったりしながら眺めて座っていた。雪が空を暗くして降り積もった翌朝、（明石の君は）これまでのことやこれからのことを残らず思い続けて、いつもは特に端近な場所に出ていたりなどしないのに（今日は端近にいて）、（庭の池の）水際の氷などを眺め、白い衣の柔らかくなったのを何枚も着重ねて、ぼんやりと物思いにふけっている姿、頭の形、後ろ姿など、この上なく高貴なお方と申し上げても、このような感じでいらっしゃるのだろう、と女房たちも見ている。（明石の君は）こぼれる涙を払って、「（今後）このような日には、今にもましてどんなに頼りない心地がするでしょう。」と、痛々しげに嘆息して、

（明石の君）雪が深いので、この奥山への道は晴れ間がなくても、それでも手紙はください、途絶えることなく。

とおっしゃると、乳母は泣いて、

（乳母）たとえ雪の晴れ間もない吉野の奥山を探してでも、心の通う手紙が途絶えることがあるでしょうか（いえ、手紙を絶やすことはありません）。

と言い慰めている。

この雪が少し解けた頃（光源氏が）お越しになった。（明石の君は）いつもはお待ち申し上げているのに、そうなのだろうと思い当たることゆえに、胸もつぶれて、（これは）自ら招いた事態だと思わずにはいられない。（姫君をお渡しするのも）自分の一存次第であろう、お断り申し上げたら無理やり（姫君の引き取りを）なさるだろうか（いや、なさるまい）、（引き渡しを承諾するなど）つまらないことを（してしまった）、と思わずにはいられないけれども、（今さら翻すのも）軽率なようだと、強いて思い返す。（姫君が）まことにかわいらしい姿で、前に座っていらっしゃるのを御覧になるにつけても、（光源氏は）おろそかには思いがたいこの人（＝明石の君）との宿縁だなとお思いになる。この春から伸ばしている（姫君の）御髪が、尼削ぎ程度の長さになってゆらゆらとして見事で、頬の様子や、目もとのつややかな美しさなどは、今さらいうまでもない。（光源氏は、この姫君を）他人の子にして遠くから思い案じるときの（母である明石の君の）心惑いを推量なさると、まことに気の毒なので、繰り返し（安心するよう）お話をして夜を明かす。（明石の君）「いいえ。せめて、この私のように取るに足りない身の程でなく（姫君を）お扱いくださいますのなら……。」と申し上げるものの、こらえきれなくてほろりと泣く様子は胸が打たれるものである。

姫君は、無邪気に、お車に乗ろうとお急ぎになっている。（車を）寄せてあるところに、母君（＝明石の君）がご自分で（姫君を）抱いてお出ましになった。（姫君は）片言で、声はとてもかわいらしくて、（明石の君の）袖をつかまえて、（姫君）「（お母様も）お乗りになって。」と引っ張るのも、たいそう悲しくて、

（明石の君）行く末遠い二葉の松（幼い姫君）と別れて、いつの日にかまた、大きく成長したお姿を見ることができるので

しょうか。

最後まで言いきれずにひどく泣くので、（光源氏は）無理もない、ああなんとつらいことよ、とお思いになって、

（光源氏）「生え始めた根ざし（誕生の因縁）も深いのだから、

（いずれ）武隈の松（私たち二人）の間にこの小松（姫君）を
　並べて長い行く末を見届けよう。

安心なさい。」とお慰めになる。（明石の君は）そのとおりだとは思って気持ちを静めるのだが、とてもこらえきれないのであった。乳母と、少将といって上品な女房だけが、守り刀や天児のようなものを持って（姫君の乗る車に）同乗する。お供の車には、見苦しくない若い女房や女童《めのわらわ》などを乗せて、お見送りに参らせる。（光源氏は）道中、後に残った人（＝明石の君）のつらい気持ちを、どんなに苦しいことだろうか、（私は）罪を得るのではないか、とお思いになる。


【語注】

①端近なる出でゐ…建物の端近くの場所に出て座ること。寝殿造《しんでんづくり》と呼ばれる当時の建物の内部は、中央部が母屋《もや》と呼ばれる主人の起居の場であり、その周辺を廂《ひさし》という空間が取り囲み、さらに建物の外側に簀子《すのこ》という濡れ縁《ぬえん》をめぐらせるという構造になっていた（**コラム**「光源氏のお屋敷拝見」）。ここでは、明石の君が庭を眺めようと廂の簀子近くの場所まで出てきたことをいう。高貴な女性は邸《やしき》の奥深くにいることが奥ゆかしいとされていたため、これは彼女にとっても異例の行為であることが記されている。

②ふみ通へ…「文通へ」と「踏み通へ」の掛詞《かけことば》。この雪深い道を踏み通って、文（手紙）を通わせてください、との意味。

③乳母…明石姫君の乳母。姫君とともに、光源氏邸に移ることになっている。なお、当時の貴族の子には必ず乳母が添えられており、授乳の役目だけではなく養育全般を担っていた。

④吉野の山…現在の奈良県吉野郡の山々。当時は、人も通わぬ隠遁《いんとん》の地でとりわけ雪深い山というイメージで捉えられていた。なお、桜の名所として意識されるのは、平安時代後期以降になってからのことである（『歌ことば歌枕大辞典』）。

⑤さならむ…光源氏が姫君を引き取るために来訪したのだろう、ということ。明石の君が姫君の引き渡しを承諾して以降、今回が初めての光源氏の訪問となった。

⑥人やりならず…人のせいではなく、他ならぬ自分が原因であるという意味。

⑦尼のほど…「尼削ぎ」という髪型。第三章**語注**⑦。

⑧心の闇…「人の親の心は闇にあらねども子を思ふ道に惑ひぬるかな」（**資料A**）の和歌により、子を思う親心の深さをいう表現。作者の藤原兼輔《かねすけ》（八七七～九三三）は、紫式部の曽祖父にあたる。様々な和歌を引用する『源氏物語』の中でも、この和歌の引用回数（『源氏物語引歌綜覧』によると二十五例）は最多となっており、特に明石の君一族に関する文脈での引用が目立つ。

⑨寄せたる所…牛車に乗り込む際は、車の後部を簀子に寄せ、建物内から直接乗り込む。

⑩二葉の松に引き別れ…「（芽を出したばかりの）二葉の松」とは

幼い姫君のこと。「引き」の語は「小松引き」という正月の行事（野に出て小松の根を引く）を踏まえる。長寿を願って行われる「小松引き」を意識しつつ、本来ならば我が子の成長を身近で感じ取っていくことができるはずなのに、との気持ちを込める。

⑪「生ひそめし」歌…「生ひそめし根」は出生の因縁。深い因縁があってこの姫君が生まれてきたのだということを示す。「武隈の松」とは、現在の宮城県岩沼市に生えていたとされる松。陸奥守として赴任した藤原元善《もとよし》が、枯れていた武隈の松に小松を植え継がせ、後に陸奥守に再任されてその松との再会を果たしたという歌（**資料B**）が知られており、ここでも「成長した小松（姫君）との再会」の意味を響かせているか。またこの松は「二木《ふたき》」の松（二本並んでいたとも、一本の木の根元から二つに分かれていたともいわれている）であったことから、光源氏と明石の君の二人を例えている。

⑫御佩刀、天児やうのもの…「御佩刀」は守り刀。姫君誕生の際に、光源氏が贈ったとの記述があった（澪標《みおつくし》巻）。「天児」は子供の形をした人形で、幼児の魔除けとされた。

⑬副車…第五章**語注**⑫。

◆◇鑑賞のヒント◇◆

❶「雪・霰がち」という自然描写は、どのような効果をもたらしているか。

❷「例はことに端近なる出でゐなどもせぬ」との記述からは、明石の君に対してどのような情報が読み取れるか。

❸明石の君と乳母の和歌の贈答から、二人がどのような関係性であったことが分かるか。

❹「何か。……」以下の明石の君の言葉から、彼女のどのような思いが伝わるか。

❺この場面における登場人物への敬語の使われ方には、どのような特徴があるか。

❻「いかに、罪や得らむ」には、光源氏のどのような思いが込められているのか。

◆◇ 鑑賞 ◇◆

多くの女性との交渉があった光源氏だが、実は意外にも子供の数は少ない。藤壺との密通による冷泉帝（第四章）、葵の上の忘れ形見である夕霧（第六章）、そして、流謫の身となっていた際に出会った明石の君との間の明石姫君である。当場面では、その明石の君にスポットが当てられ、姫君との母子別離が語られる。数え三歳、かわいい盛りの我が子との別れは耐えがたいが、姫君の将来を思っての、苦渋の決断であった。

この明石の君の重く沈む心のうちが、「雪・霰がち」な冬の情景と合致していることに注目したい。もちろん、どの季節であっても、愛する娘との別れに抱く悲痛さは変わらないだろうが、例えば当場面が、ギラギラと暑い日差しが照りつける夏の設定だったらどうだろうか。やはり、寒く厳しい冬の景色を背景とすることによってこそ、晴れることのない悲しみを抱えた明石の君の内面がよりいっそう引き立つのだろう。草木が枯れ果て、どんよりと立ちこめる雲から（「かきくらし」）冷たい雪が降りしきる――この山里の寂しい風景は、明石の君の心象風景そのものなのである❶。だからこそ明石の君は、異例にも部屋の端近くにまで出て、この庭の景色を眺めやる。白一面の雪景色は、明石の君が着る白い衣とあいまって、厳しいまでに冷たい、孤独な印象をかもし出している。

別れの時が迫り、明石の君はこれまで以上に姫君をかわいがる。傍らに呼び寄せ、その髪を撫《な》で、梳《と》かし、着物の裾を整えては、こうして世話を焼くこともはやできなくなるのかと思い、我が子の姿を目に焼き付けるのであった。そうした明石の君の姿は、「限りなき人と聞こゆとも、かうこそはおはすらめ」とあるように、この上なく高貴な人と遜色ない美しさであるという。実は以前にも彼女は、「皇女《みこ》たちと言はむにも足りぬべし（皇女と言ったとしても不足はないだろう）。」――（松風《まつかぜ》巻）と述べられていたことがあったのだが、ここでもそのような最高級の女性にひけをとらないほどの美しさが指摘されているのである。さらに、「例はことに端近なる出でゐなどもせぬ」とは、日頃の彼女がたしなみ深く奥ゆかしい女性であることを伝えるものであると同時に、異例の行動を取らせてしまうほどに、心内に沈痛な思いを抱いていることを示してもいる❷。つまり明石の君は、その美貌といい物腰といい、光源氏と対等な関係を築いてしかるべき資質を持っていることが語られながらも、姫君を手放さざるを得ない身の上にあるのであった。

彼女は、そのような自身を「さまざまにもの思ふべかりける身」として嘆息し、「来し方行く末のこと」に思いを馳《は》せる。いずれ都に帰る人だと知りながら光源氏と結ばれ、その帰京後に、一人明石で心細く姫君を出産した。光源氏からの再三の上京要請を受け、父とも別れ、住み慣れた明石の地を離れ、不安を抱えながらも何とか都郊外の大堰《おおい》(現在の京都市嵐山周辺／218頁**平安京付近図**参照)までは来たものの、ついに我が子を手放さなければならなくなった。――以上のようなこれまでの苦難(「来し方」)に加え、今後のこと(「行く末」)に関しても、姫君を奪われてこれからどのように日々を暮らしていけようか、姫君がいなくなれば光源氏の来訪も途絶えるのではないか、と不安は様々に募る。

姫君との別離は、その乳母との別れも意味していた。この乳母は、姫君誕生の折、明石にはしかるべき乳母もいないだろうと考えた光源氏が、わざわざ都から遣わした人である。そして以来三年間、ともに姫君を養育し、日頃の物思いや所在なさを語っては、心細い日々を慰め合ってきた仲であった。姫君だけではなく、この乳母とも別れることになるとは。明石の君は、たまらず乳母に歌を詠みかける。和歌贈答の際は、相手と共通する言葉を用いて切り返すのが通例だが、両者の和歌では、ひときわその言葉の重なりが目につく。「雪深み深山の道」と、一人取り残される自らを、深い雪に閉ざされた山奥に埋もれているとのイメージで捉える明石の君に対して、乳母は「雪間なき吉野の山」と、よりいっそう雪深いイメージを持つ「吉野の山」を持ち出して、たとえそれが雪の晴れ間がない吉野の山であったとしても、と明石の君をいたわる。また、「ふみ通へ跡絶えずして」と、この閉ざされた深山にも踏み通う足跡が絶えないよう、絶えず手紙を送ってください、と訴える明石の君に対して、乳母は「心の通ふ跡絶えめやは」と、私たちが心を通わせる跡が絶えるはずはありません、と応じている。このように、この贈答では言葉もその語順もぴたりと合っており、互いの心の通い合いを示しているのであった❸。別れに際する二人のセリフはなく、和歌のみにその思いの全てを込めたことにより、この贈答歌の悲痛な重みがより増している。

さて、いよいよ娘を手放す日が到来した。雪が少しおさまった頃、光源氏がやって来たのである。姫君のかわいらしい様子を見た光源氏は、このような子をなすほどの明石の君との宿縁の深さをしみじみと思う。数え三歳といえば、日増しに言葉も増え、髪も伸び、動きもますます活発になってきた頃である。前回の来訪時と比べてもいっそう成長し、日に日に愛らしさを増す姫君に接した光源氏は、その子と引き離される母親の悲痛な心のうちを思わずにはいられない。

夜を徹し、言葉を尽くして慰める光源氏に対して、明石の君の言葉は、短いながらも非常に鋭く響く。「何か。」とは、相手の言葉を否定し、反論する際に用いる語である。様々に言い聞かせ、必死で慰めの言葉をかける光源氏を遮り、「かく口惜しき身のほどならずだにもてなし給はば（せめてこの私のように取るに足りない身の程でなく、姫君を扱ってくださるのなら）。」との言葉を絞り出す明石の君。「だに」とは、「せめて〜だけでも」という最小限の期待を示す語である。つまり明石の君は、「少なくとも、この自分のように『口惜しき身のほど』ではなく姫君を扱ってほしい」と訴えているということになる。この「口惜しき身のほど（取るに足らない身分）」とは、彼女の自己認識の中核となる、非常に重要な言葉である。明石の君の父親（明石入道《あかしのにゅうどう》）は前播磨守《はりまのかみ》、つまり明石の君は受領《ずりょう》（地方に赴任する国司の長官）の娘である。都に返り咲き、今や冷泉帝《れいぜいてい》のもとで内大臣という重職にある光源氏との身分差は、あまりにも大きい。今回、姫君を手放すという辛《つら》い選択をしたのも、自分が母親であることで、姫君まで「口惜しき身のほど」の娘としての扱いを受けることを避けるためであった。姫君の将来を考えると、身分低い自分の存在は瑕《きず》になる。光源氏の邸に引き取られ、その第一の妻・紫の上の養女としてかしづかれることが最良であろう。取るに足らない身分ゆえの苦渋を、嫌というほどかみしめ続けてきた明石の君だからこそ、せめて娘にはそのようなみじめな思いをさせたくないという、精一杯の思いを込めての言葉であった❹。

明石の君と光源氏の身分差は、その敬語表現にも表れている。本文では、光源氏とその娘である姫君に対しては、一貫して敬語が用いられている。一方で明石の君に対しては、乳母をはじめとする女房たちと同様に、基本的には敬語は使われない。それが例外的に、「とのたまへば」「自ら抱きて出で給へり。」の二箇所には敬語が用いられているのである❺。姫君の健やかな成長を知らせる便りを願うという、その切実な思いを託した和歌を詠み出した箇所と、いよいよ姫君が車に乗り込むに際して、別れを惜しみ自ら姫君を抱いて簀子まで出るという異例の行動（部屋の中の端近の場所に出ることすらまれであった女君にとって、簀子まで出ることは非常に珍しい行為であった）を記した箇所である。どちらも明石の君の哀切さが極まった場面であり、本来の身分からすれば例外的な尊敬表現での待遇も、語り手がその哀切な思いに共感していることを示すものなのであろう。

母との別れを理解せず、当然一緒に車に乗るものと思っている幼い姫君の姿が、いっそうの涙をさそう。めったに乗ることのない牛車の物珍しさに目を輝かせ、たどたどしい言葉で「乗り給へ。」と言いながら、小さな手で我が袖を引く姫君。その愛らしさを目に焼き付け、明石の君は光源氏に和歌を詠みかける。――『源氏物語』における恋愛関係にある男女の贈答歌百五十五組のうち、女から詠みかけた例は五十二組存在し、（求婚段階から結婚当初までの期間を除けば）必ずしも女からの贈歌が異例とはいえないようであるが、当場面のように光源氏からの働きかけもなく、直接女から和歌を詠みかける行為には、積極性が見て取れるという（高木和子）。姫君と再び会える日が果たして来るのだろうかという不安な思いを、光源氏にじかに訴えずにはいられなかった明石の君の胸のうちを読み取っておきたいところである。物語中でも屈指の歌人とされる彼女の、魂の叫びのような和歌であった。

そして、このような明石の君の思いを、光源氏も痛いほど分かるからこそ、道すがら、明石の君の苦しみに思いを馳せ、罪悪感を感じるのであった❻。当場面では、光源氏の「心苦し」という思いが繰り返し記されている（「いと心苦しければ」「あな苦し」「とまりつる人の心苦しさを」）が、「心苦し」とは、他人の苦しみを思いやって自身の心が痛む気持ちを表す語であった。つまり光源氏は、自らの心を痛めるほど、明石の君の気持ちを思いやっているということになる。姫君はその後、光源氏の邸でお后《きさき》候補としてかしずかれ、光源氏の栄華を担う一翼となっていくのだが、そのために明石の君の堪えがたい苦しみがあったことを、光源氏もまた、深く胸に刻んだのである。

◆◇探究のために◇◆

▼「明石の上」ではない？　古来「明石の上」と呼び習わされてきた明石の君であるが、実は本文中では一度もこの呼称が使われていない。それゆえ、現在では「明石の君」もしくは「明石の御方」などと称されるのが一般的であ

る。そもそも「上」とは、一家の女主人に対する敬称であり、特に光源氏第一の妻である紫の上にはたびたび用いられている語である（第十章**語注**②）。その「上」の呼称が決して使用されないところに、明石の君の身分の低さが見て取れる。また彼女自身も自らの「身のほど（身分）」を深く思い知り、一貫して卑下の態度をとり続けていた。

けれども一方で、本文中で使用されない「明石の上」の呼称で長きにわたって親しまれてきたことは、彼女の物語内での存在感の大きさを示しているともいえるだろう。

▼光源氏の子供に関する予言　光源氏が明石姫君を将来の后（中宮）にと考えていた背景には、以前与えられた宿曜《すくよう》（星占い）による予言の存在がある。この予言とは、「子供は三人。そのうち一人は帝、一人は后、一人は太政大臣になるでしょう。」というような内容であった（**資料C**）。このうち帝に関しては、冷泉帝の即位によって既に実現している。また、将来太政大臣になるというのは、亡き葵の上が生んだ長男夕霧に違いないだろう（ただし、物語内では実現はしない）。そして、后になるのが明石の君の生んだ明石姫君ということになり、今後光源氏の実子は生まれないことも、この予言によって示唆される。

『源氏物語』では、このような予言が物語展開の伏線として機能する一方で、決してその予言を鵜呑《うの》みにして受身で生きる人間を描くのではない。明石姫君はやがて東宮妃となり（第十章）中宮となっていく（第十二章）のだが、このような予言実現に際しても、そこに至るまでの明石の君の忍従、光源氏の逡巡《しゅんじゅん》などがあってのものとして描き出されているのであった。

【資料】

A　『後撰和歌集《ごせんわかしゅう》』雑《ぞう》一・一一〇二・藤原兼輔《ふじわらのかねすけ》

人の親の心は闇にあらねども子を思ふ道に惑《まど》ひぬるかな

（現代語訳：人の親の心が闇というわけではないが、子を思うゆえの道に迷いこんでしまったことだ。）

B　『後撰和歌集』雑三・一二四一・藤原元善《ふじわらのもとよし》

陸奥守《みちのくにのかみ》にまかり下《くだ》れりけるに、武隈《たけくま》の松の枯れて侍りけるを見て、小松を植ゑ継《つ》がせ侍りて、任果《は》てて後、また同じ国にまかりなりて、かの前《さき》の任に植ゑし松を見侍りて

植ゑし時契りやしけむ武隈の松を再び逢ひ見つるかな

（現代語訳：陸奥守として下向していたときに、武隈の松が枯れておりましたのを見て、小松を植え継がせまして、任期が終わった後、また同じ陸奥守に任じられて、前の任期の際に植えたあの松を見まして

植えたときに約束したのだろうか。武隈の松を再び会い見たことよ。）

C　『源氏物語』澪標《みおつくし》巻（光源氏二十九歳、明石姫君誕生を受けて明かされた予言）

宿曜《すくえう》に「御子三人。帝《みかど》、后《きさき》かならず並びて生まれ給ふべし。中の劣りは、太政大臣《おほきおとど》にて位を極《きは》むべし。」と勘《かむが》へ申したりしこと、さしてかなふなんめり。

（現代語訳：（以前）宿曜の占いで「子供は三人。帝と中宮が必ず並んでお生まれになるでしょう。三人の中で一番劣った方は、太政大臣として臣下の位を極めるでしょう。」と勘申《かんじん》申し上げていたことが、一つずつ実現していくようである。）

第九章 巻き起こる嵐の中でぼくは……

28 野分《のわき》巻・野分の垣間見

光源氏三十六歳

太政大臣《だいじょうだいじん》に昇進した光源氏は、三十五歳の年に、六条院《ろくじょういん》という広大な邸を造営した。四つの町から成る六条院の中心となるのが春《はる》の町《まち》で、そこには光源氏が、紫の上・明石姫君とともに住んでいた。翌年の秋、例年以上に激しい野分《のわき》（台風）が都を襲った。

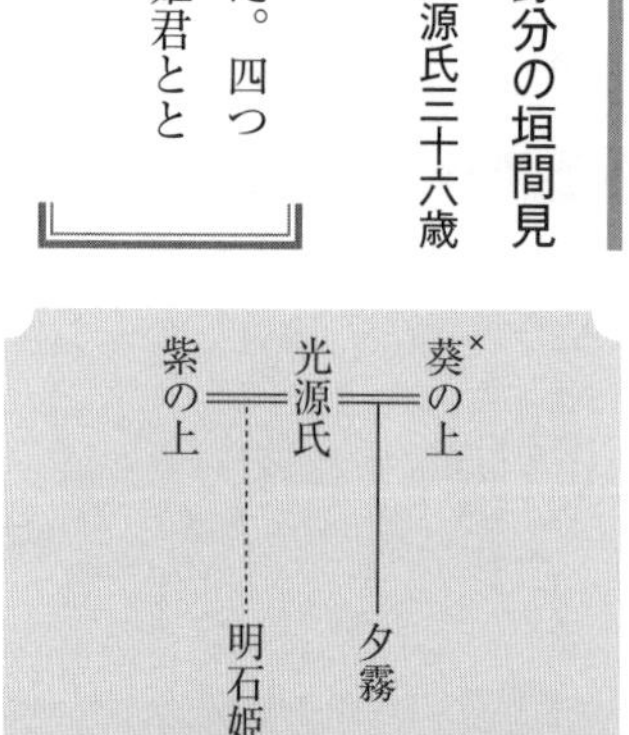

①南の殿《おとど》にも、②前栽《せんざい》つくろはせ給ひける折にしも、かく吹き出《い》でて、③もとあらの小萩《こはぎ》はしたなく待ちえたる風の気色《けしき》なり。折れ返り、露もとまるまじく吹き散らすを、少し端近《はしぢか》くて見給ふ。大臣《おとど》は、姫君の御方におはしますほどに、④中将《ちゆうじやう》の君《きみ》参り給ひて、⑤東の渡殿《わたどの》の⑥小障子《こさうじ》の上《かみ》より、⑦妻戸《つまど》の開《あ》きたる隙《ひま》を何心《なにごころ》もなく見入れ給へるに、女房のあまた見ゆれば、立ちとまりて音もせで見る。御屏風《びやうぶ》も、風のいたく吹きければ、押し畳み寄せたるに、見通しあらはなる⑧廂《ひさし》の御座《おまし》にゐ給へる人、ものに紛るべくもあらず、気高く清らに、さとにほふ心地して、⑨春のあけぼのの⑩霞《かすみ》の間《ま》より、おもしろき樺桜《かばざくら》の咲き乱れたるを見る心地す。あぢきなく、見奉る我が顔にも移り来るやうに、愛敬《あいぎやう》はにほひ散りて、またなく珍しき人の御さまなり。御簾《みす》の吹き上げらるるを、人々押さへて、いかにしたるにかあらむ、うち笑ひ給へる、いといみじく見ゆ。花どもを

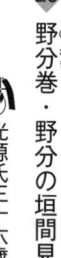

心苦しがりて、え見捨てて入り給はず。御前《おまへ》なる人々も、さまざまにもの清げなる姿どもは見渡さるれど、目移るべくもあらず。大臣のいとけ遠くはるかにもてなし給へるは、かく、見る人ただにはえ思ふまじき御ありさまを、至り深き御心にて、もしかかることもやとおぼすなりけりと思ふに、けはひ恐ろしうて、立ち去るにぞ、⑪西の御方より、内の御障子《みさうじ》ひき開けて渡り給ふ。

光源氏「いとうたて、あわたたしき風なんめり。⑫御格子《みかうし》下ろしてよ。男《をのこ》どもあるらむを、あらはにもこそあれ。」と聞こえ給ふを、また寄りて見れば、もの聞こえて、大臣もほほ笑みて、見奉り給ふ。親ともおぼえず、若く清げになまめきて、いみじき御かたちの盛りなり。女もねびととのひ、飽かぬことなき御さまどもなるを身にしむばかりおぼゆれど、この渡殿の格子も吹き放ちて、立てる所のあらはになれば、恐ろしうて立ち退《の》きぬ。今参れるやうにうち声《こわ》づくりて、⑬簀子《すのこ》の方に歩み出で給へれば、光源氏「さればよ。あらはなりつらむ。」とて、かの妻戸の開《あ》きたりけるよと、今ぞ見とがめ給ふ。年頃かかることのつゆなかりつるを、⑭風こそげに巌《いはほ》も吹き上げつべきものなりけれ、⑮さばかりの御心どもを騒がして、珍しくうれしき目を見つるかなとおぼゆ。

【現代語訳】

南の御殿でも、庭の植え込みの手入れをさせなさった折も折、（激しい風が）このように吹き始めて、（風を待つ）もとあらの小萩が（これでは）激しすぎて困ると待ち迎えた風の様子である。（その萩などの枝が）しなったり戻ったりして、（葉の上の）露も少しも留《とど》まっていられそうもないように吹き散らすのを、やや（部屋の）端に近いところで（紫の上は）御覧になる。大臣（＝光源氏）は、（明石）姫君のお部屋にいらっしゃるときに、中将の君（＝夕霧）が（六条院の南の御殿に）参上なさって、東の渡殿の小さなついたての上から、妻戸が開いている隙間を何気なく覗《のぞ》き込んで御覧になると、女房がたくさん見えるので、立ち止まって音も立てずに見る。お屏風も、風がひどく吹いたので、押して畳んで（片隅に）

寄せ集めているために、すっかり見通せる廂の間の御座所に座っていらっしゃる人（＝紫の上）は、他の何ものにも見まちがえようがなく、気品があって美しく、ぱっと輝く感じがして、春のあけぼのの霞の間から、見事な樺桜が咲き乱れているのを見る思いがする。どうにもならないくらいに、拝見する（夕霧）自身の顔にも届いてくるように、輝く明るい魅力があたりに広まって、二人といない素晴らしい人のご様子である。御簾が風で持ち上げられるのを、女房たちが押さえていて、どうしたのだろうか、（紫の上が）ふとお笑いになっているのが、本当にとても美しく見える。（紫の上は）花々をかわいそうに思って、見捨てて（奥へ）お入りになれずにいらっしゃる。（紫の上の）おそばにいる女房たちも、とりどりに小綺麗な姿で何人もいるのが見渡されるけれども、目移りするはずもない。大臣（＝光源氏）が（自分をこちらから）本当によそよそしく遠ざけていらっしゃるのは、このように、見る人が心を動かさずにはいられそうもない（紫の上の）ご様子について、用意周到なお心で、もしかするとこうしたこともあるかとお考えになっていたのだと思うと、その場の空気が恐ろしく感じられて、まさに（そこから）離れていくときに、西側の（姫君の）お部屋から、（光源氏が）内のおふすまを引き開けて（紫の上のところへ）お越しになる。

（光源氏）「実に嫌な、突然の風らしい。御格子を下ろしてしまいなさい。男たちがいるだろうに、まる見えでは大変だ。」と申し上げていらっしゃるのを、（夕霧が）もう一度近寄って見ると、（紫の上が）何かを申し上げて、大臣も（＝光源氏）ほほ笑んで、（そのお顔を）見つめ申し上げていらっしゃる。（光源氏は自分の）親だとも思われず、若く端正で優美で、容姿のとてもお美しい盛りである。女君も成熟し調和のとれた美しさで、欠点のないお二人のご様子であることを身にしみるほどに感じるけれども、こちらの渡殿の格子をも（風が）吹き開けて、（自分が）立っているところがまる見えになるので、恐ろしく感じてその場から退いた。（夕霧は）今参上したかのように軽く咳《せき》払いをして、簀子の方へ歩いてお出になっていると、（光源氏）「ほら御覧なさい。まる見えになっていたのだろう。」とおっしゃって、あの妻戸が開いていたのだったなと、今になって気にして御覧になる。（夕霧には）年来こうしたことがまったくなかったのに、風とは本当に大きな岩も舞い上がらせてしまいそうなものなのであった、あれほどの方々のお心を騒がせて、貴重で嬉しい機会に出会ったなと思われる。

【語注】

①南の殿…六条院の東南の町、紫の上が住む春の町の御殿のこと。

②前栽つくろはせ給ひける…「前栽」の読みは「せんざい」。邸《やしき》の庭先の植え込み、またはそこに植えられた草花（樹木を含む場合も）のこと。「つくろはせ」の「せ」は使役の助動詞「す」。女主人である紫の上が、人々に指示して前栽の手入れをさせたことを示す。春の町の庭には、その名のとおり春の植物が最も多く植えられていたが、四季の情趣を失わぬよう配慮し、秋の草木も取り混ぜられていた。なお、物語における前栽は、しばしば登場人物の心象風景としても重要な役割を果たす。

③もとあらの小萩はしたなく待ちえたる風の気色なり…「宮城野の

もとあらの小萩露を重み風を待つごと君をこそ待て（宮城野に茂る根元の葉がまばらな小萩が、上に置いた露が重いので、吹き飛ばす風を待っているように、私もあなたを待っています。」（『古《こ》今《きん》和《わ》歌《か》集《しゅう》』恋四・六九四・よみ人知らず）による表現。風を待ち受けている「もとあらの小萩」でさえも、「はしたなし（激しい）」と感じるほどの風の様子だ、ということ。

④中将の君…光源氏の長男夕霧（母は故葵の上）、現在十五歳で左《さ》近中将《こんのちゅうじょう》。六条院では東北の夏の町に居所があり、母方の祖母である大宮（第五章**語注**⑤）の邸とを行き来して暮らしている。

⑤東の渡殿…渡殿とは、寝殿造《しんでんづくり》のメインとなる寝殿と、その東西などに置かれた対《たい》の屋《や》という建物とを結んだ通路（**コラム**「光源氏のお屋敷拝見」）。夕霧は、東の対と寝殿とを繋ぐ「東の渡殿」を通って、光源氏らがいる寝殿に向かった。

⑥小障子…「障子」とは今日のふすまと同じ。ここでは、ついたて式の小型のもの。

⑦妻戸…建物への出入り口となる両開きの板戸で、寝殿の場合はその四隅に設けられた。妻戸を出ると簀子になり、渡殿に通じる。通常妻戸は閉じられており、来客はひとまずその前の簀子に座り、妻戸を叩いたり咳払いをしたりするなどの合図をして扉を開けてもらうことになる。

⑧廂…第八章**語注**①。紫の上は、寝殿の南側に広がる庭を眺めるため、南廂に御座所を設けて座っていた。

⑨春のあけぼの…『枕草子』初段「春はあけぼの。」（**資料A**）を意識する。ただし、「花（桜）は朝に愛《め》でるもの（一方で紅葉は夕方に愛でるもの）」という通念はそれ以前から存在していた（**資料B**）。

⑩霞の間より、おもしろき樺桜の咲き乱れたる…「樺桜」とは山桜の一種で、八重桜よりも遅く咲くらしい（**資料C**）。「花の色、うす紅にて、ことさら艶色ある花也」と『河海抄《かかいしょう》』（室町時代の『源氏物語』注釈書）にある。「霞に隠された桜」という構図を恋歌に用いたものとしては、『古今和歌集』の「山桜霞の間よりほ

寝殿造平面図
平面図原案・作図–倉田実
『平安大事典　図解でわかる「源氏物語」の世界』（朝日新聞出版）より

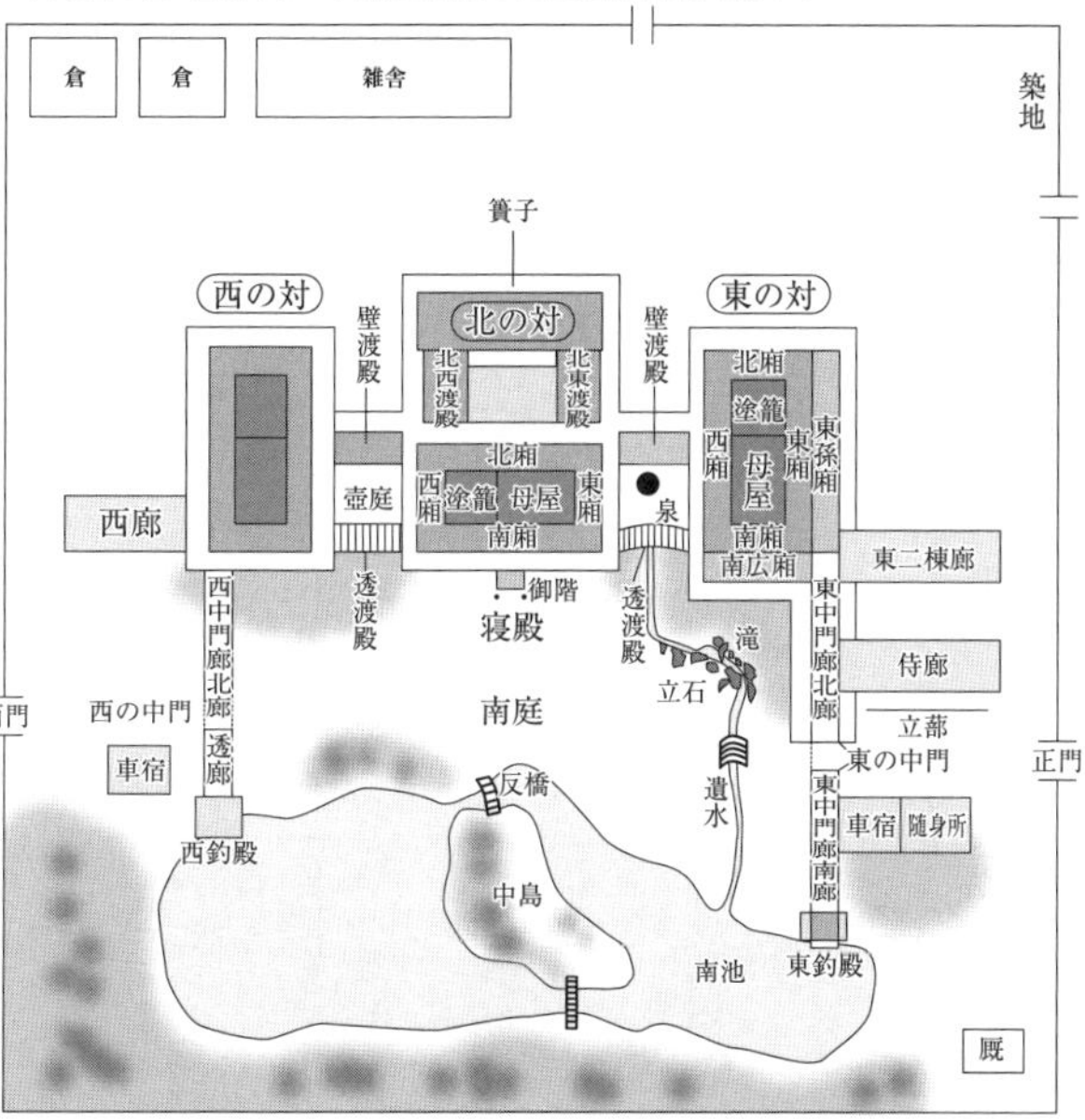

のかにも見てし人こそ恋しかりけれ」（**資料D**）があり、当場面との関連も深い。

⑪西の御方より、内の御障子ひき開けて…先に「大臣は、姫君の御方におはします」とあったので、明石姫君は寝殿の西側に住むことが分かる。紫の上がいる寝殿の東側との間は、引き違い式のふすま（「内の御障子」）で隔てられていたらしい。

⑫御格子下ろしてよ。…「格子」とは細い角材を板に縦横（いわゆる格子状）に組んだ建具。外部との隔てとして、廂と簀子との境にはめられた。格子のもとには簾が掛けられており、格子が上げられている日中に室内が見通されるのを防いだのだが、本日は強風のためにその簾もあおられている。そのため光源氏は、外から覗かれるのを警戒する。朝晩の格子の上げ下げは女房の仕事であったため、ここでも女房に命じている。

⑬簀子…第八章**語注**①。通路として用いられるほか、応接の場ともなった。

⑭風こそげに巌も吹き上げつべきものなりけれ…「げに（なるほど）」とあるので、当時、「風は大きな岩をも吹き上げる力を持っている」というような俗信・諺などがあったかと思われる。野分の風によって、厳重な警戒を破って紫の上の姿を見ることができたことを指す。

⑮さばかりの御心ども…「あれほどの方々のお心」。具体的には、これまで用心深く夕霧を近づけなかった光源氏と、日頃はたしなみ深く姿を見られるようなことはなかった紫の上を指す。

◆◇鑑賞のヒント◇◆

❶紫の上はなぜ「少し端近く」にいたのか。

❷夕霧が「東の渡殿の小障子の上」から紫の上の姿を垣間見できたのは、なぜか。

❸夕霧の動作である「音もせで見る。」に敬語が用いられないのはなぜか。

❹「春のあけぼのの霞の間より、おもしろき樺桜の咲き乱れたる」という表現は、どのようなことを例えているのか。

❺紫の上が「女」と呼ばれているのはなぜか。

❻光源氏が、これまで夕霧を紫の上に近づけなかったのはなぜか。

◆◇鑑賞◇◆

臣下最高位である太政大臣に昇進した光源氏は、六条院《ろくじょういん》という大邸宅を造営した。これまで縁を持った女性たちを一堂に集めた、光源氏前半生の集大成ともいえる邸《やしき》である（**コラム**「光源氏のお屋敷拝見」）。六条院の四つのエリアにはそれぞれ季節が割り当てられ、四季折々の趣向が凝らされた。以後、この邸を舞台に、様々な物語が紡ぎ出されていくことになる。

六条院が落成し、移転が行われたのは前年秋のことであった。二度目の秋を迎え、紫の上が住むこの春の町の御殿では、庭の手入れがなされていた。萩《はぎ》・尾花・撫子《なでしこ》・女郎花《おみなえし》・藤袴《ふじばかま》・朝顔・桔梗《ききょう》・竜胆《りんどう》……。色とりどりの秋の草花が植えられ、丹精されたはずであるが、まさにその矢先、突然の野分（台風）が襲来した。「つくろはせ給ひける折にしも」の強意の助詞には、「よりによって、ちょうどそのとき」との意味が込められている。草木の枝は折れ返り、置いた露も無残に吹き散らされた。手入れをしたばかりの庭が風に荒らされることに心を痛め、花の様子を案じた紫の上は、いつもよりも少し縁側に近い場所――具体的には廂の間の端近な場所――に座って庭を眺めていた❶。このとき、光源氏は明石姫君（八歳）の部屋へ行っており、不在であった。

折しも、光源氏の息子の夕霧が、強風見舞いのために来訪した。そして彼は「何心もなく」、何の気なしにひょいっと、強風によって開いてしまっていた扉（妻戸）の隙間に目をやった。すると、意外なことに大勢の女房たちが目に入ってきたのである。通常、室内には屏風や几帳《きちょう》などといった目隠しのための家具（屏障具《へいしょうぐ》）が置かれており、それによって外からの視線が遮られるのだが、本日は強風ゆえにそれらが片付けられていたため、まさに「見通しあらは」な状態であったのだ。意外な展開に夕霧は思わず足を止め、音も立てずにさらに室内に見入り、そしてなんと紫の上の姿を目にするに至る。つまり、夕霧が紫の上を垣間見することができたのは、庭の草花を気遣った紫の上が端近におり、強風のため部屋の戸が開いていて、室内の屏風が折り畳まれていたから、というように、野分という非常事態の折に複数の要因が重なったことによって得られた僥倖《ぎょうこう》であったのだ❷。

さて、「参り給ひて」「見入れ給へるに」と、ここまで敬語表現が用いられていた夕霧であるが、「音もせで見る。」以降、敬語が消失する。これは、語り手が夕霧と一体化したことを示すものであり、これより先、物語は夕霧の視線と思考に沿って展開していくことになる❸。まず、紫の上は「廂の御座にゐ給へる人」と呼ばれる。これは夕霧の目が捉えたままの表現であろう。神のごとき全知視点を持った語り手によって、「紫の上は、廂の御座にゐ給へり。」と断定的に記すのではなく、「〈廂の御座にゐ給へる人〉が目に飛びこんできた」と、夕霧の視線を通して語られることで、読者も夕霧と同化し、臨場感をもって物語世界に入り込むことができるのである（第三章**鑑賞**参照）。

けれども夕霧は、この人が誰であるか、即座に察知する。なぜなら彼女は、「ものに紛るべくもあらず」、圧倒的な美しさを放っていたからである。その姿を目にした夕霧は、「春のあけぼのの霞の間より、おもしろき樺桜の咲き乱れたる」様子を見ているような心地がしたという。ここでは、その顔かたち、髪の様子、服装などといった具体的な情報は一切語られない。「さとにほふ心地して」「見る心地す」「移り来るやうに」といった比喩表現をもって、夕霧の直感的なイメージとして記されるばかりである。けれどもそれにより、かえって鮮烈な印象が我々読者にも焼き付けられる。紫の上を目にした夕霧は、野分吹き荒れる秋の頃にもかかわらず、爛漫《らんまん》と咲き誇る樺桜の幻影をそこに見たのだ。平安時代以降、単に「花」と言えば桜を指すほど、人々に愛され重視されてきた桜。その桜の中でもとりわけ艶やかな樺桜が、あたりがほのぼのと明るくなる頃、霞の間から曙光に染まる姿を浮かび上がらせる――。「霞の間より、おもしろき樺桜の咲き乱れたるを見る心地」とは、夕霧が扉の隙間から紫の上の姿を垣間見たという状況と、彼に衝撃と感動を与えたその卓越する美貌とを、見事に表した比喩であろう❹。

ここで、紫の上に対して二回にわたり「にほふ」の語（第一章**語注⑬**）が用いられているのも特徴的である。紫の上の美しさ、それも気高く比類ない人柄をも含み込んだ美しさは、「さとにほふ心地して」こちらにもふわっと漂ってくる。その上、「あぢきなく、見奉る我が顔にも移り来るやうに、愛敬はにほひ散りて」と、紫の上の「愛敬（魅力的な美しさ）」はあたりにこぼれ落ちてくるようで、それが夕霧には「あぢきなく（どうしようもなくて困ってしまうように）」思われるのであった。紫の上の抜きん出た美貌は、「御前なる人々」が「清げ」と形容されるのに対して、一段上の美を表す「清ら」の語（第一章**語注⑨**）が使われているところからも見て取れるだろう。紫の上の御前には、選び抜かれた美しい女房たちが大勢伺候していたはずであるにもかかわらず、彼女たちには「目移るべくもあらず。」と断言されるのだ。

なお先に述べたように、これらの描写は全て夕霧の目線で語られている。例えば「我が顔」との表現は、語り手と夕霧が一体となっていることを端的に示すものであるし、「いかにしたるにかあらむ」と言ったのは、離れた場所から垣間見ている夕霧には、紫の上と女房とのやりとりの詳細は伝わらず、紫の上が笑った理由が分からないからであった。同様にここの「目移るべくもあらず。」というのも、夕霧の思いに密着した表現なのだが、そのためこの文章は、「大臣のいとけ遠くはるかに～おぼすなりけりと思ふ」という夕霧の心内語に、なめらかに続いていくのである。

初めて紫の上の姿を目の当たりにした夕霧は、これまで父光源氏が紫の上の周辺を厳重に警戒し、決して自分を近づけようとしなかったのはなぜか、その理由を了解する。光源氏はまさに「かかること」、すなわち紫の上を見た自分が、こうして心を動かすことこそを危惧していたのであった❻。「おぼすなりけり」の「けり」は、夕霧が今初めて光源氏の思慮に気づいたという衝撃を表している。恐ろしさにその場を立ち去ろうとしたとき、西側の明石姫君の居所から光源氏が戻ってきた。立ち去りかけた夕霧は、「また寄りて見」る。

夕霧の目に映った光源氏は、自身の親とは思われないほど若々しく美しかった。彼の耳に二人の会話までは届かないものの、初めて見る父親とその愛妻の睦《むつ》まじい姿に、夕霧の目は再び釘付けになる。光源氏三十六歳、紫の上二十八歳。六条院の主人夫婦として満ち足り、成熟した二人は、今が盛りと華やいでいた。ここで、紫の上が「女」と呼ばれていることにも注目しておきたい。この箇所でも引き続き、語り手は夕霧と一体化しているため、これは夕霧が、なまの「女」として紫の上を捉えたことを意味している。つまりここでの夕霧は、身内という立場から離れ、光源氏と紫の上を一対の男女として把握し、その魅力に引き込まれているのである❺。

この光景に深く心を奪われた夕霧であるが、いよいよ吹き荒れる野分により、自らが立つ渡殿の格子も吹き上げられてしまった。見つかることを恐れた夕霧は、今度こそ本当に立ち去る。こうして彼の垣間見に終止符が打たれ、野分という自然の猛威が引き起こした思いがけない展開の嬉しさを、夕霧はかみしめる。荒々しく吹きすさぶ野分の突風は、突然目に飛びこんできた紫の上の稀有な美貌に、激しく波立つ夕霧の心内を象徴するものともなっていたのである。

ところで、本場面で視点人物となったのは、主人公光源氏でも、その相手となる女君でもなく、十五歳となった息子夕霧であった。次世代が台頭し、これまで絶対的であった光源氏世界の内部が第三者の目によって暴かれたとして、これを「光源氏の相対化」「六条院世界崩壊の予兆」などとする解釈もある。けれども一方で、当場面での光源氏の存在の大きさも押さえておくべきであろう。本文中で夕霧は二回「恐ろし」と感じて垣間見を中断しているが、彼が何を恐れているかといえば、それは「至り深き御心」を持つ光源氏の存在なのである。光源氏に見つからないようその場を離れ、たった今やって来たかのように咳払いをして取り繕った夕霧であるが、それでも光源氏の方が一枚上手であった。東の方から参上した夕霧を見た光源氏は、すぐさま、先ほど夕霧が垣間見していた東側の妻戸が開いていたことを察知し、「紫の上の姿を見られたのではないか」といぶかしむのであった。

それにしても、いったいなぜ光源氏は、それほどまでに警戒するのであろうか。それは夕霧自身も推測しているように、「見る人ただにはえ思ふまじき御ありさま（目にした人が平静でいられそうもないご様子）」である紫の上の美しさに夕霧が心を動かされ、過ちを引き起こすことを危惧しているからである。夕霧にとっての紫の上は「継母《ままはは》」であるが、現代の「継母」のイメージとは異なり、彼は紫の上と一つ屋根の下に暮らしているわけでも、彼女に養育されてきたわけでもない。一夫多妻制であった平安時代では、子どもたちはそれぞれの母親の邸で育つため、実母（または養母）ではない父の妻たちとの関わりは薄く、継母との性的関係も近親婚的なタブーとはされていなかった（もちろん父親の生前には「不義密通」という別の問題が生じるわけだが）。すなわち、継母と継息子といっても他人同士の男女とほぼ同等なのである。何よりここでは、光源氏自身がかつて、継母である藤壺の宮との間に犯した過ち（第四章）が意識されているのだろう。自身の経験を踏まえるからこそ、光源氏はとりわけ警戒を重ねているのである❻。もちろん夕霧はそのような光源氏の秘密を知るよしもないが、読者としてはこのような背景まで意識しておきたいところである。

だとすれば、この先、夕霧と紫の上の密通が行われる可能性はあるのだろうか。――夕霧は紫の上の面影を忘れられず、彼女への憧れを生涯抱き続けるのだが、両者の間に密通が行われることはついになかった。夕霧が再び紫の上を垣間見る機会は、彼女の死の直後までめぐってこない。六条院の栄華と平穏は、まだ続いていく。

◆◇探究のために◇◆

▼桜にかたどられた紫の上の生涯　本場面以外でも、紫の上には繰り返し桜のイメージが与えられていた。そもそも、光源氏が十歳ほどの紫の上と出会ったのは、晩春の北山、「山の桜はまだ盛り」（若紫巻）の折であった。光源氏は垣間見たこの少女に惹《ひ》きつけられ、紫の上を桜に例えて「面影は身をも離れず山桜心の限りとめて来しかど（山桜（紫の上）の面影は、私の身から離れません。私の心の全てをそちらに留《とど》めて帰って来たのですが。）」などと詠歌した。成長し、光源氏の妻となった紫の上は、春を愛する女性として六条院春の町の女主人となり、「春の上」とも呼称された。当場面では、光源氏第一の妻として君臨する二十八歳の紫の上が、夕霧によって「樺桜」によそえられている。また、女三《おんなさん》の宮《みや》降嫁《こうか》以来、人知れぬ苦悩を抱え続けていた三十九歳（諸説ある）の時には、光源氏によって「桜」に例えてもまだ不足である、とも称《たた》えられた（**資料E**）。その四年後、紫の上は孫の匂宮《におうのみや》に、自身が愛した桜の木を紅梅とともに託して永眠する。翌年の春、光源氏は紫の上が丹精した庭の桜などを見つつ（**資料C**）、春をことのほか愛した人の不在を嘆くのであった。

【資料】

A 『枕草子《まくらのそうし》』「春はあけぼの」

春はあけぼの。やうやう白くなりゆく山際《ぎは》、少しあかりて、紫だちたる雲の細くたなびきたる。

（現代語訳：春はあけぼの。だんだんと白んでいく山の上の空が、ほんのりと明るくなってきて、紫がかった雲が細くたなびいている風情。）

B 『古今和歌集《こきんわかしゅう》』仮名序《かなじょ》

春の朝《あした》に花の散るを見、秋の夕暮れに木《こ》の葉の落つるを聞き、

（現代語訳：春の朝に花が散るのを見て、秋の夕暮れに木の葉が落ちる音を聞いて、）

C 『源氏物語』幻巻《まぼろし》（光源氏五十二歳、紫の上を哀悼する）

外《ほか》の花は、一重《ひとへ》散りて、八重《やへ》咲く花桜盛り過ぎて、樺桜《かばざくら》は開け、藤はおくれて色づきなどこそはすめるを、その遅く疾《と》き花の心をよく分きて、いろいろを尽くし植ゑおき給ひしかば、時を忘れずにほひ満ちたるに、

（現代語訳：よその花は、一重の桜が散って、八重に咲く花桜の盛りも過ぎて、樺桜が開花し、藤はそれより遅れて色づいたりしているようであるが、（この邸では、紫の上が生前）遅咲き早咲きの花の性質をよく心得て、多彩な花の木を植えておかれたので、それらの花が時を忘れずに咲き満ちているのを、）

D 『古今和歌集』恋一・四七九・紀貫之《きのつらゆき》

人の花摘みしける所にまかりて、そこなりける人のもとに、後によみて遣はしける

山桜霞の間よりほのかにも見てし人こそ恋しかりけれ

（現代語訳：ある人が花を摘んでいたところに出かけまして、そこにいた女性のもとに、後から詠んで送った歌

山桜が霞の間からわずかに見えるように、私もわずかに姿が見えたあなたが恋しく思われるのです。）

E 『源氏物語』若菜下巻《わかなのげ》（光源氏四十七歳、女楽《おんながく》の催しにて）

紫の上は、葡萄染《えびぞめ》にやあらむ、色濃き小袿《こうちき》、薄蘇芳《うすすはう》の細長《ほそなが》に御髪《みぐし》のたまれるほど、こちたくゆるるかに、大きさなどよきほどに様体《やうだい》あらまほしく、あたりににほひ満ちたる心地して、花と言はば桜に例《たと》へても、なほ物よりすぐれたるけはひことにものし給ふ。

（現代語訳：紫の上は、葡萄染であろうか、色の濃い小袿に、薄蘇芳の細長（をお召しになり、そこ）に御髪がたまっている様子は、うるさいほど多くゆったりしており、背丈の大きさなどちょうどよいくらいで、お姿は理想的であり、周囲に美しさが映え広がるような感じがして、花と言えば桜に例えても、やはりそれより優れた様子は格別でいらっしゃる。）

光源氏のお屋敷拝見

平安時代中期ころに成立した貴族の邸宅を、寝殿造《しんでんづくり》と呼び習わしている。公卿《くぎょう》（上達部《かんだちめ》）などの上流貴族の場合、その敷地面積は一町《いっちょう》の広さ（約百二十メートル四方、約四千三百五十六坪）を基本とし、さらには邸《やしき》を複数所有していることも珍しくなかった。

寝殿造のメインとなるのは、その名の通り寝殿と呼ばれる建物で、敷地中央に南面して建てられた。寝殿は必ずしも主人夫婦の居所とは限らず、上流貴族の邸宅の場合はむしろ、儀式や応接の場とされたり、キサキとなった（もしくはキサキとなるべく育てられている）娘が使用したりすることの方が多かった。寝殿の東・西・北などには、対《たい》の屋《や》という別棟の建物が配置された（三方全てに備わっているとは限らない。また、北の対はやや格が落ち、東西の対のうち、大路に面する方が優位とされることが多かった）。寝殿と対の屋との間は渡殿《わたどの》で結ばれるが、渡殿は単なる通路ではなく、女房の部屋なども置かれた。寝殿の南には庭園が広がる。手前には白砂を敷き詰めた南庭《なんてい》という広場があり、奥に横たわる池には中島が置かれ、築山《つきやま》が造られることもあった。また前栽《せんざい》という草花や樹木などが広く植え込まれた。

建物の内部は、母屋《もや》と呼ばれる中央部を、廂《ひさし》という空間が四方ぐるりと取り囲む構造となっている。当時、一間《けん》（柱と柱の間）は約三メートルであったが、幅五間・奥行二間の母屋＋四面に廂を置く標準的な寝殿の場合、その面積は併せて約二百五十二平方メートルとなる。この広い空間には、壁で囲まれた塗籠《ぬりごめ》と呼ばれる一室（宝物安置などに用いた）以外に、固定された壁はない。それゆえ、日常的には障子（今日のふすま）・屏風・几帳《きちょう》などで仕切り、儀式の際にはそれらを取り払うことで巨大な一室として使用した。ちなみに床は板敷きで、座る場所にのみ畳を敷いた。絵巻などで一面畳敷きの室内が描かれるのは、後世の風俗に拠るものである。通常、主人は母屋を中心に起居し、廂には女房たちが控えたり、上客が招き入れられたりした。廂の外側には簀子《すのこ》という濡《ぬ》れ縁《えん》がめぐらせてある。室外への出入り口としては妻戸《つまど》という両開きの扉が設けられていたほか、廂と簀子の境に格子《こうし》という建具がはめられていた。ただし格子は日中上げられており、目隠しのために簾が掛けられていた。簀子は通路以外に応接の場ともなり、一般の客はまず簀子に座った。

さて、元服《げんぷく》した光源氏がまず居住したのが、母桐壺更衣の実家を改築した二条院《にじょういん》であった。光源氏はこの東の対に住み、ここから妻葵の上邸に通い、また西の対に紫の上を引き取った。光源氏が須磨へ退去した際には、紫の上にこの邸の管理が任された。やがて都に復帰した光源氏は、父桐壺院から伝領した二条東院《にじょうとういん》に女性たちを集め住まわせた。さらに、光源氏三十五歳の時に四町を占めて造営された大邸宅、六条院《ろくじょういん》が落成した。四つのエリアそれぞれに四季が当てはめられ、各季節と縁が深い女性を各町の主人とし、四方四季の趣向を凝らした邸である。春《はる》の町《まち》（東南）には、春を愛した紫の上が養女の明石姫君と暮らした。光源氏もここに住んだため、六条院の中心的な住まいとなった。夏《なつ》の町《まち》（東北）には、橘《たちばな》の花を連想させる花散里《はなちるさと》という女性が住み、彼女を養母とした玉鬘《たまかずら》（光源氏養女）や夕霧の居所もあった。六条御息所の旧邸跡の秋《あき》の町《まち》（西南）は、その名も秋《あき》好中宮《このむちゅうぐう》（六条御息所の娘で光源氏養女）が、宮中から退出した際に使用した。冬《ふゆ》の町《まち》（西北）には、厳冬の折の娘との離別（第八章）に耐える明石の君が大堰《おおい》から移り住んだ。六条院では光源氏の栄華を象徴する様々な行事が行われたが、一方で女三の宮の降嫁と密通もこの六条院で生じた。やがて発病した紫の上は二条院に移居し、この懐かしい邸で死去した（第十二章）。光源氏の死後の世界でも、二条院・六条院は光源氏の子孫に受け継がれて登場することになる。

（※129頁**寝殿造平面図**参照）

第十章 新婦に付き添う母ふたり

33 藤裏《ふじのうら》葉《ば》巻・明石姫君《あかしのひめぎみ》の入内

光源氏三十九歳

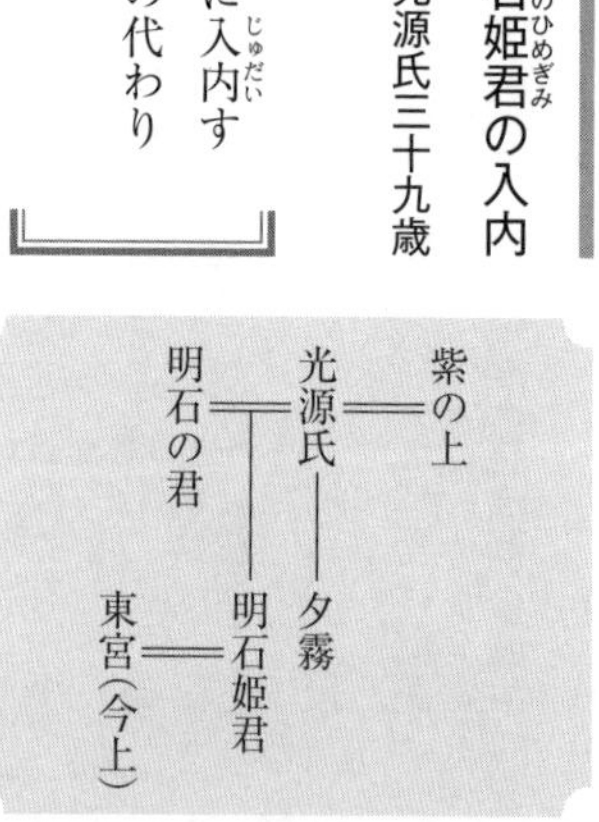

紫の上に愛育され、十一歳となった明石姫君は、元服を迎えた十三歳の東宮《とうぐう》のもとに入内《じゅだい》することになった。養母の紫《むらさき》の上《うえ》は、常に宮中に付き添っていることができない自身の代わりとして、これを機に、実母の明石《あかし》の君《きみ》に後見役を譲ることにした。

①その夜《よ》は、②上《うへ》添ひて参り給《たま》ふに、③御輦車《てぐるま》にも、立ちくだりうち歩みなど人わるかるべきを、我がためは思ひ憚《はばか》らず、ただかく磨きたて奉り給ふ玉の瑕《きず》にて、我がかくながらふるを、かつはいみじう心苦しう思ふ。

④御《おほん》参りの儀式、人の目おどろくばかりのことはせじとおぼしつつめど、おのづから世の常のさまにぞあらぬや。限りもなくかしづき据《す》ゑ奉り給ひて、上は、まことにあはれにうつくしと思ひ聞こえ給ふにつけても、人に譲るまじう、まことにかかることもあらましかばとおぼす。⑤大臣《おとど》も宰相《さいしょう》の君《きみ》も、ただこのこと一つをなむ、飽《あ》かぬことかなとおぼしける。⑥三日過ごしてぞ、上はまかでさせ給ふ。

たち変はりて参り給ふ夜、御対面あり。紫の上「かく大人び給ふけぢめになむ、⑦年月のほども知られ侍れば、うとうとしき隔ては残るまじくや。」と、なつかしうのたまひて、物語などし給ふ。これもうちとけぬる初めなんめり。ものなどうち言ひたるけはひなど、むべこそはと、⑧めざましう見給ふ。また、いと気高う盛りなる御気色《けしき》を、かたみにめでたしと見て、そこらの御中にもすぐれたる御心ざしにて、並びなきさまに定まり給ひけるも、いとことわりと思ひ知らるるに、かうまで立ち並び聞こゆる契りおろかなりやはと思ふものから、出で給ふ儀式のいとことによそほしく、⑨御輦車《てぐるま》など許され給ひて、女御《にょうご》の御ありさまに異《こと》ならぬを、思ひくらぶるに、さすがなる身のほどなり。

いとうつくしげに、雛《ひひな》のやうなる御ありさまを、夢の心地して見奉るにも、涙のみとどまらぬは、⑩一つものとぞ見えざりける。年頃よろづに嘆き沈み、さまざま憂き身と思ひ屈《く》しつる命も延べまほしう、はればれしきにつけて、まことに⑪住吉《すみよし》の神もおろかならず思ひ知らる。

思ふさまにかしづき聞こえて、心及ばぬことはた、をさをさなき人のらうらうじさなれば、おほかたの寄せおぼえよりはじめ、なべてならぬ御ありさま・かたちなるに、⑫宮も、若き御心地に、いと心ことに思ひ聞こえ給へり。⑬いどみ給へる御方々の人などは、この母君の、かくて候《さぶら》ひ給ふを、瑕《きず》に言ひなしなどすれど、それに消《け》たるべくもあらず。⑭いかめしう、並びなきことはさらにも言はず、心にくくよしある御けはひを、はかなきことにつけても、あらまほしうもてなし聞こえ給へれば、殿上人《てんじょうびと》なども、珍しきいどみ所《どころ》にて、とりどりに候ふ人々も、心をかけたる女房の用意・ありさまさへ、いみじくととのへなし給へり。

上も、さるべき折節には参り給ふ。御仲らひあらまほしううちとけゆくに、さりとてさし過ぎもの馴れず、侮《あなづ》らはしかるべきもてなし、はた、つゆなく、あやしくあらまほしき人のありさま、心ばへなり。

【現代語訳】

その夜（＝姫君入内の夜）は、紫の上が付き添って参内なさるので、（明石の君は、紫の上が姫君と同乗する）輦車にも、一段下がって歩いて付いて行くというのは体裁の悪いことに違いないけれど、自分のこととしては構わないのだが、ただ、このように（光源氏らが）大事に磨き申し上げなさった玉（のような姫君）の瑕となって、自分がこうして生きながらえていることを、一方ではひどく心苦しく思っている。

（光源氏は、）姫君の御入内の儀式は、人目を驚かすような（派手な）ことはすまいとご遠慮なさるが、自然と世間一般のご様子とは異なるのだよ。この上もなく大事にお世話申し上げていらっしゃって、紫の上は、本当に愛しくかわいいとお思い申し上げなさるにつけても、（姫君を）他の人に譲りたくなく、本当にこのようなこと（実の娘が入内すること）があったら（よいのに）とお思いになる。大臣（＝光源氏）も宰相の君（＝夕霧）も、ただこのこと一つだけを、残念なことだなとお思いであった。（入内の儀式が行われる）三日間を過ごして、紫の上は（宮中から）ご退出なさる。

（紫の上と）入れ替わって（明石の君が）参内《さんだい》なさる夜に、（お二人の）ご対面がある。（紫の上）「このように（姫君が）ご成人なさった節目にあたって、長い歳月のほどが思い知られることですが、よそよそしい心の隔ては残っていませんよね。」と、親しみ深くおっしゃって、お話などをなさる。これも（お二人が）打ち解けたきっかけのようである。（明石の君が）ちょっとした話をする態度などに、（紫の上は）なるほど（光源氏が惹《ひ》かれるのも）もっともだと、目を見張る思いで御覧になる。また、（紫の上の）実に気品高く女盛りでいらっしゃるご様子を、こちら（＝明石の君方）でも素晴らしいと認めて、大勢の御方々（＝光源氏の妻たち）の中でも抜群のご寵愛で、並ぶ方がいない地位におさまりなさったのも、まことにもっともなことと理解されると、（その紫の上と）これほどまでに肩をお並べ申すことができた（自身の）宿縁も通り一遍のものであろうか（いや、そんなことはない）と思う一方で、（紫の上が宮中から）ご退出になる儀式が実に格別で盛大で、（帝から）輦車などを許されなさって、女御のご様子と異ならない（待遇である）のを、（我が身と）思い比べると、そうは言っても対等などとはいえない我が身の程なのであった。

（姫君の）とてもかわいらしく、お人形のようなご様子を、（明石の君は）夢のような心地で拝見するにつけても、涙ばかりが止まらないのは、（嬉し涙と悲しい涙とが）同じ涙とは思われないのであった。長年何かにつけても悲しみに沈んで、様々につらい身の上だと悲観していた我が命もさらに延ばしたく、晴れやかな気持ちになったにつけても、本当に住吉の神（のご加護）もおろそかではなく思い知られる。

（明石の君は姫君を）思い通りに大切にお世話申し上げて、行き届かないことはまた、少しもないという（明石の君の）人柄の利発さなので、（姫君に対する）世間の声望や評判をはじめとして、並々ならぬご容姿やご器量であるので、東宮も、お若いお心に、たいそう格別に（姫君のことを）お思い申し上げていらっしゃった。（東宮の寵愛を）競っていらっしゃる方々の女房などは、この母君

（＝明石の君）が、こうして伺候していらっしゃるのを、欠点として言い立てたりなどするが、それに（姫君の評判が）消されるはずもない。威厳を備え、並ぶ者がないことは言うまでもなく、（姫君の）奥ゆかしく上品なご様子を、ちょっとしたことにつけても、（明石の君が）理想的に引き立て申し上げなさるので、殿上人なども、（姫君の殿舎を）またとない（風流の才の）競争場所としており、様々にお仕えしている女房たちのことについても、（殿上人たちが）関心を寄せている女房の心構えや態度までも、（明石の君は）実に立派に仕込んでいらっしゃった。

紫の上も、しかるべき折には参内なさる。（明石の君との）仲は理想的に睦《むつ》まじくなっていくが、（明石の君は）そうかといって出過ぎたり馴れ馴れしくしたりすることはなく、軽く見られるような態度も、また、まったくなく、不思議なほど理想的な態度や心構えである。

【語注】

①その夜…当時の婚姻儀礼は、夜に行われるのが通例であった。

②上…紫の上のこと。「上」には天皇を指し示す用例の他に、このように一家の女主人に対する敬称としての意味もあった。後者の場合、子から母、従者から主人に対して用いられ、『源氏物語』では紫の上を指し示す用例が圧倒的である。

③御輦車にも、立ちくだりうち歩み…「輦車」とは、（牛車に対して）人の手で引く車のこと。宮中（内裏）は牛車での通行が不可能であったが、特別に「輦車の宣旨《せんじ》」という天皇の許可を得た者のみは、この輦車での出入りが許された。ここでは、入内する明石姫君と養母の紫の上には輦車が許されたのに対して、実母の明石の君は他の女房たちとともに徒歩で付き従わなければならないことをいう。この一文は少々分かりづらいが、明石の君はそのような自身の身分低さが姫君の瑕《きず》になると考え、入内当日の同行を遠慮したと解釈しておく。

④御参りの儀式…男性が女性のもとに通う形で開始される一般貴族の婚姻とは異なり、内裏に居住する天皇・東宮との婚姻の場合、キサキとなる女性が男性のもとに参入するという形を取る。これを「入内《じゅだい》」という。入内当夜は、上達部・殿上人や女房らを引き連れた行列を仕立てて、内裏の与えられた殿舎《でんしゃ》に入る。この行列が、そのキサキの実家の勢威のほどを示す指標ともなる。

⑤大臣も宰相の君も…「大臣」は光源氏、現在太政大臣《だいじょうだいじん》という臣下最高の地位にある。「宰相の君」は光源氏の長男夕霧で、現在十八歳。既に「宰相（参議《さんぎ》）」の官職を得ており、公卿《くぎょう》（上達部）の一員である（**コラム**「平安貴族のヒエラルキー」）。

⑥三日過ごしてぞ…一般貴族の結婚（**コラム**「平安貴族の気になる結婚事情」）と同様に、入内の際も婚儀は三日間にわたって行われる（ただし、時代が下るにつれ三日間の原則は崩れ始め、新たな儀礼も確立したことで盛儀化していった）。まず内裏の殿舎に参入したキサキは、お召しを受けて天皇（東宮）の寝所へ上る。翌朝キサキが殿舎に下がると、天皇（東宮）から文が送られる後朝使《きぬぎぬのつかい》の儀がある。キサキは三日間天皇（東宮）の寝所へ上り、三日目の夜に寝所で三日夜餅《みかよのもち》が供される。紫の上もこの三日

間、東宮の手紙に対する返事の指示や、新婦方で用意すべき三日夜餅の手配等の諸事を取り仕切ったのであろう。

⑦年月のほども知られ侍れば…明石姫君が三歳で紫の上のもとに引き取られてから、八年が経過している。紫の上と明石の君との対面は、この場面が初めてである。

⑧めざましう…「めざまし」とは目が覚めるほど甚だしい様への驚きを表し、プラス評価（「意外なほど立派である」）・マイナス評価（「心外で目障りである」）いずれにも用いられる。ただしその根底には身分意識があり、身分の上の者から下の者に対して用いる語であった。女御たちが、分不相応の帝寵を受ける桐壺更衣を「めざましきもの」と感じていた（第一章）のがその典型例である。紫の上はこれ以前にも、明石の君に対して「めざまし」との思いを幾度か抱いていた。

⑨御輦車など許され給ひて、女御の御ありさまに異ならぬ…道長の娘彰子が一条天皇に入内した際、同行した母倫子が三日後に輦車の宣旨を得て退出した事例（九九九年十一月三日）と重なる。なお、内裏内のどこまで輦車での乗り入れが許されるかは身分に応じて規定されていたのだが（『延喜式《えんぎしき》』）、紫の上は女御と同等の待遇を受けた。

⑩一つものとぞ見えざりける…「うれしきも憂きも心は一つにて分かれぬものは涙なりけり（嬉しく感じるのも嫌だと感じるのも一つの心であって、それを区別できなくしているのは、いずれの場合も流れる涙なのだった。）」（『後撰和歌集《ごせんわかしゅう》』雑《ぞう》二・一一八八・よみ人知らず）の和歌を否定し、この歌とは違って嬉し涙と悲しみの涙は同一のものとは思われなかったと言う。嬉しさで流す涙は格別であったことを強調した表現。

⑪住吉の神…現在の大阪市住吉区にある住吉大社。明石の君の父である明石入道《あかしのにゅうどう》は、娘の将来をその誕生以来この住吉の神に祈願していた。なお、須磨に謫居していた光源氏を明石へと導いたのも住吉の神であるとされ、明石の君一族の物語に深い関わりを持つ神である。

⑫宮…朱雀院の皇子である東宮。後に冷泉帝の譲位により、今上《きんじょう》帝《てい》として即位する。『源氏物語』内における最後の帝。

⑬いどみ給へる御方々の人など…明石姫君よりも先に、左大臣の姫君が東宮に入内している。キサキたちは一家の繁栄のために、天皇（東宮）に寵愛され、皇子を生むことを期待されていた。

⑭いかめしう…「いまめかしう」とする本もあり、その場合は「当世風で」という意味となる。

◆◇鑑賞のヒント◇◆

❶ 明石の君が入内当日に同行する場合、「立ちくだりうち歩みなど」しなければならないのはなぜか。
❷ 「まことにかかることもあらましかば」とは、誰のどのような気持ちを述べたものであるか。
❸ 紫の上の地位について、どのようなことが理解されるか。
❹ 「むべこそはと、めざましう見給ふ」からは、紫の上の明石の君に対するどのような気持ちが伝わってくるか。
❺ 明石の君は、紫の上に接してどのような思いを抱いたのか。
❻ 明石の君は、どのように姫君を世話したのか。
❼ 紫の上と明石の君に対する敬語には、それぞれどのような特徴が見て取れるか。

◆◇鑑賞◇◆

藤裏葉《ふじのうらば》巻は、『源氏物語』第一部のラストを飾る巻である。この巻をもって種々の懸案事項がひとまず解消され、光源氏の栄華が極まるのだが、当場面で語られる明石姫君の東宮入内も、この一環として捉えることができる。

子供好きの紫の上は、養女として手元に引き取った明石姫君を心から慈しんできたのだが、やがて姫君は成人の時を迎えた。誕生以来、将来の后と期待されてきた明石姫君が、いよいよ東宮妃として入内することになったのである。そしてこの入内を機に、明石の君はようやく娘との対面を許される。薄雲《うすぐも》巻での別れ（第八章）から八年が経過していた。

しかしながら、明石の君の待遇は、特別扱いとはいえあくまでも女房としてのものであった。身分低い実母の存在を公にすると、姫君の評判を貶《おと》める恐れがあるからである❶。東宮妃の母として姫君と輦車に同乗し、晴れがましく内裏入りをするのは紫の上なのであり、明石の君は実母でありながら、他の女房に混じって徒歩でついていかなければならない。御代随一の権力者となった光源氏のもと、手塩にかけてはぐくまれた姫君の、唯一の瑕が生母の出自なのである。明石の君は、自分がみじめな思いをするのは構わないものの、自らの存在が愛《いと》しい娘の障害になりかねないことを懸念し、娘の入内という晴れの場への参列を遠慮するのであった。

さて、なるべく控えめにと心がけた今回の儀式だが、やはり太政大臣たる光源氏の一人娘の入内ともなれば、おのずと「世の常」の有様とは異なる盛儀となってしまう。きらびやかに装った姫君の晴れ姿を見た紫の上は、この子を心から愛しくかわいいと思う。その一方で、「まことにかかることもあらましかば」と思わずにはいられない。「まし」とは、実現不可能なことを敢《あ》えて希望し、「〜だったらよかったのに」と述べる際に用いられる助動詞である。では、「かかること」とは何を指しているかというと、「実の娘がこうして入内すること」であった（❷）。紫の上に実子がないことの無念さについては、これまでも周囲の声としては幾度か語られてきたのだが、彼女自身の胸中としてじかに語られるのは、実はここが唯一の箇所となっている。一家をあげての慶事の場面で、ヒロイン紫の上の寂《せき》寥《りょう》が描かれる点に注意しておきたい。

ここで、光源氏とともに夕霧までもが紫の上の実子のなさを残念がっているというのは、これが一門の繁栄にも繋がることだからであろう。けれども紫の上自身は、そのように一家や自身の地位安定のために実子を欲しているのではない。「上は、まことにあはれにうつくしと思ひ聞こえ給ふにつけても」以下の文章は、紫の上が実子に抱くのと等しい深い情愛を姫君に注ぐがゆえに、いざとなると誰にも渡さずにずっと自分で世話をしたいとの思いを抱いてしまい、それが実子のない嘆きへと繋がっていく、との流れとなっている❷。要するに、紫の上の実子を求める思いとは、姫君への深い情愛のもとに導き出された思考なのであり、そこに彼女の理想的ともいえる人柄が見て取れるのだ。紫の上はこのような優れた人柄、姫君を立派に育て上げた深い教養、そして藤壺に酷似する美貌で、光源氏の愛をもっぱらにしてきた。加えて今回、東宮妃の養母として帝からも厚遇されたことで、対外的な重みも加わった。何から何まで申し分ないように見える紫の上の、ただ一つの難点――実子がいないこと――にここで言及されるのであった❸。

三日間続く婚儀をつつがなく取り仕切った紫の上は、宮中から退出していく。入れ替わりのように姫君のもとへ参上したのが明石の君である。これが二人の初対面となったのだが、一方で紫の上の言葉通り、両者はこの八年の間、姫君を通して深い関わりを有してきたのであった。それゆえ紫の上は、明石の君に「なつかしう」語りかける。「なつかし」とは親しみたくなるような慕わしさを意味する（第四章**語注**⑤）。このように親しみ深く言葉をかける紫の上に、明石の君もまた適切に応じ、両者は「むべこそは」「いとことわり」と、相手が光源氏にとりわけ重んじられているのももっともであると納得し合う（❹❺）。いずれも光源氏の愛を受ける者として、またいずれも姫君の「母」として、「かたみにめでたし」とお互いの美質を認め合ったのである。この対面を契機に二人は親しくなっていったというのだが、しかしながら同時に、この美しい交流場面では、両者の明確な格差も描き出されているのである。

まず、紫の上は明石の君に対して「めざまし」との感情を抱く。これは、明石の君の素晴らしさを認めたものではあるのだが、「めざまし」の語義（**語注**⑧）に照らし合わせると、「受領の娘なのに意外にも」との含みがあるのであり、そこには明石の君を自らの下位に位置づける意識がおのずと働いている❹。思えば紫の上は、明石の君に対して常に穏やかならぬ気持ちを抱いてきた。光源氏が須磨・明石へと去った際、自身が一人都に残されて必死でその無事を祈っていた折に、光源氏を惹《ひ》きつけ、その愛を受け、彼の唯一の娘を生んだ明石の君。さすがの紫の上も、この明石の君に対しては嫉妬心を隠せなかった。ここでも、明石の君の身分を超えた素晴らしさを認めつつも、「受領の娘なのに」と手放しでは称えられない、紫の上の複雑な心境が見て取れるのである。

一方で、これまで劣位にあった明石の君は、東宮妃の実母として自信を持ち、紫の上の卓越さを目の当たりにすればするほど、「そのような紫の上と肩を並べるようにまでなった自分も、たいしたものではないか」と胸を張る。けれどもそれもつかの間のこと、輦車の宣旨を賜り、女御と同等の扱いで退出していく紫の上の姿を目の当たりにすれば、格の違いを痛感させられ、自身の「身のほど」をかみしめる他なかったのである❺。結局、明石の君は、表向きは姫君の女房として伺候する他ない身の上なのであった。東宮妃の母として輦車の宣旨を得て、堂々と退出する紫の上と、一連の婚儀が終わってからひっそりと参上して女房として付き添う明石の君との、「ふたりの母」の格差を押さえておきたい。

母親として接することができるわけではないが、それでも八年ぶりに娘と再会し得た明石の君は、愛らしく成長したその姿に涙する。そして、これまで姫君の世話をすることができなかった分、思う存分大切にかしずくのである。「らうらうじ（心配りが行き届く、利発だ）」と表される明石の君の才知により、「心にくくよしある（奥ゆかしく上品な）」姫君の美質がいっそう引き立てられていく。このような明石の君による聡明な采配、光源氏の一人娘であることを背景とした高い評判（「寄せおぼえ」）、そして姫君自身の美しさ（「なべてならぬ御ありさま・かたち」）により、東宮もすっかりこの新たなキサキに夢中になる。加えて、明石の君は姫君に近侍する女房たちをも見事に仕込んだため、優れたたしなみを身につけた女房たちのもとには、多くの殿上人たちが引き寄せられていく。こうして、明石姫君の住まいは一躍後宮の中心となり、風流なやりとりを競い合うサロンとして華やいでいった。明石の君はその知性と教養をもって姫君を申し分なく世話し、女房たちを統括したのであるが、にもかかわらず、決して差し出ることはなかった❻。あくまで女房の立場を貫くことで、公的に「母」とされている紫の上を尊重し続けたのである。このような身の程をわきまえた態度は、姫君生母の出自の低さを言い立てる他のキサキたちからの陰口をはねのけていく。明石の君は、彼女を見込んで姫君の後見役に任じた紫の上や光源氏からの信頼に、見事に応じたといえよう。

以上のように卑下の態度を崩さない明石の君ではあるが、その存在が徐々に重みを増していることも押さえておきたい。東宮妃の母・太政大臣の妻として、内裏退出時には「まかでさせ給ふ」という二重敬語で遇された紫の上と比較すれば、なるほど明石の君が劣等感を抱くのも無理もない。けれどもその明石の君自身についても、「参り給ふ夜」と、紫の上から後見役を譲られて、晴れがましく参内《さんだい》した姿が描かれて以降、しばしば敬語表現が用いられているのである。もっとも紫の上との対面場面においては、常に尊敬語が使用される紫の上に対して、明石の君には一切敬語が使われないという厳然たる区別が見て取れる。しかしながら、「かくて候ひ給ふ」「もてなし聞こえ給へれば」「ととのへなし給へり」とのように、十一歳の若さで後宮の主となった姫君を盛り立て、伺候する女房たちを首尾よくまとめ上げるという、その際立った働きぶりを述べる箇所においては、尊敬語が恒常的に用いられているのである❼。これは姫君のサロンにおいて、明石の君がなくてはならない存在になっていることを示すものであろう。

この直後の場面にて、「自分が生きている間に姫君の入内を無事果たすことができた」と、満足を覚える光源氏の姿が描かれる。誕生以来の望みであった明石姫君の東宮入内がなされ、そのために犠牲を強いた明石の君にもようやく報いることができた。そして、紫の上と明石の君の仲らいも、申し分なく打ち解けつつある。またこの藤裏葉巻では、光源氏の長男夕霧も七年越しの初恋を実らせ、めでたく結婚している（相手は、光源氏のライバル頭中将《とうのちゅうじょう》の娘の雲居雁《くもいのかり》である。これにより、光源氏方と頭中将方の長年の確執も解消された）。――妻子の将来に憂いをなくした光源氏であるが、彼の物語はまだまだ続いていく。果たして、この先光源氏にどのような運命が待ち受けているのだろうか。

◆◇探究のために◇◆

▼明石の君のその後は？　姫君の入内当日、自身の存在が姫君の足を引っ張ることになるのではと思い、「我がかくながらふるを、かつはいみじう心苦しう」と、こうして生きながらえているのがつらいとまで思っていた明石の君であるが、姫君と再会した後では、「さまざま憂き身と思ひ屈しつる命も延べまほしう」と、これまでの苦難も吹き飛び、自らの寿命をさらに延ばしたいと思うようになっていた。その言葉通り、光源氏・紫の上亡き後の『源氏物語』世界――続編《ぞくへん》においても、明石の君は健在であった。

入内から二年後、明石姫君は東宮の第一皇子を生み、東宮（今上帝《きんじょうてい》）の即位に伴い、その第一皇子が新たな東宮となった（この際、光源氏は紫の上や明石一族を伴って住吉大社に盛大にお礼参りに赴いた）。『源氏物語』ではこの新東宮の即位までは記されないため、明石の君が帝の祖母となる姿は描かれなかったが、続編の冒頭では、多くの孫宮たち（そのうちの一人が、続編の副主人公とも言える匂宮《におうのみや》である）に囲まれ、その後見に専念している明石の君の姿が語られている（**資料A**）。卑下と忍耐の半生を送った明石の君であるが、最後には繁栄がもたらされたといえよう。

▼「めでたしめでたし」の第一部　娘を東宮妃とした光源氏は、同年「太上天皇《だいじやうてんわう》に准《なずら》ふ御位」を得る（**資料B**）。この地位を通常「准太上天皇《じゅんだいじょうてんのう》」と呼び習わしているが、これは歴史上には実在しない、物語が創設した特別な位である。これによって光源氏は、実際に即位はしていないものの、譲位した帝（太上天皇・上皇）と同じ待遇になった。と同時に、遠く桐壺巻で語られた、「帝王相があるが、帝王となると乱憂がある。しかし、臣下の相でもない」という不思議な予言（**資料C**）の意味がここで明らかになる。天皇の寵愛を受ける皇子として生まれながらも臣下に下された光源氏（第二章**語注②**）が、ここで再び臣下の身分を離れたのだ。

年が明ければ光源氏も四十歳。当時は四十歳からが初老とされ、長寿の祝いを行うことになっていた（**コラム**「平安貴族のライフサイクル」）。人生の節目を目前に、娘・息子の結婚問題も片付き、自身の栄華も極まった光源氏。この「めでたしめでたし」をもって『源氏物語』第一部は幕となるのだが、物語は本当に大団円を迎えたのだろうか。そもそもこの准太上天皇の地位とは、藤壺との密通という罪を背景に導き出されたものであった。なぜならこれは、藤壺の死をきっかけとして出生の秘密を知って以来、光源氏に父としての礼を尽くしたいと願い続けてきた冷泉帝の計らいによるものだからである（**資料D**）。また当場面では、一見完全無欠のように見えていたヒロイン紫の上が、実は不安定な身の上であることにも言及されていた。宮中で生き生きと活躍し始めている明石の君とは異なり、紫の上は邸に戻り、光源氏の妻としての生活を続けなければならないのである。

この二点はいずれも、光源氏のサクセスストーリーを描くために棚上げされてきた課題であった。これらを改めて俎上《そじょう》に載せるところから、第二部は始まっていく。

【資料】

A『源氏物語』匂兵部卿《におうひょうぶきょう》巻（光源氏死後の有様）

二条院とて造り磨き、六条院の春の殿《おとど》とて世にののしりし玉の台《うてな》も、ただ一人の末のためなりけりと見えて、明石の御方は、あまたの宮たちの御後見《うしろみ》をしつつ、あつかひ聞こえ給へり。

（現代語訳：（かつて光源氏が）二条院といって造り磨き、六条院の春の御殿といって世に騒がれた玉のような御殿も、ただ（明石の君）一人の子孫のためだったのだと見えて、明石の御方は、大勢の孫宮たちの後見をしながら、お世話申し上げていらっしゃる。）

B『源氏物語』藤裏葉巻（光源氏三十九歳、准太上天皇となる）

その秋、太上天皇《だいじやうてんわう》に准《なずら》ふ御位得給うて、御封《みふ》加はり、年官《つかさ》・年《かう》爵《ぶり》などみな添ひ給ふ。かからでも、世の御心に叶はぬことなけれど、なほ珍しかりける昔の例を改めで、院司《ゐんじ》どもなどなり、さまことにいつくしうなり添ひ給へば、内裏《うち》に参り給ふべきこと難《かた》かるべきをぞ、かつはおぼしける。かくても、なほ飽かず帝はおぼしめして、世の中を憚りて位をえ譲り聞こえぬことをなむ、朝夕《あさゆふ》の御嘆きぐさなりける。

（現代語訳：その秋、（光源氏は）太上天皇に准ずる御位を頂かれて、封戸《ふこ》も増し、年官・年爵などがみなお増えになる（※経済的優遇措置の説明）。こうしたことがなくても、この世にお望み通りにならないことはないけれども、やはり珍しいことであった先例そのままに、院司（上皇に関する事務を掌る役人）なども任命され、格別の威厳をお加えになったので、宮中に（気軽に）参ることは難しくなることを、一方では（残念に）お思いになるのであった。それでも、やはり不満足だと冷泉帝はお思いになって、世間を憚って（光源氏に）帝位をお譲り申し上げることができないことを、朝晩お嘆きの種となさっているのだった。）

C『源氏物語』桐壺《きりつぼ》巻（光源氏八歳頃、高麗相人《こまのそうにん》による予言）

（相人）「国の親となりて、帝王の上《かみ》なき位にのぼるべき相《さう》おはします人の、そなたにて見れば、乱れ憂《うれ》ふることやあらむ。朝廷《おほやけ》のかためとなりて、天《あめ》の下《した》を輔《たす》くる方《かた》にて見れば、またその相違ふべし。」

（現代語訳：（人相見）「（光源氏は）国の親となって、帝王の最高位にのぼるはずの相がおありになる方ですが、そういう方として見ると、世が乱れ民が苦しむことがあるでしょう。朝廷の柱石となって、天下の政治を補佐する方として見ると、またその相とも違っているようです。」）

D『源氏物語』薄雲《うすぐも》巻（光源氏三十二歳、出生の秘密を知った冷泉帝）

上は、夢のやうにいみじきことを聞かせ給ひて、いろいろにおぼし乱れさせ給ふ。故院《こゐん》の御ためもうしろめたく、大臣《おとど》のかくただ人にて世に仕へ給ふもあはれにかたじけなかりけることと、かたがたおぼし悩みて、（中略）一世の源氏、また納言《なふごん》・大臣《だいじん》になりて後に、さらに親王《みこ》にもなり、位にも即《つ》き給ひつるも、あまたの例ありけり。人柄のかしこきに事よせて、さもや譲り聞こえまし、などよろづにぞおぼしける。

（現代語訳：（冷泉）帝は、まるで夢のような重大なことをお聞きになって、様々に煩悶なさる。亡き桐壺院に対しても気が咎めるし、（実の父である）大臣（＝光源氏）がこのように臣下として朝廷にお仕えなさっているのもおいたわしく畏れ多いことだと、あれこれとお悩みになって、…一世の源氏（※帝の皇子でありながら、臣籍降下した人）が、納言や大臣になった後で、さらに親王にもなり、帝位にお即きになったのも、多くの先例があったのであった。（光源氏の）人柄が優れていることにかこつけて、そのようにして（帝の位を）お譲り申し上げようか、など様々にお悩みになっていた。）

平安貴族の気になる結婚事情

現在と同じく、平安時代においても結婚に至る道のりには様々なパターンがあった。とりわけ、親主導のいわゆる政略結婚か、恋愛の延長で世間に認められた夫婦関係かの違いは大きい。また、時代による儀式作法の変遷も見られるのだが、ここでは『源氏物語』が成立した十一世紀初頭における、オーソドックスな結婚の流れをたどっていきたい。

当時の貴族女性は、父や夫以外の男性に顔を見せなかった。姫君は、御簾《みす》や几帳《きちょう》で幾重にも隔てられた邸《やしき》の奥深くで暮らしており、外出はもちろん、室内の端近《はしぢか》な場所に出ることすらまれであった。それゆえ恋のきっかけとしては、噂や垣間見が重要な役割を果たす。男性たちは「あそこの姫君は美しいらしい」との噂に心ときめかせ、ふいに垣間見えたその姿に胸を高鳴らせる。その後男性は、伝手《つて》を求めて恋文を贈る。その文面はもとより、紙の種類への配慮、筆跡の巧拙、送付のタイミングなどが重要な点は現在のラブレターとも共通するが、一方で当時の恋文には和歌が含まれる点、家族や女房たちも検分し、代筆や代作もあり得た点などが特徴である。通常、姫君自筆の返事は簡単にはもらえないが、男性は何度も熱心に求愛をする。こうした手紙のやり取りを重ねつつ、相手の人柄やセンス、教養を判断していたのである。

以上のような求婚段階を経て、いよいよ結婚となる。両家の親などが認め正式に縁談がまとまると、縁起のよい日を選んで男性が女性の邸に通い始める。結婚初夜と二日目の夜は、男性は夜明け前にこっそりと帰り、帰宅後すみやかに後朝《きぬぎぬ》の文《ふみ》と呼ばれる手紙を女性のもとに送る。後朝とは男女が共寝をした翌朝のことで、逢瀬の際に脱ぎ重ねられた衣《きぬ》が、朝には各々が身につけ衣《きぬ》と衣《きぬ》に分かれることからこう呼ばれる。そして三日目の夜、女性の家が主催して露顕《ところあらわし》と呼ばれる結婚披露の祝宴が行われ、三日夜餅《みかよのもち》という祝いの餅が供された。これまで家族には知られず忍び通っていたとの建前だった男性は、この日に初めて舅《しゅうと》と顔を合わせることになり、これをもって正式に結婚が成立する。それゆえ四日目からは男性は昼間も妻のもとに滞在してよいことになる。

　ところで、平安時代は一夫多妻《いっぷたさい》制、つまり男性が複数の妻を持つことが許容された社会であった。それゆえ上記の婚儀を挙げることは、相手の女性との関係を尊重している証にはなったが、唯一無二の妻となることを保証するものではない。なお、複数の妻たちには優劣の差があり、いわゆる「正妻」とそれ以外の妻に区別されるが、正妻の条件が明確に定まっていたわけではない。その格差は、夫の愛情・子ども・身分・実家の後ろ盾といった様々な要素によって生じるといった流動的なものであった（ただし、最終的に同居に至った妻は正妻であることが多い）。ちなみに、当時の財産は夫婦別産が基本であり、男女問わず相続されていたため、女性もある程度の独立性を有していた。現代で言うところの「夫婦別姓」でもあり、氏が異なる夫婦はお墓も別々であった（例えば藤原道長と妻の源倫子は別墓である）。

　結婚後の暮らし方としては、通《かよ》い婚《こん》のままの場合、妻の実家で同居する場合、夫婦いずれかが用意した新居で同居する場合など様々であった（ただしこの時代には、父と息子夫婦の同居はなかった）。けれども光源氏の六条院のように、複数の妻たちを同居させる形態は史実にはなく、虚構ならではの設定である。また、離婚についても明確な規定はなく、夫の夜離《よが》れが続くと離婚状態となるが、それが永続的なものか一時的なものかの判断は難しい。ただし、夫婦いずれかが出家した場合には、原則的に婚姻関係は解消されたようである。

第十二章　セカンドライフの波瀾万丈《はらんばんじょう》

重病となり出家を決意した朱雀院《すざくいん》は、愛娘《まなむすめ》・女三《おんなさん》の宮《みや》の将来を案じ、逡巡《しゅんじゅん》の末に光源氏に託すことにした。光源氏はこの依頼を断りきれず、十四歳の女三の宮を妻として邸に迎え入れた。一方、長年光源氏の第一の妻であった紫の上の心境は複雑である。

34　若菜上《わかなのじょう》巻・三日がほど

光源氏四十歳

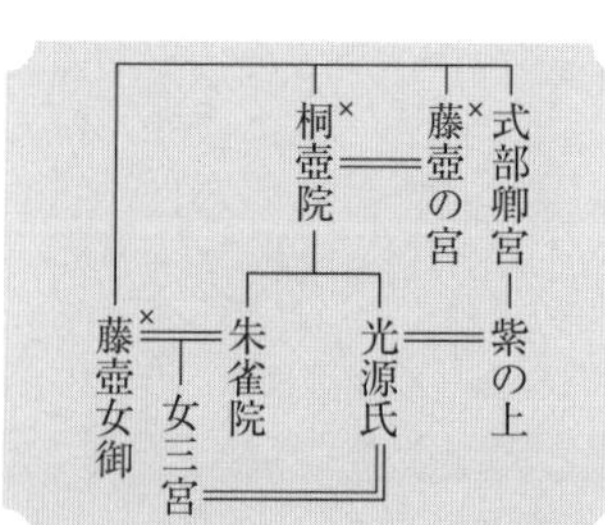

①三日がほどは、夜離《よが》れなく渡り給《たま》ふを、②年頃さもならひ給はぬ心地に、忍ぶれどなほものあはれなり。御《おほん》衣《ぞ》どもなど、いよいよたきしめさせ給ふものから、うちながめてものし給ふ気色、いみじくらうたげにをかし。などて、よろづのことありとも、また人をば並べて③見るべきぞ、あだあだしく心弱くなりおきにける我が怠りに、かかることも出でくるぞかし、若けれど、④中納言をばえおぼしかけずなりぬめりしをと、⑤我ながらつらくおぼし続けらるるに、涙ぐまれて、光源氏「⑥今宵《こよひ》ばかりはことわりと許し給ひてむな。これより後《のち》のとだえあらむこそ、身ながらも心づきなかるべけれ。またさりとて、かの院にきこしめさむことよ。」と、思ひ乱れ給へる御心《みこころ》のうち苦しげなり。少しほほ笑みて、紫の上「⑦自らの御心ながらだに、え定め給ふまじかんなるを、ましてことわりも何も。いづこにとまるべきにか。」と、言ふかひなげにとりなし給へば、恥づかし

うさへおぼえ給ひて、頬杖《つらづゑ》をつき給ひて寄り臥《ふ》し給へれば、硯《すずり》を引き寄せて、

紫の上　目に近く移れば変はる世⑧の中を行く末遠く頼みけるかな

⑨古言《ふること》など書きまぜ給ふを、取りて見給ひて、はかなき言《こと》なれど、げにと、ことわりにて、

光源氏　命こそ絶ゆとも絶えめ定めなき世の常ならぬ仲の契《ちぎ》りを

⑩とみにもえ渡り給はぬを、紫の上「⑪いとかたはらいたきわざかな。」と、そそのかし聞こえ給へば、なよよかにをかしきほどにえならずにほひて渡り給ふを、見いだし給ふもいとただにはあらずかし。

年頃、⑫さもやあらむと思ひしことどもも、今はとのみもて離れ給ひつつ、さらばかくにこそはと、うちとけゆく末に、ありありて、かく世の聞き耳もなのめならぬことの出で来ぬるよ、思ひ定むべき世のありさまにもあらざりければ、今より後《のち》もうしろめたくぞおぼしなりぬる。

【現代語訳】

（新婚）三日の間は、（光源氏が）毎晩欠かさず（女三の宮のもとへ）お出かけになるので、年来そうしたことに慣れてもいらっしゃらない（紫の上の）心持ちには、こらえていてもやはり何となく寂しく感じられる。（光源氏の）何枚ものお召し物などに、（女房たちに指示して）いっそう入念に香を焚《た》いて香りを付けさせなさるけれども、ふとぼんやり物思いにふけっておいでのご様子は、いかにもとても可憐《かれん》で美しい。（光源氏は）どうして、たとえ様々な事情があるとしても、別の人を並べて妻としてよいことか、前々から不実で弱い心になっていた私自身の過ちによって、こうしたことも起こって来るのだな、若いけれども、中納言（＝夕霧）のことを（朱雀院は）お考えになれなくなってしまったようだったのにと、自分自身のことながら心苦しく思い続けずにはいらっしゃれずにいると、涙がにじんできて、（光源氏）「今夜だけは道理だときっと許してくださいますね。この後に（あなたのもとへ）通わないことがあるとしたら、自分自身のことでも不愉快に思うでしょう。またそうかといって、（女三の宮を粗略に扱って）あの（朱雀）院におかれても（それを）お聞きあそばすようなことはね。」と、思い乱れて

いらっしゃるお心の中はいかにも苦しそうである。(紫の上は)少し笑みを浮かべて、(紫の上)「自分のお心のままの考えでさえ、お決めになれそうにないようですのに、なおさら(私には)道理も何も……。(あなたのお考えは)どこに行き着くのでしょうか。」と、いかにも言っても仕方のないという感じにおあしらいなさるので、(光源氏は)自分がみっともないとまでお感じになって、頰杖《ほおづえ》をつきになって物に寄り添い横になっていらっしゃったので、(紫の上は)硯を引き寄せて、

(紫の上)目の前で、時が経《た》つと変わっていく夫婦の間柄を、遠い将来までもと頼みに思っていたことでした。

古歌なども合わせてお書きになるのを、(光源氏は)手に取って御覧になって、何ということもない歌だけれども、本当にそうだと、道理であって、

(光源氏)命は必ずや絶えるだろうけれども、不確かなこの世に、普通にあるのとは異なる私たちの間の縁なのですよ。

(とお書き付けになって)すぐに出かけることもできずにいらっしゃるので、(紫の上は)「本当に(この私が)いたたまれないので。」と、促し申し上げなさるので、(光源氏が)感じよく柔らかなお召し物で、何とも言いようもなく素晴らしい香りを漂わせてお出かけになるのを、(部屋の内から)お見送りなさるにつけても、(紫の上の心は)まったく平静ではないことだ。

長年の間には、もしかしたらそうなるかもしれないと懸念していたいろいろなことも、(光源氏は)「今となっては(そのようなことはするまい)」とばかりすっかりお絶ちになって、ではこれで大丈夫と、安心するようになった今頃になって、とうとう、このような世間にも外聞の悪いことが出て来るとは。こうだと決めて安心できる二人の仲ではなかったのであるから、(紫の上は)これから先も不安にお思いになるのであった。

【語注】

①三日がほどは、夜離れなく渡り給ふ…「夜離れ」とは、夫が夜通って来なくなること。当時、新婚三日目までは、夫は夜離れすることなく妻のもとに通い続けるという慣習があり、男の誠意やけじめを示す指標ともなっていた。一般的には夫が妻の邸《やしき》に通うのだが、女三の宮は光源氏邸(六条院)に輿入《こしい》れしてきたので、光源氏は紫の上とともに暮らす東の対《たい》という建物から、女三の宮が住む寝殿《しんでん》へと通う(第九章の野分巻では紫の上が寝殿にいたが、若菜巻以降、女三の宮が寝殿に居住することになり、紫の上の居所は東の対となっている)。

②年頃さもならひ給はぬ…紫の上との結婚以来、須磨・明石への流謫時代に結ばれた明石の君を除いて、光源氏が新たに妻を迎えることはなかった。また光源氏が、気軽な外泊もできない高貴な地位にあったため、紫の上にとって、三日間連続での独り寝の経験は、光源氏が都に戻って以降ほぼ初めてのものであった。「年頃」とは長年という意味だが、光源氏と紫の上の結婚生活は十八年に及んでいる。

③見る…ここでは「結婚する、妻とする」という意味(第二章**鑑賞**)。

④中納言をばえおぼしかけずなりぬめりしを…「中納言」は光源氏

の長男夕霧（母は故葵《あおい》の上《うえ》）のことで、現在十九歳。この前年に、初恋の相手雲居雁《くもいのかり》との七年越しの恋を成就させて結婚したばかりであった。そのため、朱雀院は夕霧を婿候補に考えながらも断念したとの経緯があった。

⑤我ながらつらく…「つらし」とは、他人の仕打ちが原因でつらく思うという意味の語であるが（第四章**鑑賞**）、ここでは「我ながら」とあり、光源氏が今回の事態を招いた自身のことを、自分で恨めしく思っているということ。

⑥今宵ばかりは…この言葉から、今夜が結婚三日目の夜であることが分かる。一連の婚儀の最終夜であるこの夜、夫は妻のもとで三日夜餅《みかよのもち》を食べ、妻方親族へのお披露目《ひろめ》である露顕《ところあらわし》という儀式に臨む（**コラム**「平安貴族の気になる結婚事情」）。これをもっていわゆる儀式婚が成立するため、最も重要な夜であった。

⑦自らの御心ながらだに、え定め給ふまじかんなるを、ましてことわりも何も。…「AだにX、ましてB（AでさえXだ。ましてやBはなおさら（X）だ）。」の構文。Aに相当するのが「自らの御心（＝光源氏の心）」で、それと対比されているBとして「私の心（＝紫の上の心）」を補う。あなたがご自分の心でさえ決めかねているのだから、まして私には「ことわりも何も」決められない、という意味。

⑧世の中…古文単語「世（代）」は、「一生」「治世」「現世」「世間」「夫婦仲」など様々な現代語に置き換えられるが、いずれも時間的・空間的に限られた区間を指すのが本義。自分の人生を指す「世」という語が、同時に他者との関係をも指す点が特徴である。また、「世」を「世間一般」と捉えるか「夫婦仲」と捉えるかについては、主体が自らを取り巻く人間関係についてどのように把握しているかということとも関連する。

⑨古言など書きまぜ給ふ…「古言」とは、ここでは古歌のこと。「目に近く」の歌とともに、現在の自分の心境に通じるような古い和歌を何首か書き記したということ。

⑩とみにもえ渡り給はぬ…紫の上と気持ちのすれ違いを感じた光源氏は、その溝を埋めぬまま女三の宮のもとに通うことができずにいる。

⑪いとかたはらいたきわざかな…「かたはらいたし」とは、「（傍らで見聞きしていられないほど）気の毒だ」「（傍らの人がどう見るか）気になる、きまりが悪い」など、第三者の立場を意識した語。ここでは、光源氏の女三の宮への訪問が遅くなると、紫の上が引き留めていたように思われてしまうため、それを恐れて光源氏をせき立てている。周囲の目を気にする紫の上の姿がよく表れた箇所。

⑫さもやあらむと思ひしことども…光源氏が紫の上を凌《しの》ぐ立場の女性を妻として、自分の立場が奪われるのではないかと危惧するようなことも、これまで幾度かあったという。具体的なエピソードとしては、朝顔《あさがお》姫君（式部卿宮《しきぶきょうのみや》の娘）への光源氏の求愛（朝顔《あさがお》巻）がある。紫の上は、前斎院《さいいん》で世評も格別に高い朝顔が光源氏の妻となれば、自らの地位が危うくなるとの不安を抱いたが、結局二人は結ばれることなく終わった。

◆◇鑑賞のヒント◇◆

❶「うちながめてものし給ふ」からは、紫の上のどのような様子が見て取れるか。
❷光源氏は、今回の事態を引き起こした原因をどのように把握しているか。
❸紫の上の「ほほ笑み」とはどのようなものだと思われるか。
❹「自らの御心ながらだに、え定め給ふまじかんなる」とは、光源氏のどのような言動を指したものか。
❺紫の上と光源氏の和歌からは、二人が自分たちの夫婦仲をそれぞれどのようなものとして捉えていることが分かるか。
❻紫の上が、「古言など書きまぜ給ふ」という和歌の表し方をしたことからは、どのようなことが読み取れるか。
❼紫の上の「思ひ定むべき世のありさまにもあらざりければ」という認識には、どのような意味が込められているのか。

◆◇鑑賞◇◆

この若菜上《わかなのじょう》巻以降を、物語の第二部と呼ぶ。前巻藤裏葉《ふじのうらば》巻にて、光源氏は准太上天皇《じゅんだいじょうてんのう》の位（上皇に準ずる地位）にのぼり、その栄華が極まる様が語られていた。けれども『源氏物語』は、この「めでたしめでたし」では終わらず（第十章**探究のために**）、女三の宮という新たなキャラクターを投入してさらなる展開を繰り広げていく。四十歳という、当時の感覚でいえば初老となった光源氏のもとに、十四歳の年若い内親王が降嫁《こうか》（内親王が臣下のもとに嫁ぐこと。

ただし、准太上天皇である光源氏に対してこの語を用いることに関しては議論がある）してきた。当場面では、光源氏の長年の愛妻である紫の上に焦点を当て、この事態に対する彼女の内面の苦悩を描き出す。

まず紫の上は、他の女性との婚儀に出かける夫のために、その衣装を「いよいよ（いっそう）」念入りに整える。女房たちにそつなく指示を出し、衣に丹念に香を薫《た》き染《し》めさせ、この結婚に協力的な姿勢を見せるのである。けれどもやはり、ふとした瞬間には上の空になり、物思いにふけってしまう。懸命に心中の苦しみを押し隠し、平静を保とうとしてはいるものの、自然とその内心が現れ出てしまうのであった❶。

このように、苦悩を抱えつつも甲斐甲斐《かいがい》しく振る舞う紫の上の可憐《かれん》な姿に、光源氏は改めて心打たれる。そして、彼女がいながら新たに妻を娶《めと》ったことをつくづく悔やむのであった。「よろづのことありとも」とあるが、当初は朱雀院からの依頼を謝絶していた光源氏が、この結婚を承引することになったのには二つの要因があった。一つは、女三の宮が紫の上と同じく、あの藤壺の宮の姪《めい》にあたるということ（女三の宮の母が藤壺の異母妹である。ちなみに紫の上は藤壺の同母兄を父に持つ）。もう一つは、朱雀院と直接対面した際に、弱々しい声で涙ながらに頼み込まれたということ。以上の二点について光源氏は、要するに今回の事態を引き起こした原因は「あだあだしく心弱くなりおきにける我が怠り」にあると把握する❷。「あだあだし（好色がましい）」とは、藤壺の姪の姫宮への興味が捨てきれなかった自身の好色心を指し、「心弱し」というのは、朱雀院の懇請を退けきれなかった自身の気弱さを指す。さらに「なりおきにける」の「なりおく」とは、「なった状態を保つ、生まれつく」という意味の語であることを考えると、ここで光源氏は、「あだあだし」「心弱し」という自身の生来の欠点を改めて省み、その欠点をそのままにしてきた自らのゆるみをかみしめているということになる。息子の夕霧は、年齢的にも女三の宮との釣り合いがとれるにもかかわらず、「あだ」な自身と正反対の「まめ（真面目で誠実）」な性格のため、新妻以外の女性に心を移すはずもなかろうとして、婿候補から外されたのであった。その一方で自らは、紫の上という長年連れ添った妻がいても、その「あだあだし」さゆえに、女三の宮が入り込む余地があると朱雀院に思われた。そして実際、二人を並べて妻とするという事態を引き起こしてしまったのである。

光源氏は涙ぐみながら、「婚儀最終夜の今夜だけは許してほしい。この先、あなたのもとから夜離れをすることはあり得ないから。」と、紫の上に愛情を誓うのだが、そう述べたそばから「さりとて……」と葛藤する（❹）。涙ながらに愛娘を自分に託した朱雀院のことを考えれば、「三日間の婚儀が過ぎたら女三の宮のもとへは一切通わない」などというようなことができるはずもない。紫の上への思いと、朱雀院への義理と……。引き裂かれる光源氏は様々に思い乱れるが、その板挟みのつらさをそのまま紫の上に吐露してしまう姿勢には、どこかで彼女からの優しい言葉を期待しているかのような甘えも垣間見える（もっとも、このように光源氏が甘えを見せるということは、彼にとって紫の上が特別な存在であることを示すものとも言えるのかもしれないが）。

そのような光源氏の姿を見て、紫の上は「少しほほ笑」む。――なんと寂しい笑みであろうか。心の中に抱えたやるせなさを押さえつけての微笑であり、光源氏との懸隔の大きさを示しているような笑みでもあった❸。「今後、夜離れはしないよ」と誓う舌の根も乾かぬうちに、「でも朱雀院の手前、それは難しいし……」と煩悶《はんもん》する光源氏❹。その迷いを見透かす紫の上は、「『今宵ばかりはことわり』とあなたは言い繕うけれども、あなたがそうやってご自分の心でさえ決められずに迷っているのだから、まして私には「ことわり」も何も分かるはずがないでしょう」と、その煮え切らなさを冷静に指摘するばかりであった。

紫の上にすげなくあしらわれた光源氏は、きまりが悪くなり、頬杖をつきゴロンと横になる。これまた、構ってくれとでも言いたげな思わせぶりな態度であるが、一方の紫の上はそんな光源氏に背を向け、一人、己の心のうちと対《たい》峙《じ》する。彼女の和歌は、「目の前でみるみるうちに変わっていく二人の仲を、行く末永くと頼みにしていたことよ」と、今まで光源氏の愛情という不安定なものの上で安穏と過ごしてきた自らを省みるものであった。掛詞《かけことば》も枕詞《まくらことば》も、何の技巧も用いない歌（「はかなき言」）であるけれども、それがかえって紫の上の思いをじかに伝えるものになっている。この和歌を目にした光源氏は、「げにと、ことわり」と思う。先ほどの「今宵ばかりはことわり」というセリフは空《むな》しく響き、紫の上にその誓いの空虚さを冷たく指摘されていたのだが、反対に紫の上の真摯な和歌には「ことわり」と納得させられてしまう光源氏であった。

続く光源氏の和歌では、紫の上が二人の仲を「移れば変はる世の中」と言ったのに対して、私たちの仲は「定めなき世」とは違い、ずっと変わらないものだと主張する❺。女の不安に対して、男が変わらぬ愛を表明する。――一見、この一対の和歌の贈答は見事に成立しているかのようであるが、その内実はどうであろうか。紫の上は自らの思いを込めた和歌を、直接光源氏に詠みかけることはせず、古歌に紛らせて書き付けることでしか、その心情を表せなかった。加えて、「命が絶えることがあっても二人の仲は絶えない」と、やや大袈裟《おおげさ》に愛情を誓う光源氏の言葉を、果たして紫の上はどのように聞いたか、その反応も記されない。通常は、互いの心を通い合わせるはずの一対の贈答歌が、ここでは両者の深い隔たりを象徴するものとなっているかのようである❻。

紫の上にせき立てられ、光源氏は女三の宮のもとへと向かう。見送る紫の上の目に映るその姿は、「なよよかにをかしきほどにえならずにほ」ふ、という素晴らしさであった。それは、自ら指揮して念入りに整えた衣装であるし、女三の宮のもとへ早く行くよう促したのも自分であるけれども、いざ完璧なまでに美しい姿で他の女性との婚儀に臨まれると、その胸のうちは激しく乱れる。

そして、残された紫の上は一人述懐する。光源氏との十八年にも及ぶ夫婦生活においては、自分の立場が揺らぐのではと危惧されることも幾度かあったけれども、今では光源氏の浮気心はもはやなくなったようである。娘も嫁ぎ、夫も初老と言われる年齢になり、これから先はもう安心だと油断していた今となって、このようなことが出来《しゅったい》するとは。ただしここで紫の上は、光源氏を責めたり恨んだりはしていない。その思考はむしろ、「思ひ定むべき世のありさまにもあらざりければ」との一文に集約される。ここでの「世」、さらには先ほどの彼女の歌における「世の中」の語は、まずは「夫婦仲」という意味で解釈できるが、それに留まらず、「世の中一般」との意味をも抱え持つものとして捉えられるだろう。つまり紫の上は、「安心できる夫婦仲ではなかった」と述べてはいるものの、「光源氏の愛の頼みがたさ」だけを思い悩んでいるのではなく、それをもひっくるめた「世の中の定めがたさ」にまで思いを馳《は》せているのである（吉田幹生）❼。「思ひ定むべき世のありさまにもあらざりければ」の「けれ」とは、そのような「世」の定めがたさは今に始まったことではないのだが、今回の件によってはっきりと思い知った、というニュアンスであろう。女三の宮の存在一つで、これまで築き上げてきた自分の地位が揺さぶられるという、世の無常さを痛感させられた紫の上。彼女の思念は、単なる男女の愛情の次元を超えつつある。

加えて、ここで紫の上が、女三の宮の降嫁について「世の聞き耳もなのめならぬこと（世間の外聞も並一通りではないこと）」と述べていることにも留意したい。朱雀院鍾愛《しょうあい》の姫宮の結婚問題については、以前から世間の注目の的であり、准太上天皇と内親王の結婚生活、さらにはこれまで第一の妻であった紫の上の対応についても様々に関心が寄せられていた。それゆえ紫の上は、このような世間の好奇の眼を意識し、女三の宮にへりくだりつつも内心の動揺を人に見せぬよう、凜然《りんぜん》と振る舞い続けなければならないのであった。このことは、彼女が今回の事態を夫婦のみの問題に留まらず、二人を取り巻く環境をも含めた「世」の問題として受け止めていたこととも通じるであろう。けれども、そのような心安まることのない日々の積み重ねは、やがて紫の上の身体を蝕《むしば》んでいくのであった。

◆◇探究のために◇◆

▼紫の上の特殊な結婚経緯　主人公光源氏の最愛の妻である紫の上だが、実は、その結婚までのいきさつは極めて特殊なものであった。彼女は十歳ほどの頃、母代わりであった祖母を亡くすと、光源氏に強引に引き取られ（若紫巻）、以来、娘のようにはぐくまれた。そして四年後、光源氏の正妻葵の上が死去した後にその妻となったのだが（**資料A**）、「露顕《ところあらわし》」に代表されるような通常の手順を踏んだ婚儀は挙げておらず、実父兵部卿宮《ひょうぶきょうのみや》（現在は式部卿宮）も世間も事後的にその関係を知らされたのであった（**資料B**）。

誘拐同然に光源氏に連れ去られ、娘のように養育され、成長してそのまま妻にされた。こうして見ると、いかにも異例で不安定な結婚経緯であるが、一方でこの結びつきのプラスの面にも目を向けてみよう。紫の上が光源氏の庇護《ひご》下で純粋な少女時代を過ごしたことにより、二人の間には固い信頼関係が築かれた（第三章**鑑賞**）。これは、家同士の政治的関係に縛られない、純粋な愛情のみに基づく絆《きずな》である。つまり紫の上の異例な結婚経緯は、孤児同然という彼女の弱い立場の現れでもあるが、同時に、光源氏との類いまれな関係性を築き上げた重要な要素でもあったといえよう。

その後、女三の宮降嫁に至るまで紫の上を凌ぐ立場の女性は現れなかった。彼女は、光源氏の須磨退去に際して立派に留守を守り通し、やがての后としてかしずく光源氏唯一の姫君（明石姫君）の養母となり、着実にその地位を確かなものにしていった。

みじめな境遇にあった美しい姫君が、素晴らしい貴公子に見いだされ、その愛情を一身に受け、幸せになりましたとさ。——『源氏物語』は、まるでおとぎ話のような以上の結末では終わらなかった。帰るべき実家も、実子もない紫の上が、光源氏の愛情のみを拠《よ》り所として築いてきた妻の座が、今、揺るがされる。

▼紫の上は正妻から転落したのか？　紫の上は女三の宮降嫁によって正妻の座から転落したのか？　それでもなお、正妻であり続けたのか？　それとも、そもそも初めから正妻ではなかったのか？——本書では、これまで紫の上のことを「正妻」と呼ぶことを意図的に避けてきた。実は、紫の上が光源氏の正妻か否かという点については、室町時代の注釈書以来、現在に至るまで決着がついていない問題なのである。その理由としては、第一に、「正妻」をどのようなものとして理解するか、各論者によってその定義が異なることが挙げられる（本書での捉え方については**コラム**「平安貴族の気になる結婚事情」）。けれどもそれだけでは、とりわけ紫の上について、その妻の座に対する議論が尽きないのはなぜかという疑問が残る。そこで理由の第二として、物語の中で紫の上の地位が非常に曖昧なものとして描かれていることが挙げられる。

正妻であるとも、そうでないとも言いきれない紫の上。そこで視点を変えて、物語がヒロイン紫の上を敢《あ》えてそのような不安定な位置に置くことによって、その苦悩を引き出している点に注目してみよう。親などの拠り所を欠いた、不安定な境遇にある女性の苦難とは、どのようなものなのか。それは、果たして結婚によって帳消しになるものなのだろうか――。『源氏物語』は、紫の上の苦悩を通じて、当時の女性を取り巻く生きがたさを描き出しているようにも思うのである。

【資料】

A 『源氏物語』葵巻（光源氏二十二歳、紫の上と新枕《にいまくら》をかわす）

いかがありけむ、人のけぢめ見奉り分くべき御仲にもあらぬに、男君はとく起き給ひて、女君はさらに起き給はぬ朝《あした》あり。

（現代語訳：どういう経緯だったのであろうか、（普段から一緒に就寝しているため）他人には（関係の変化を）見分け申し上げることができる間柄でもないのだが、男君（＝光源氏）は朝早くにお起きになって、女君（＝紫の上）の方はいっこうにお起きにならない朝がある。）

B 『源氏物語』葵巻（光源氏二十二歳、妻となった紫の上の素性を公表しようとする）

この姫君を、今まで世人《よひと》もその人とも知り聞こえぬもものげなきやうなり、父宮に知らせ聞こえてむ、と思ほしなりて、御裳着《もぎ》のこと、人にあまねくはのたまはねど、なべてならぬさまにおぼしまうくる御用意など、いとありがたけれど、

（現代語訳：この姫君（＝紫の上）を、今まで世間の人も誰であるとも（素性を）存じ上げないでいるのも見栄えがしないし、父宮にお知らせ申し上げてしまおう、と（光源氏は）お考えになって、（紫の上の）御裳着のことを、人々に広くお知らせにはならないが、並々ではなく立派にご準備なさるお心遣いなどは、本当にめったにないものであるが、）

第十二章 露とともに去ったヒロイン

女三の宮降嫁による心労を募らせた紫の上は、ついに発病する。それから四年、病がちの日々を送っていた四十三歳の彼女は、自らの死期が迫るのを悟っていた。光源氏の嘆きは深い。夏には紫の上を見舞うため、養女明石中宮《あかしのちゅうぐう》が宮中から退出してきた。

40 御法《みのり》巻・紫の上の死

光源氏五十一歳

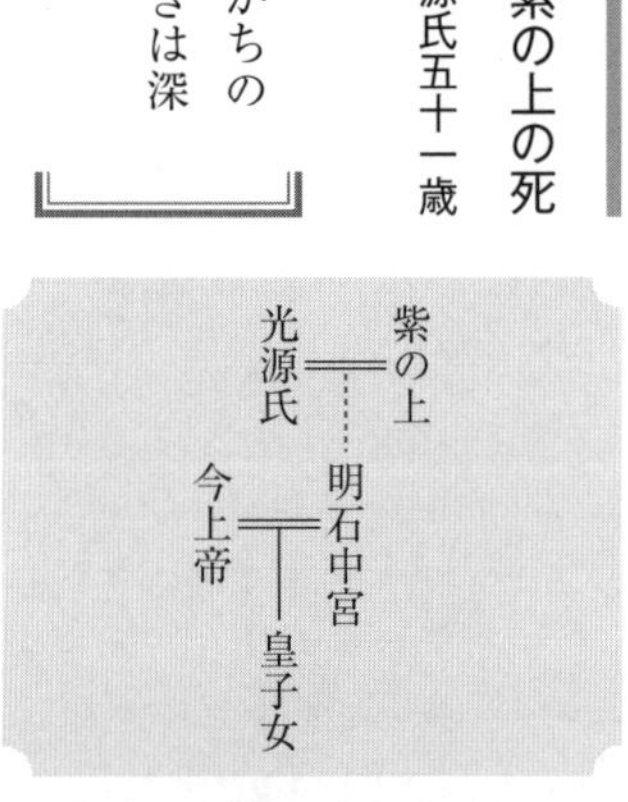

①秋待ちつけて、世の中少し涼しくなりては、御《おほん》心地もいささかはやぐやうなれど、なほ、ともすればかごとがまし。さるは、②身にしむばかりおぼさるべき秋風ならねど、露けき折がちにて過ぐし給《たま》ふ。

③中宮は参り給ひなむとするを、「今しばしは御覧ぜよ。」とも聞こえまほしうおぼせども、さかしきやうにもあり、内裏《うち》の御使ひの隙《ひま》なきもわづらはしければ、さも聞こえ給はぬに、④あなたにもえ渡り給はねば、宮ぞ渡り給ひける。かたはらいたけれど、げに見奉らぬもかひなしとて、こなたに御しつらひをことにせさせ給ふ。

⑤こよなう痩せ細り給へれど、かくてこそ、あてになまめかしきことの限りなさもまさりてめでたかりけれと、⑥来《き》し方《かた》あまりにほひ多く、あざあざとおはせし盛りは、なかなかこの世の花の香りにもよそへられ給ひ

しを、限りもなくらうたげにをかしげなる御さまにて、いとかりそめに世を思ひ給へる気色《けしき》、似るものなく心苦しく、すずろにもの悲し。

風すごく吹き出でたる夕暮れに、前栽《せんざい》見給ふとて、脇息《けふそく》によりゐ給へるを、院⑦渡りて見奉り給ひて、

光源氏「今日は、いとよく起きゐ給ふめるは。この御前《おまへ》にては、こよなく御心《みこころ》もはればれしげなんめりかし。」

と聞こえ給ふ。かばかりの隙《ひま》あるをもいとうれしと思ひ聞こえ給へる御気色を見給ふも心苦しく、つひにいかにおぼし騒がむと思ふに、あはれなれば、

紫の上　⑧おくと見るほどぞはかなきともすれば風に乱るる萩《はぎ》のうは露

げにぞ、折れ返りとまるべうもあらぬ、よそへられたる折さへ忍びがたきを、見いだし給ひても、

光源氏　ややもせば消えを争ふ露の世におくれ先だつほど経《へ》ずもがな

とて、御涙を払ひあへ給はず。宮、

明石中宮　秋風にしばしとまらぬ露の世を誰《たれ》か草葉の上とのみ見む

と聞こえ交はし給ふ御かたちどもあらまほしく、見るかひあるにつけても、かくて千年《ちとせ》を過ぐすわざもがなとおぼさるれど、心にかなはぬことなれば、かけとめむ方なきぞかなしかりける。

紫の上「今は渡らせ給ひね。乱り心地いと苦しくなり侍《はべ》りぬ。言ふかひなくなりにけるほどと言ひながら、いとなめげに侍りや。」とて、御⑨几帳《きちやう》引き寄せて臥《ふ》し給へるさまの、常よりもいと頼もしげなく見え給へば、「いかにおぼさるるにか。」とて、宮は御手をとらへ奉りて泣く泣く見奉り給ふに、まことに消えゆく露の心地して限りに見え給へば、⑩御誦経《みずきやう》の使ひども数も知らずたち騒ぎたり。⑪さきざきもかくて生き出で給ふ

折にならひ給ひて、御物《もの》の怪《け》と疑ひ給ひて、夜《よ》一夜《ひとよ》さまざまのことをし尽くさせ給へど、かひもなく、明け果つるほどに消え果て給ひぬ。

【現代語訳】

待ちかねた秋になって、世の中が少し涼しくなってからは、（紫の上の）ご気分も少しはさわやかになったようであるが、やはり、どうかするとつい愚痴をこぼしたくなる（ほど思わしくない状態である）。それというのも、身にしみるほどに（もの寂しく）お思いになる秋風というわけでもないが、（紫の上は）露に濡れるように涙で湿りがちな日々をお過ごしになる。

（明石）中宮は、（宮中に）帰参なさろうとするのを、（紫の上は）「もうしばらくは（私の様子を）御覧になっていてください。」とも申し上げたくお思いになるが、差し出がましいようでもあり、帝からの（帰還を促す）御使者が頻《しき》りであるのにも気が引けるので、そのようにも申し上げかねていらっしゃると、（紫の上が）あちら（＝中宮の居所）にもいらっしゃることができないので、中宮の方から（紫の上の部屋へ）お越しになったのであった。気が引けることであるが、いかにもお目にかからないのは甲斐《かい》がないということで、こちらに（中宮の）御座所を特別に設《しつら》えさせなさる。

（紫の上は）すっかり痩せ細っていらっしゃったが、こうであってこそ、高貴で優美な感じも一段と素晴らしく見事であると、かつてあまりにも色香が満ちて、華やかでいらっしゃった女盛りの頃は、かえってこの世の花の美しさにも例えられていらっしゃったが、（今は）限りなく可憐《かれん》で愛らしいご様子で、ほんの一時のものと残りの人生を思っていらっしゃる様子は、（この世には）他に似るものもなくおいたわしく、無性にもの悲しいことである。

風がもの寂しく吹き始めた夕暮れ時に、（紫の上が）庭の草木を御覧になるといって、脇息に寄りかかって座っていらっしゃるのを、院（＝光源氏）がお越しになって拝見なさり、（光源氏）「今日は、実にしっかりと起き上がっておいでのようですね。このお方（＝明石中宮）のおそばでは、格別にご気分も晴れやかな感じのようですね。」と申し上げなさる。この程度の小康があることをも実に嬉しいと思い申し上げなさっている（光源氏の）ご様子を御覧になるにつけても（紫の上は）痛ましく感じて、いよいよという時にはどれほどお心を乱してお嘆きになるだろうかと思うと、身にしみて悲しく思われて、

（紫の上）（私が）起き上がっていると見えるのも、ほんのわずか
かの間のことです。（この私の命は）どうかすると風で乱れ
散ってしまう、萩の上に置いた露のようなものですから。

その言葉通り、（萩の枝は）しなったり戻ったりして（上に置く露は）留まっていられそうもない、（その露に、紫の上のはかない命

が）例えられた今この時までもがこらえがたいので、（光源氏は）外の方を御覧になっても、

（光源氏）どうかすると先を争って消える露のような無常の世で、（私たちは互いに）死に後《おく》れたり先立ったりする間を置かずにいたいのです。

とおっしゃって、お涙を拭いきれずにいらっしゃる。宮（＝明石中宮）は、

（明石中宮）秋風に（吹かれて）、わずかの間も留まっていない露のような無常の世を、いったい誰が草の葉の上だけのことだと思うでしょうか（いや、誰しも自分の身の上のことと思うでしょう）。

と歌を詠み合い申し上げなさるこの方々のお姿が理想的で、見るに素晴らしいものであるにつけても、（光源氏は）こうして千年を過ごす方法があるといいとお思いにならずにいられないけれども、（寿命は）思い通りにならないことなので、（紫の上の命をこの世に）引き留めるような手段がないことが悲しいのであった。

（紫の上）「今はもうお出ましになってください。病状が本当に苦しくなりました。言っても仕方のない（ほど衰えた）有様になってしまったとは言いましても、（このようなところをお見せするのは）本当に失礼でございますよ。」とおっしゃって、（我が身のそばに）御几帳を引き寄せて横たわられた様子が、普段と比べてまったくいかにも頼りなさそうに思われるようでいらっしゃるので、「どのようなご気分でいらっしゃいますか。」とおっしゃって、宮（＝明石中宮）はお手を握って差し上げて泣きながら拝見なさると、本当に消えていく露の感じがしてもはやご臨終と思われるようでいらっしゃるので、御誦経（を依頼するため）の使者たちが数も分からぬほどたくさん（出発するために）大騒ぎしていた。以前にもこうなりながら息を吹き返しなさったときと同じようにお思いになって、もののけに憑《つ》かれていらっしゃるからかとお疑いになって、一晩中様々な手立てをことごとく講じさせなさるけれども、その甲斐もなく、夜がすっかり明ける頃に（露が消えてなくなるように）お亡くなりになってしまった。

【語注】

①秋待ちつけて…夏の暑さは病床にある紫の上の身にいっそうこたえたため、過ごしやすい秋の到来が待ち望まれていた。

②身にしむばかりおぼさるべき秋風ならねど…「秋風」が「身にしむ（身に染みる）」という表現は、『源氏物語』内では他に四例見いだせるが、『源氏物語』以前の和歌にはほとんど見られないもので、「秋吹くはいかなる色の風なれば身にしむばかりあはれなるらむ」（『詞花和歌集《しかわかしゅう》』秋・一〇九・和泉式部《いずみしきぶ》）など、紫式部と同時代頃から用いられ始めた表現のようである（院政期以降には盛んに詠まれるようになる）。

③中宮…紫の上の養女である明石姫君《あかしのひめぎみ》。現在二十三歳で、今上帝《きんじょうてい》（光源氏四十六歳の時、冷泉帝《れいぜいてい》の譲位に伴い、当時の東宮が今上帝として即位した）の中宮となっている。現東宮をはじめ多くの皇子女の母でもある。

④あなたにもえ渡り給はねば…「あなた」とは、明石中宮が滞在す

る二条院（紫の上は療養のため、六条院から二条院という別邸に移り住んでいた）の東の対《たい》。紫の上の病室は西の対にある。夏に中宮が宮中から退出してきた際には、紫の上は、東の対まで参上し、到着を待ち受けることができた。今回も、宮中に帰参する中宮のもとへは自らご挨拶に伺うべきところだが、もはやそのような体力は残っていなかった。

⑤こよなう痩せ細り給へれど…当時は、ふっくらとしていることが美人の条件の一つだった。例えば、宇治《うじ》の中の君などは「まろにうつくしく肥えたりし人（ふっくらとかわいらしく太った人）」（宿木《やどりぎ》巻）などと評される一方で、末摘花《すえつむはな》・花散里《はなちるさと》・空蟬《うつせみ》といった物語内でもとりわけ器量が悪いとされる女君は、いずれもひどく痩せていると記されている。

⑥来し方あまりにほひ多く、あざあざとおはせし盛りは、なかなかこの世の花の香りにもよそへられ給ひしを…「にほひ」は、第一章**語注**⑬。「あざあざ」とは鮮やかに際立っていること。かつて紫の上の美しさは、しばしば桜の花に例えられていた（第九章**探究のために**）。紫の上二十八歳の野分《のわき》巻では「さとにほふ心地して」「樺桜《かばざくら》」によそえられ、三十九歳（諸説ある）の発病直前の若菜下《わかなのげ》巻では「あたりににほひ満ちたる心地して」「桜」に例えてもまだ不足である、と称《たた》えられていた。

⑦院…光源氏のこと。藤裏葉巻にて准太上天皇《じゅんだいじょうてんのう》にのぼって以来、「院」もしくはその住まいにちなんで「六条院」などとも呼称されている。

⑧おくと見る…「おく」は「（露が）置く」と「（自分が）起く」との掛詞《かけことば》。私が起きていられるのも、風に吹かれるこの萩の上に露が置いているほどの間である、という意味。なお、これら一連の和歌は「秋風になびく草葉の露よりも消えにし人を何に例《たと》へむ（秋風に吹かれてなびく草葉に置いた露よりもはかなく消えてしまったあの人を、いったい何によそえればよいのだろうか。）」（『拾遺和歌集《しゅういわかしゅう》』哀傷《あいしょう》・一二八六・村上天皇）の影響が指摘されている。

⑨御几帳引き寄せて…「几帳」は、第六章**語注**⑤。見苦しい姿を見せまいと、自らの姿を隠すための行動。紫の上はこれまで、病身を無理に起こし、中宮に失礼のないように振る舞い続けてきた。ここで力尽きて苦しみ臥す際にも、最後の力を振り絞って几帳を引き寄せ、醜態を晒《さら》さないよう配慮している。

⑩御誦経の使ひども数も知らず…延命・病気平癒の加持祈禱《かじきとう》（第三章**語注**①）を依頼するため、寺院に送る使者たち。主立った寺にはあまねく使者を送っている。光源氏の必死な様子、またその前提としての彼の権勢のほどが読み取れる箇所である。

⑪さきざきもかくて生き出で給ふ折…紫の上は四年前に危篤状態に陥り、一時絶息したものの、懸命な加持祈禱の甲斐あってもののけ（六条御息所の死霊。第六章**探究のために**）が調伏され、蘇生したことがあった。

◆◇鑑賞のヒント◇◆

❶ 明石中宮が病床に見舞いに来てくれることについて、紫の上はどのように捉えているか。
❷ 死期迫る紫の上の美しさは、どのようなものとして描かれているか。
❸ 「今日は、いとよく起きゐ給ふめるは。……」という光源氏の言葉には、どのような思いが込められているか。
❹ 紫の上は、光源氏に対してどのような思いを抱いているか。
❺ 三人の和歌には、それぞれどのような心情が込められているか。
❻ 紫の上最期の場面が、光源氏と二人きりのものではないのはなぜか。
❼ 秋の景物は、紫の上の臨終描写にどのような効果をもたらしているか。

◆◇鑑賞◇◆

光源氏の物語である『源氏物語』正編もいよいよ終わりに近づいた。若紫巻での登場から三十三年、これまで常に主人公に連れ添い歩んできたヒロイン、紫の上の退場の場面である。

酷暑の夏が過ぎ、ようやく過ごしやすい季節となったものの、紫の上の容体は回復に向かわない。秋が深まり、草木に露が降りる頃となると、彼女もまた「露けき折がち」で日々を過ごしているという。

ところで、養母紫の上を見舞うため、夏からの滞在を続けていた明石中宮は、そろそろ宮中に帰らなければならなかった。自らの死期が迫るのを悟る紫の上は、今しばらく引き留めたく思うが、中宮の行動に口を挟む僭越《せんえつ》さを思うと、それも遠慮される。時の帝から、帰還を促す使者がひっきりなしに差し向けられるほどの寵愛を誇る明石中宮なのである。

かつての明石姫君が今や中宮の位にのぼっていることは、この御法《みのり》巻にて初めて明かされた情報なのだが、これにより、国家の頂点に立つ女性を育て上げた紫の上にもいっそうの重みが加えられる。一方で、中宮という至高の身分ゆえの制約についても押さえておきたい。本来ならば中宮のご帰還ともなれば、その御座所《おましどころ》までこちらからご挨拶に参上すべきところである。しかしながら、紫の上の残された体力ではもはやそれも不可能なため、明石中宮の方から赴くことになったのである。養母と娘との関係とはいえ、中宮の位にある人物がわざわざ病室まで出向くというのは異例のことであり、その異例さが「宮ぞ渡り給ひける。」との係り結びの強調にて示される。だからこそ紫の上は、中宮自らのお越しに恐縮しつつも、この上なく慈しんで育てた娘との、恐らく最後の対面の機会を喜ぶ❶。そして中宮にふさわしい御座所を整えさせ、ことさらの心遣いをして迎え入れるのであった。「嫁いだ娘が実家の母親の見舞いにやって来た」というに留まらない貴重な面会であり、両者の絆《きずな》が見て取れるところでもある。血の繋がりのなさを超えて、さらには身分上の制約を超えてまで、母である紫の上の容体を心配する明石中宮の、娘としての思いの深さが示されている。そしてまた、それほどまで深く慕われる紫の上の人柄についても押さえておきたいところである（吉井美弥子）。

明石中宮の目に映った紫の上の姿は、今までとは異なる美しさをたたえていた。かつて、若盛りの頃にはあまりにも「にほひ」多く――生き生きとした生命感にあふれ、匂い立つような華麗さをあたりにふりまいていた紫の上は、病に蝕《むしば》まれすっかり痩せ細ってしまっていた。けれどもそれゆえにこそ、かえって「あて」（気品のある美しさ）や「なまめかし」(優美で上品な様子、特に高雅な精神性に裏打ちされた優雅さ)の語で形容されるような美が際立つのだという。往事の華やかな輝きにもまさる、内面からにじみ出るような品格美・精神美を帯び、いっそうの深みを増したその美しさを見いだしての感動が、「めでたかりけれ」の「けり」の語に表れている❷。けれどもその美しい彼女の生命の灯も、もうすぐ消えようとしている。紫の上は既に現世への様々な執着を振り捨て、この世を「いとかりそめに」思っている様子である。それが、明石中宮には——そして語り手にも——無性に悲しく思われる。

ぞっとするほどもの寂しい風が吹き始めた夕暮れ時。紫の上は、庭の草木を眺めようと、脇息(第三章**語注**⑤)にもたれかかりつつ身を起こしていた。そこへやって来た光源氏の、「今日は、いとよく起きゐ給ふめるは。」とのセリフにより、普段は起き上がることもできない状態であることが理解される。光源氏は、日頃臥《ふ》せっている紫の上がつかの間身を起こしているだけでもとても嬉しく思う。そして、「明石中宮の御前では気分も晴れ晴れなさるのでしょうね」と、紫の上を元気づけようと、強いて明るく言葉をかけるのだった❸。

そのような姿が紫の上にはいたわしく、いよいよ永別の時となったら彼をどれほど嘆かせるかと、しみじみと悲しく思われるという。ここで示されているのは、光源氏への思いやりと慈しみである。女三の宮降嫁によって妻の座を揺るがされ、光源氏の愛情の頼みがたさ、ひいては世の中の無常さをかみしめつつも、内面の物思いを押し隠して女三の宮にへりくだり、邸内の秩序を維持することに心を砕いていた紫の上(第十一章)。そのような煩悶懊悩《はんもんおうのう》の末、ついに発病に至った彼女であったが、それから四年、死を間近に感じる今では、既に物思いに苦しんだかつての心境を超越しているのだ。ここでの紫の上は、死への恐怖や種々の未練を思うことなく、同じこの世でもがき苦しむ存在として光源氏を慈しみ、もっぱら自分の死後に残される彼の悲嘆を気に掛けている❹。紫の上の快方をすがるような気持ちで祈り、彼女が少し身を起こしただけでも心から喜ぶ光源氏と、その光源氏に対し「これだけのことでもこんなに嬉しく思うのだ」との感慨を込めたまなざしを投げかけ、「あはれ」と慈しむような思いを抱く紫の上と――。お互いがお互いのことを思い合う、深い愛情がここにはある。

紫の上は、秋草が風にたなびく庭先の風景に託して歌を詠み、自らの死が間近に迫ることを告げる。自身亡き後の光源氏のショックを少しでも和らげようとの思いで、別れの時が迫ることをやんわりと伝えたのであった。「私が起きていられるのも、風に吹かれるこの萩の上の露が留《とど》まっているほどの、ほんのわずかな間です。」と、「萩のうは露」に例えられるほどはかない自らの命のほどを見据える紫の上。これが彼女の辞世の歌となった。それに対して光源氏は、紫の上が我が命のこととして詠んだ「露」の語を、「露の世」と言い換える。彼は、紫の上の遠からぬ死をもはや打ち消すことができなくなってはいる。それでも彼女に先立たれることには耐えられず、「この世は露のごとくはかないけれども、私たち二人は死ぬときも一緒です。」と、せめて間を置かずに自分も共に逝きたいと歌うのであった。最後に明石中宮が、この世を「露の世」とする光源氏の歌を踏まえつつも、「萩のうは露」に自身を例えた紫の上の心をも受け止める。そして、「草葉の上の露のような存在であるのは、この世に生きる私たち全て同様ですよ。」と、人間一般の無常さへと広げ、一人先立とうとしている紫の上の孤独を慰めるのであった❺。

実は、当場面の「露」をめぐる一連のやりとりは、四年前の若菜下《わかなのげ》巻において光源氏と紫の上が詠み交わした和歌と非常に似通っている（**資料A**）。それは、このような場面であった。――発病し、一時は危篤状態にまで陥った紫の上が小康《しょうこう》を得たことを、光源氏はことのほか喜ぶ。季節は夏、庭の池の蓮《はちす》に玉のような露が置いている。自身の病状に真剣に一喜一憂する光源氏を「あはれ」と思う紫の上は、自らの命をその露によそえて歌を詠み、それに対する光源氏の返歌では、紫の上への深い愛を表明する。――両場面では、その和歌の内容に大きな共通点が見られる一方で、そのシチュエーションの違いにも注目しておきたい。

若菜下巻での涼しげな夏の池の風景は、瀕死《ひんし》の状態から回復し、一時の安定を得た紫の上の有様に呼応するかのようであった。このとき、紫の上が我が身によそえた露は、青々とした蓮の葉の上できらきらと光っていた。一方、当場面においてはどうであろうか。あれから四年、今や紫の上の命は、荒涼とした秋風に吹かれる萩に頼りなく置いた露のごときはかなさであるという(❼)。別れの時はすぐそこまで差し迫っているのだ。

また、当場面でのやりとりは、明石中宮を加えた三人での唱和となっている点も大きな特徴である。光源氏と紫の上が二人で交わす贈答歌《ぞうとうか》としては、先に述べた若菜下巻でのやりとりが最後となっている。紫の上辞世の歌が、光源氏との一対一でのやりとりではなく、明石中宮をも加えられているのはどうしてなのだろうか。

少女時代の突然の出会い以降、教え導かれ、時には噛《か》み合わない内面を抱えながらも、喜びや悲しみを分け合ってきた夫、光源氏。「光源氏と紫の上の愛の物語」との側面に注目すれば、二人きりの方がよかったという意見にもうなずける。けれども『源氏物語』では、紫の上の人生の終幕を、光源氏との夫婦関係のみに閉ざされたものとしては記さなかった。既に光源氏の愛の頼みがたさへの苦悩などは越え、静かに自身の死を受け入れている紫の上は、これまでの人生で関わった全ての人々を「あはれ」と愛惜するような心境にまで至っている。その中で最も深く彼女の人生に関わったのが光源氏であることは言うまでもないが、ここに、生《な》さぬ仲《なか》ではありながらも愛情込めて育て上げ、今や立派な中宮となった娘、明石中宮が加わることにより、男女の愛に留まらない奥行きを見せることになるのである❻。

これらの和歌は、三者三様の立場を反映していながらも、互いに対する深い思いがあふれていた。光源氏は、「かくて千年を過ぐすわざもがな」と、この美しい親子三人の団欒の場を永遠に留めておきたいと希求せずにはいられない。このような痛切な願いが語られることで、直後に訪れる紫の上の死が一段と胸に迫る。「今は渡らせ給ひね。」という緊迫したセリフにより、しみじみとした前段落から一転、物語は一気に展開し、ついに紫の上は絶え果てる。愛育した明石中宮に手を取られての最期であった。

最後に、臨終を迎える紫の上が「露」に重ね合わせて描き出されていることに注目したい。当場面は、秋の深まりとともに紫の上もまた「露けき折がち」となっている様から語り出され、死を間近に感じる紫の上は、自身を「風に乱るる萩のうは露」に例えて詠歌した。それを聞いた光源氏も、萩の枝が秋風にしなる庭の風景を見やり、その萩の上に置く今にも散り落ちそうな露に彼女の命がよそえられるのに、耐えきれない思いを抱く。そしてとうとう紫の上は、「まことに消えゆく露の心地して」「消え果て」るのであった。このように、最期を迎える紫の上の様子が一貫して「露」のイメージで語られることにより、美しくもはかない幕引きとなっている❼。ヒロインの生涯の閉じめは、最大級の美化をもって語られたのである。

◆◇探究のために◇◆

▼紫の上とかぐや姫の重なり　紫の上は八月十四日（旧暦の八月は秋真っ只中《ただなか》である）に永眠し、翌十五日に荼毘《だび》に付された。煙となって空にのぼっていった彼女の姿は、同じく八月十五夜に月へ帰っていった『竹取物語《たけとり》』のかぐや姫と重ね合わされる。これにより、ヒロイン紫の上の退場が、あたかもかぐや姫の昇天のような限りない美しさで表され

た。加えて、残される帝へ「あはれ」の語を残して旅立ったかぐや姫（**資料B**）と同様に、紫の上もまた、光源氏をはじめとするあらゆる人々に「あはれ」との感慨を抱いて世を去っていったことも重要であろう。このように、『源氏物語』第二部においては、従来の物語でも語られてきたような「死なれた者」の哀《かな》しみを述べるだけではなく、「死にゆく者」の思いをも語っていることは特筆すべきことである（今西祐一郎）。

一方で、この中秋の名月も目に入らないほど涙を流している光源氏は、かぐや姫を永久に失い、尽きることない悲しみを抱えた翁《おきな》や帝になぞらえることができる。その後、一年間の哀悼の日々を経た光源氏は、生前の紫の上からの手紙を焼却するのだが（幻《まぼろし》巻）、その姿も、かぐや姫からの手紙を富士山頂で燃やさせた『竹取物語』の帝の姿と重なる。両作品で見据えられているのは、天界とは遠く隔たったこの地上に残されて、「あはれ」の語に代表される人間ならではの情愛を抱えて生きる他ない人々の姿であろう。

『源氏物語』は、その作中で『竹取物語』を「物語の出で来はじめの親」と称《たた》えた（絵合《えあわせ》巻）のだが、以上のように『竹取物語』の本質を最も受け継いだ作品ともいえるのである。

▼『源氏物語』の死の描写　秋という季節が与える悲哀感・寂寥《せきりょう》感は、中国文学に由来するものであり、日本では平安時代以降に定着した感覚のようである。『源氏物語』においても、夕顔《ゆうがお》・葵《あおい》の上《うえ》・六条御息所《ろくじょうのみやすどころ》・八《はち》の宮《みや》など、多くの登場人物の死がもの悲しい秋の出来事として設定されている。

けれども紫の上の場合は、「露」という具体的な景物によってその死への歩みが導かれている点において、一線を画している。物語内で比喩的な表現によってその臨終が記された例としては他に、藤壺《ふじつぼ》の宮の「灯火《ともしび》などの消え入るやうにて」（薄雲《うすぐも》巻・三月）、柏木《かしわぎ》の「泡の消え入るやうにて」（柏木巻・正月）、宇治《うじ》の大君《おおいぎみ》の「物の枯れゆくやうにて」

(総角巻《あげまき》・十一月)があるが、紫の上の場合は、「露」の比喩が秋の風景と合致することで、よりいっそうの悲哀をもたらしている。

その一方で、物語は主人公光源氏の死を描かない。最愛の紫の上を亡くした後、外部との接触を断って紫の上追慕と出家準備に一年を費やした光源氏は、五十二歳の年末、人々の前に久しぶりにその姿を見せた。涙にくれた日々と決別し、往時にもまして一段と光り輝くような光源氏の姿が語られたところで、『源氏物語』正編は幕を閉じるのであった(**資料C**)。

【資料】

A『源氏物語』若菜下《わかなのげ》巻(光源氏四十七歳夏、紫の上が小康を得たことを喜ぶ)

池はいと涼しげにて、蓮《はちす》の花の咲きわたれるに、葉はいと青やかにて、露きらきらと玉のやうに見えわたるを、「かれ見給へ。おのれ独りも涼しげなるかな。」とのたまふに、起き上がりて見いだし給へるもいと珍しければ、「かくて見奉るこそ夢の心地すれ。いみじく、我が身さへ限りとおぼゆる折々のありしはや。」と涙を浮《う》けてのたまへば、自らもあはれにおぼして、

消えとまるほどやは経《ふ》べきたまさかに蓮《はちす》の露のかかるばかりを

とのたまふ。

契りおかむこの世ならでも蓮葉《はちすは》に玉ゐる露の心へだつな

(現代語訳:(庭の)池はいかにも涼しそうで、蓮の花が一面に咲いており、葉はまことに青々として、露がきらきらと玉のように光って見えるのを、(光源氏)「あれを御覧なさい。自分一人だけ涼しそうにしていることよ。」とおっしゃると、(紫の上が)身を起こして眺めるのもまったく久しぶりであるから、(光源氏は)「こんなによくおなりになったのを拝見するのは、夢のような心地がします。ひどくお悪くて、この私の身までもこれでおしまいだと思われる折々もあったのですから。」と涙を浮かべておっしゃるので、(紫の上)ご自身も胸がいっぱいになられて、

(紫の上)この露が消えずに留まっている間だけでも、私は生きていられるでしょうか。蓮の上の露のようにこうして偶然生き残っているだけの命ですのに。

とおっしゃる。

(光源氏)約束しましょう。この世だけではなく来世においても、私たちは蓮の上の露のように一蓮托生《いちれんたくしょう》——死後は、極楽浄土で同じ蓮の上に生まれ変わりましょう。わずかな心の隔ても

おくことのないように。）

B『竹取物語』（昇天直前のかぐや姫の、帝への和歌）

今はとて天《あま》の羽《は》衣《ごろも》着る折ぞ君をあはれと思ひ出でける

（現代語訳：今はもうこれでお別れと、天の羽衣を着る折になって、あなたのことをしみじみと思い出しているのでした。）

C『源氏物語』幻《まぼろし》巻（光源氏五十二歳、出家を決意して物語から退場する）

その日ぞ出でゐ給へる。御かたち、昔の御光にもまた多く添ひて、ありがたくめでたく見え給ふを、この古《ふ》りぬる齢《よはひ》の僧は、あいなう涙もとどめざりけり。（中略）

もの思ふと過ぐる月日も知らぬ間《ま》に年も我が世も今日や尽きぬる

（現代語訳：その日に（紫の上の死去以来、初めて人前に）お出ましになった。そのご容姿は、昔の光り輝く美しさにもまた一段と（輝きを）増して、またとなくご立派にお見えになるので、この年老いた僧は、無性に涙を抑えられないのであった。…

（光源氏）物思いにふけり、月日の過ぎるのも知らないでいる間に、この一年も、そして我が世での人生も、今日でいよいよ終わりになるのか。）

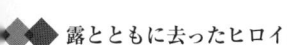

繰り返される密通

十八歳の若き日、藤壺《ふじつぼ》の宮《みや》との密通を犯した光源氏は、四十七歳という晩年に至って、今度は自身が密通をされる立場に立たされた。第二部最大の事件、柏木《かしわぎ》と女《おんな》三《さん》の宮《みや》の密通である。

光源氏と藤壺の宮との密通においては、父を裏切った光源氏の罪の意識や、桐壺帝《きりつぼてい》が最愛の二人の過ちに気づいたのかという問題について、深く掘り下げられることはなかった。なぜなら、これらの件に深入りすると、光源氏のサクセスストーリーである第一部が成り立たなくなるからである。〈帝の皇子でありながら臣籍降下《しんせきこうか》させられた光源氏が、藤壺との密通により冷泉帝《れいぜいてい》の隠れた実父となったことで、やがて准太上天皇《じゅんだいじょうてんのう》となる〉という展開において、光源氏が悔恨のあまり出家をしたり、桐壺帝が不義の子冷泉を排除したりすれば、以上の栄華は達成できなくなってしまう。そこで、棚上げされた問題は、第二部の密通に引き継がれることになる。

女三の宮が光源氏のもとに降嫁《こうか》した翌年の春、六条院で蹴鞠《けまり》が催された。その際、かねてから女三の宮に思いを寄せていた青年・柏木は、偶然彼女の姿を垣間見《かいまみ》てしまい、いっそうの恋心をかきたてられる（若菜上《わかなのじょう》巻）。それから六年後、女三の宮降嫁以来の心労を募らせた紫の上が発病し、療養のために二条院に転居すると、光源氏もその看病に専心するようになる。そして人少なになった六条院において、柏木が女三の宮のもとに忍び込み、ついに思いを遂げてしまうのだった。やがて女三の宮は懐妊し、柏木の手紙を見つけた光源氏は、この真相を知ってしまう（若菜下《わかなのげ》巻）。

深く憤り煩悶する光源氏は、藤壺とのかつての罪を想起する。そして、亡き父桐壺帝も実は我が過ちを知っていたのではないかと、今さらながら恐ろしく、過去の過ちを悔やむのであった。——桐壺帝は知っていたのか。

少なくとも第一部では、桐壺帝は密通のことなど「おぼしよらぬこと」（紅葉賀巻《もみじのが》）と記され、それ以上追究されることはなかったのだが、第二部にて光源氏によって「実は知っていたのかもしれない」と捉え返された結果、桐壺帝の印象が、「全てを飲み込んでそれでも光源氏を愛してくれたかもしれない、偉大な帝王」へと変わる。もっとも、それはあくまで光源氏の想像に過ぎないのであるが。

その後、不義の子薫《かおる》を出産した女三の宮は出家をし、光源氏への畏怖から病の床についていた柏木もこの世を去った（柏木巻《かしわぎ》）。当事者たちが出家や死によって退場し、それ以上苦しみが深められないのに対して、光源氏はただ一人、苦悩を抱えて生き続ける。生まれたばかりの薫の顔もろくに見られなかった光源氏は、やがてその苦悶を乗り越えていき、その五十日《いか》の祝いの折には、我が子ならぬ薫を胸に抱き、はかない運命であった柏木を哀惜して「あはれ」と涙すら流すのだ。自身のかつての罪と重ね合わせ、因果応報の苦しみを極め、そしてやがてそれを乗り越え「あはれ」との感慨を抱く、この懐の深さ。これが、光源氏が主人公たるゆえんとも言えるだろう。

なお、自身の出生に煩悶する不義の子の問題は、第三部の主人公薫が担い、二人の男性の板挟みとなった女の苦悩は、浮舟《うきふね》によって体現されることになる。このように『源氏物語』では、光源氏と藤壺の宮、柏木と女三の宮、匂宮《におうのみや》と浮舟……と、密通の構図が繰り返される。「こんなに密通が多いなんて、この物語は倫理的に問題がある！」と思うかもしれないが、そうではなく、物語は「敢《あ》えて」密通の構図を繰り返し描いているのである。描き残した問題を、別の人物や状況に置き換えてもう一度問い直すことで、主題を深める。――繰り返される密通は、『源氏物語』が次々と発展していく作品である証なのだ。

第十三章 そして息子も恋をする

光源氏死後の物語の主人公・薫《かおる》は、表向きは光源氏の息子だが、実は女三《おんなさん》の宮《みや》と柏木《かしわぎ》の密通による子であった。自身の出生に疑問を抱く薫は、仏道に心を傾け、宇治に隠棲する八《はち》の宮《みや》を仏道の先達として親交を結ぶ。以来三年、薫は宇治にしばしば赴く。

45 橋姫《はしひめ》巻・薫と宇治《うじ》の姉妹

薫二十二歳

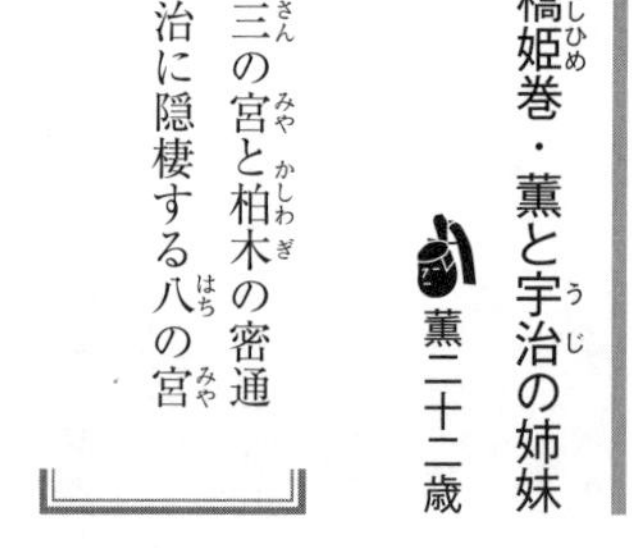

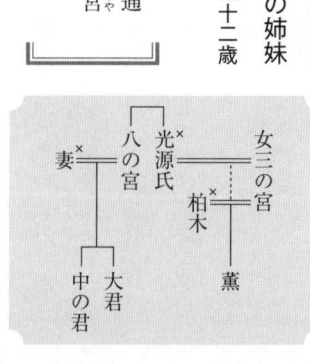

秋の末《すゑ》つ方《かた》、①四季にあててし給《たま》ふ御念仏《おほんねんぶつ》を、②この川づらは、網代《あじろ》の波もこの頃はいとど耳かしがましく静かならぬをとて、③かの阿闍梨《あざり》の住む寺の堂に移ろひ給ひて、七日のほど行ひ給ふ。姫君たちは、いと心細くつれづれまさりてながめ給ひける頃、中将の君、久しく参らぬかなと思ひ出で聞こえ給ひけるままに、④有明《ありあけ》の月のまだ夜深くさし出づるほどに出で立ちて、いと忍びて、御供に人などもなく、⑤やつれておはしけり。

川のこなたなれば、舟などもわづらはで、御馬にてなりけり。⑥入りもて行くままに、霧《き》りふたがりて、道も見えぬ繁木《しげき》の中を分け給ふに、いと荒《あら》ましき風の競《きほ》ひに、ほろほろと落ち乱るる木《こ》の葉の露の散りかかるも、いと冷《ひや》やかに、人やりならず、いたく濡れ給ひぬ。かかる歩《あり》きなども、をさをさならひ給はぬ心地に、心細くをかしくおぼされけり。

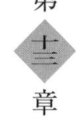

薫　山おろしに堪へぬ木の葉の露よりもあやなくもろき我が涙かな

山がつのおどろくもうるさしとて、⑦随身《ずいじん》の音《おと》もせさせ給はず、柴《しば》の籬《まがき》を分けつつ、⑧そこはかとなき水の流れどもを踏みしだく駒《こま》の足音も、なほ、忍びてと用意し給へるに、⑨隠れなき御にほひぞ、風に従ひて、⑩主《ぬし》知らぬ香《か》とおどろく寝覚めの家々ありける。

八の宮邸に近づくと、琵琶《びわ》と箏《そう》の音色が聞こえてきた。折しも八の宮が不在であり、演奏しているのが八の宮の姫君たちであることを知った薫は、その様子を垣間見ようと庭先に近づいた。

⑪あなたに通ふべかんめる透垣《すいがい》の戸を、少し押し開《あ》けて見給へば、月をかしきほどに霧りわたれるを眺めて、⑫簾《すだれ》を短く巻き上げて人々ゐたり。⑬簀子《すのこ》に、⑭いと寒げに、身細く萎《な》えばめる童《わらは》一人、同じさまなる大人などゐたり。内なる人、一人は柱に少しゐ隠れて、⑮琵琶《びは》を前に置きて、撥《ばち》を手まさぐりにしつつゐたるに、雲隠れたりつる月の、にはかにいと明《あか》くさし出でたれば、⑯「扇ならで、これしても月は招きつべかりけり。」とて、さしのぞきたる顔、いみじくらうたげににほひやかなるべし。添ひ臥《ふ》したる人は、⑰琴《こと》の上にかたぶきかかりて、⑱「入る日を返す撥こそありけれ、さま異《こと》にも思ひおよび給ふ御心《みこころ》かな。」とて、うち笑ひたるけはひ、いま少し重《おも》りかによしづきたり。⑲「及ばずとも、これも月に離るるものかは。」など、はかなきことをうちとけのたまひ交はしたるけはひども、さらによそに思ひやりしには似ず、いとあはれになつかしうをかし。昔物語などに語り伝へて、若き女房などの読むをも聞くに、必ずかやうのことを言ひたる、さしもあら

ざりけむ、と憎く推し量らるるを、げに、あはれなるものの[20]隈《くま》ありぬべき世なりけり、と心移りぬべし。

霧の深ければ、さやかに見ゆべくもあらず。また月さし出でなむとおぼすほどに、奥の方《かた》より、「人おはす。」と告げ聞こゆる人やあらむ、簾下ろしてみな入りぬ。おどろき顔にはあらず、なごやかにもてなしてやをら隠れぬるけはひども、衣《きぬ》の音もせず、いとなよよかに心苦しうて、いみじうあてにみやびかなるを、あはれと思ひ給ふ。

【現代語訳】

秋の末の頃、（八の宮は）季節ごとに割り当ててなさるお念仏を、この川辺（の邸《やしき》）では、網代の波音もこの頃は一段と耳にうるさく落ち着かないからということで、あの阿闍梨が住む寺の堂にお移りになって、七日間勤行《ごんぎょう》をなさる。（邸に残された）姫君たちは、たいそう心細く、所在なさがまさって物思いにふけっていらっしゃったその頃、中将の君（＝薫）が、久しく（八の宮のもとに）参上しなかったなと思い出し申し上げると早速に、有明の月がまだ夜深いうちにさし昇ってきた頃に（京を）出立して、たいそうこっそりと、お供に（十分な数の）人などもなく、目立たないようにして（宇治に）お越しになった。

（八の宮邸は）宇治川のこちら側なので、舟などの心配も無用で、馬でいらっしゃるのであった。（山中に）入って行くにつれて、霧が立ちこめて、道も見えないほど生い茂った木々の中を分け入って行かれると、とても荒々しく吹き競う風に、はらはらと散り乱れる木の葉の露が散りかかってくるのも、たいそう冷たくて、自分から求めて（来たのではあるが）、ひどく濡れておしまいになった。このような（お忍びの）外出なども、ほとんど慣れていらっしゃらないその気持ちには、心細くも興味深くも思われなさるのであった。

（薫）山から吹き下ろす風に堪えきれずに落ちる木の葉の露よりも、わけも分からずもろく流れるのが私の涙であるよ。

里人たちが目を覚ますのも厄介だと、随身の（先払いの）声を上げることもおさせにならず、（途中の民家の）柴の籬をかき分けながら、どこからか流れる水に踏み入る馬の足音も、やはり、音を立てないようにと気をつけていらっしゃったのに、（薫の身体から発する）隠すことのできない御匂いは、風に漂っていき、どなたの香りかと驚いて目を覚ます家々があるのであった。

＊

あちら（＝姫君たちの部屋）に通じているに違いないと見える透垣の戸を、（薫が）少し押し開けて御覧になると、月が美しい具合に霧が立ちこめている様子を眺めて、簾を少しだけ巻き上げて女房たちが座っている。簀子には、たいそう寒そうにした、痩せて着古した衣を着ている女童《めのわらわ》一人と、同じような姿をした大人の女房などが座っていた。室内にいる人は、一人は柱に少し隠れて座り、琵琶を前に置いて、撥をもてあそびながら座っていたところ、雲に隠れていた月が、急にぱっと明るくさし出てきたので、「扇でなくて、これでも月は招き寄せることができましたよ。」と言って、（月を見ようと）外をちらっと覗《のぞ》いた顔は、たいそう愛らしくつややかで美しいようだ。（もう一人の）物に寄り添ってうつ伏している人は、琴の上に身をもたれかけて、「夕日を呼び戻す撥というのはあるそうですが、（月を呼び戻すとは）変わったことを思いつきなさるお心ですこと。」と言って、ほほ笑んでいる様子は、（先の姫君よりも）もう少し落ち着いて優雅な感じがした。「（それには）及ばなくても、これ（＝撥）も月に縁のないものでしょうか。」などと、とりとめもないことを打ち解けて言い合っていらっしゃる二人の様子は、まったくよそながら想像していたのとは違って、本当に胸にしみるようで親しみが持て興がそそられる。昔物語などに語り伝えて、若い女房などが（それを）読み上げるのを聞くにも、必ずこのようなこと（＝思いがけない場所で美女を発見すること）が語られていたが、まさかそのようなことはないだろう、と腹立たしく推量していたのに、なるほど、人の心を打つような隠れ場所があり得る世の中だったのだな、と心が惹《ひ》きつけられていくに違いない。

霧が深いので、（姫君たちの姿を）はっきりと見ることもできない。もう一度月が出てほしいと（薫が）お思いになっていたときに、奥の方から、「お客様がおいでです。」と申し上げた人がいたのであろうか、簾を下ろしてみな（部屋の奥へ）入ってしまった。驚いたふうでもなく、穏やかに振る舞い静かにそっと隠れた（姫君たちの）様子が、衣擦《きぬず》れの音もせず、とても柔らかでおいたわしい感じで、ひどく上品で優雅なのを、（薫は）しみじみと心惹かれるとお思いなさる。

【語注】

①四季にあてて し給ふ御念仏…四季ごとに七日ずつ念仏を行う法会のこと。「念仏」とは特に阿弥陀仏《あみだぶつ》を念ずることをいう。平安時代はこの阿弥陀仏への信仰がとりわけ盛んであった。

②この川づらは、網代の波もこの頃はいとど耳かしがましく…「この川」とは宇治川のことで、北岸（京側）に八の宮邸がある。「網代」とは氷魚《ひお》（鮎の稚魚）を捕るために川に設置された仕掛けで、柴や竹などの杭《くい》を打ち並べて魚を誘い込んで捕らえるもの。晩秋から冬にかけてが網代漁の漁期で、宇治川はその名所でもあった。「いとど」とあるのは、日頃も宇治川の波音はやかましいが、網代漁が始まったこの頃はいっそう騒がしい、ということ。

③かの阿闍梨…八の宮の仏道の師である僧侶（「阿闍梨」は朝廷から任じられた天台・真言宗の高僧のこと）。宇治の山寺に住んでいる。薫に八の宮を紹介した人物でもあるため、「かの」と言う。

④有明の月のまだ夜深くさし出づるほど…「有明の月」とは、旧暦

十六日以降の、夜が明けても空に残っている二十日以降のものを賛美して指す場合が多く、男女が一夜を共にした翌朝の別れの時の象徴的な景物ともなっている。なお、旧暦（太陰太陽暦《たいいんたいようれき》）を用いている古典世界では日付と月齢が一致するのだが、ここでは冒頭に「秋の末」とあるのと併せて、九月二十日頃のことであると分かる（古典世界では七〜九月が秋）。仮に二十日だとすると、月の出はおよそ二十二時頃である。

⑤やつれて…「やつる」は、身なりなどが目立たない様子になる、みすぼらしくなること。他動詞の形が「やつす」。このときの薫は、日常着である直衣《なほし》（第四章**語注**⑨）ではなく、狩衣《かりぎぬ》を着ていることが後の場面から判明する。上流貴族にとって狩衣は遠出をしたり身分を隠したりする時に用いる略装であり、例えば光源氏は、須磨に退去する際や恋の忍び歩きの際に着用している。

⑥入りもて行くままに…山に分け入っていくにつれて。当時、京から宇治に至るには、木幡《こはた》山《やま》の険しい山道を越えなければならなかった。また木幡山は盗賊が出るのでも有名で、『源氏物語』内でもこの山の恐ろしさにはたびたび言及されている。

⑦随身の音…「随身」とは貴人の外出の際、護衛として付き従った武官のこと。その人数は身分に応じて規定されていたが、中将である薫には通常四人がつけられた。普段は随身が先払いの声を上げながら先導する。

⑧そこはかとなき水の流れども…当時、宇治の西側には巨椋池《おぐらいけ》という広大な池があり（一九三〇年代に干拓された）、宇治川・木津川・桂川が流入していた。また、幾筋もの宇治川の支流も流れ込んでいたといわれている（218頁**平安京付近図**参照）。

⑨隠れなき御にほひ…薫は生まれつき身体から芳香を発していた。**探究のために**参照。

⑩主知らぬ香…「主知らぬ香こそにほへれ秋の野に誰《た》がぬぎかけし藤袴《ふぢばかま》ぞも（用い主が分からない香りが残り漂っている。秋の野に誰かが脱ぎ掛けていった袴なのだろうか。）」（『古今和歌《こきんわか》集《しゅう》』秋上・二四一・素性《そせい》法師）に拠る。藤袴は、

⑪あなたに通ふべかんめる透垣の戸…「あなた」とは姫君たちの部屋。「透垣」は板や竹を透けるように編んで作った垣根。建物の近くの庭先に、目隠しのために設置された。

⑫簾を短く巻き上げて…「簾」は廂《ひさし》と簀子《すのこ》との境に掛けられており、外部からの室内への視線を遮る役目を果たすが（**コラム**「光源氏のお屋敷拝見」）、ここでは月を眺めるために上げられている。「短く巻き上げて」については解釈が分かれる。「短く」というのを簾を巻き上げた位置と解すると、簾を低く上げたという意味になるが、巻き上げられた簾の部分と解すると、簾を高く上げたという意味になる。

⑬簀子…第八章**語注**①。なお、「内なる人」の「内」とは、ここでは廂を指す。姫君が簀子に出ていることはまずない。

⑭いと寒げに、身細く萎えばめる童…「いと寒げ」というのは、着物を十分に着重ねていないから。「萎えばめる」とは着物に糊がきいていないこと。八の宮家が経済的に困窮している様子が見て取れる。

⑮琵琶…絃《げん》楽器の一種。茄子型の胴を持ち、後方に頸が曲がった形状であり、四絃で撥を用いて弾く。西アジアが起源とされ、同じ楽器がヨーロッパへ伝わったのがリュートであるとされている。

⑯扇ならで、これしても月は招きつべかりけり。…「これ」とは琵琶の撥のことで、扇と形が似ていることに拠る言葉。「扇ならで」と言っているので、「扇で月を招く」というような故事があったと思われるが典拠ははっきりせず、参考として『和漢朗詠集』（**資料A**）などが挙げられる。

⑰琴…「琴《こと》」は絃楽器の総称（琵琶も琴《こと》の一種、他に琴《きん》や和琴《わごん》などがある）。ここでは具体的には箏《そう》の琴《こと》。十三絃で琴柱《ことじ》を立て、指に爪をはめて演奏する。現在、一般的に「こと」と言ったときに指すのが箏である。

⑱入る日を返す撥こそありけれ…舞楽「陵王《りょうおう》」では、沈もうとする夕日を招き返そうと、桴《ばち》（鼓を叩く棒）を差し上げる「日搔手《ひかきて》（別名：入り日を麾《まね》く手）」という所作がある。これを踏まえて、「ばち（桴→撥）で日を招き返した話ならあるけれど」と返した。

⑲及ばずとも、これも月に離るるものかは。…琵琶の撥を収める箇所を「隠月《いんげつ》」と呼ぶことを踏まえ、「琵琶の撥も月と無縁ではないでしょう」と応酬する。

⑳ものの隈…人目につかない物陰のこと。

◆◇鑑賞のヒント◇◆

❶八の宮とは、どのような人物であると想像されるか。

❷薫が八の宮邸を突然訪問することにしたのはなぜか。

❸八の宮邸に向かう薫が流しているという涙は、どのような涙か。

❹〈琵琶の人〉と〈箏の人〉は、それぞれどのような性格であると考えられるか。

❺二人の姫君のうち、どちらが姉でどちらが妹だろうか。

❻薫が二人の姫君たちを垣間見できたのはなぜか。

❼薫は、姫君たちのどのようなところに惹《ひ》かれたのか。

◆◇鑑賞◇◆

宇治十帖《うじじゅうじょう》は、新たな人物の登場から始まる。それが「世に数《かず》まへられ給はぬ古宮《ふるみや》（世間から忘れ去られていらっしゃる古親王）」、八の宮である。本文からは、八の宮が日々の勤行《ごんぎょう》（読経・礼拝などのおつとめ）だけでなく、各季節に七日間ずつ阿弥陀仏を一心に念ずる時間をも設けていたことが分かる。しかもその念仏に専念するため、静かな環境を求めて自邸を離れ、山寺のお堂に籠もることまでしているという。彼がいかに仏道に心を傾けているかが理解されるだろう❶。一方で、八の宮には娘（二人の姫君たち）がいた。父親の不在により、姫君たちがいっそう所在ない思いをしているというのは、同時に、日頃の八の宮が、仏道修行のかたわら、愛情深く姫君たちをはぐくんできたことをも想像させる（❶）。なお、八の宮の妻は二度目の出産直後に亡くなったため、（女房たちがいるとはいえ）八の宮が男手一つで姫君たちを養育してきたのである。これほど仏道に専心している八の宮が、にもかかわらず出家に踏み切ることができなかったのは、ひとえにこの姫君たちの存在があるからなのであった。

さて、この宇治の山里で、姫君たちは普段から「いと心細くつれづれ」な日々を過ごしていた。それが、父親の不在でさらに「まさ」るというのだ。常日頃から無聊《ぶりょう》をかこっている姫君たちが、いっそうの所在なさを感じていたちょうどその折、薫が宇治へと向かう。何かが起こる予感を抱かせるところである。

『源氏物語』続編の主人公である薫は、これまで八の宮と三年に及ぶ親交を重ねてきた。都においては現在、二十二歳という若さで宰相《さいしょうの》中将《ちゅうじょう》の官職に任じられている、いわゆる公卿《くぎょう》（上達部《かんだちめ》）の一員である。公務で多忙であったためか、最近はなかなか八の宮のもとを訪ねられなかったことから今回の訪問に至ったのだが、「思ひ出で聞こえ給ひけるままに」という文章の呼吸に注意しておきたい。「〜ままに」というのは、ここでは「〜するとすぐに」という意味であり、「そういえば近頃八の宮のもとへ伺っていなかったな」との思いが薫の頭をよぎるやいなや、居ても立ってもいられなくなり、夜明けを待つことも事前に訪問の連絡をすることもせず、夜更けに宇治へと急ぎ向かうことにした、というのである（❷）。後の場面で再度八の宮邸を訪問した際には、薫は通常の直衣姿で牛車に乗って宇治へ赴き、一方の八の宮はその到着を喜んで待ち受けていた（橋姫巻）。けれども今回は、訪問を知らせる使者を出す間も惜しみ、動きやすい狩衣姿に身をやつし、時間のかかる牛車を用いず、一刻も早くとの思いで宇治へと馬を走らせたのである（当時の京から宇治までの所要時間は、牛車で四～六時間ほど、馬で三時間ほどといわれている）。とはいえ、それほどまでに宇治への道を急ぐだけの理由は明記されない。何とも言い表せない衝動が薫の内にこみ上げ、宇治へと駆りたてられたということを、まずは押さえておきたい❷。

有明の月が空に昇った深夜、ごく少ない供人とともに馬を駆る薫。山に分け入るにつれて霧が立ちこめ木々は生い茂り、道も見えないような山路をかき分けて進んでいくと、はらはらと散り乱れる落葉の露がかかる。このように露と霧に濡れそぼってまで、晩秋の夜更けに山越えをしているのは、まさに「人やりならず」――他人から強制されたのではなく、自分から求めてのことであり、ここでも抑えがたい衝動に突き動かされている薫の有様が浮かび上がる。「かかる歩き」にも慣れていない、というのは、日頃の薫が恋の忍び歩きに身をやつすことなどない人物であるということなのだが、まるでこれが恋人との忍び逢《あ》いへと至る道であるかのようなこの文脈は、姫君たちとの出会いの場面へと続いていくのである。

ただしこの場面は、必ずしもそのようなロマンチックなイメージでかたどられているわけではなかった。差し挟まれた薫の和歌に注目してみよう。山おろし（山から吹き下ろす風）によって乱れ落ちる「木の葉の露」と比較しても、

「我が涙」の方がむやみにもろく流れ落ちるというのだが、いったいなぜ薫は涙を流すのであろうか。「あやなく（わけが分からず）」とあるように、自分でも明確な理由は分からない（❸）。このように、当場面前半部では一貫して「わけの分からなさ」「おぼつかなさ」が薫の基底にあるようである。霧や繁木で進むべき道も分からず、露（涙）に濡れ、心細く思いながらも進んでいく――。この風景は、まさしく薫自身のあり方と重ね合わせることができるのではないか。薫は、自身の出生に疑念を持つがゆえに、鬱屈した孤独な心を抱え（**資料B**）、仏道に救いを求めていた。とはいえ世俗の生活を振り捨て出家することもできない薫にとって、同じく俗世にありつつ仏道に専心する八の宮の姿は、いわば理想であった。進むべき道もおぼつかない霧の中、すがるべき先達である八の宮を強く求めて進んでいく薫。宇治への道中の描写は、薫の心象風景そのものといえるのであり、ここでこぼれた涙にも、出生へのおぼつかなさを抱える自身の運命への嘆きが、知らず知らずのうちに込められているのであろう❸。

抑えた馬の足音のみが耳に届く中、八の宮邸に近づくにつれ、かすかに楽の音が聞こえてきた。琴《きん》（第七章**語注**④）の名手と名高い八の宮の演奏かと思いつつ、この音色に導かれるように邸にたどり着くと、それは琵琶と箏の合奏であった。応対に出て来た番人に、八の宮のあいにくの不在を告げられ、奏者が姫君たちであったことを知った薫は、この演奏を聴くことができる物陰を求める。そして、「あなたに通ふべかんめる透垣の戸」と推測した扉を少し開け、姫君たちを垣間見るのである。「見給へば」以降、しばらく薫への敬語は消失し、薫の視点に寄り添って物語が描写されていくことになる（垣間見場面の視点については、第三章・第九章**鑑賞**）。

かすかな月明かりを頼りに覗《のぞ》く薫の目は、まず「簾を上げて月を眺めている人々がいる」という全体像を捉えた。それから細部を観察していくと、建物の最も外側に位置する簀子に、童や女房が座っているのが見いだされる。さらに内側へと視線を移すと、室内にいる二人の女性が目に映る。「一人は柱に少しゐ隠れて」琵琶の前で撥を手にしており、もう一人の「添ひ臥したる人」は箏に寄り添っていた。〈琵琶の人〉は「いみじくらうたげににほひやかなるべし」とあるように、愛らしく華やかに美しい様子であり、〈箏の人〉は「いま少し重りかによしづきたり」とあるように、落ち着いていて奥ゆかしい風情であった。そのセリフも、「扇でなくて、この撥でも月を招くことができましたよ。」と、月が姿を現したのは自分の手柄だと茶目っ気たっぷりに述べる〈琵琶の人〉に対し、〈箏の人〉は「撥で招き返したのは月ではなく日ではなかったかしら。」と穏やかにほほ笑みながらやんわりと指摘するというものであり、薫が捉えたそれぞれの印象に合致する❹。

この二人が八の宮の姫君たちであるのだが、果たしてどちらが姉（大君《おおいぎみ》・二十四歳）でどちらが妹（中《なか》の君《きみ》・二十二歳）なのであろうか（なお、当時は長女を大君、次女を中の君と呼ぶ習わしだった。ちなみに、以下は三の君・四の君……と称する）。実はこれ以前の場面において、二人の性格については、姉が「らうらうじく、深く重りか（気品があり、思慮深く重々しい）」であり、妹が「おほどかにらうたげ（おっとりと可憐）」であると紹介されていた。そのような性格設定を重視すれば、〈琵琶の人〉が妹、〈箏の人〉が姉ということになる。「しっかり者の姉と天真爛漫《てんしんらんまん》な妹」とのイメージは現在でも受け入れやすいだろう。ただし、ここで一つ問題がある。同じくこれに先立つ場面では、八の宮は姉娘に琵琶を、妹娘に箏を習わせたとも記されていたのである。これに従えば先ほどとは逆に、〈琵琶の人〉が姉、〈箏の人〉が妹ということになる。この問題に関しては古くから議論され（おおむね近代以前の注釈書では演奏楽器を重視して後者の説を、現代の注釈書では性格を重視して前者の説をとることが多い）、様々な解釈が提出されている。ただしここでは、当場面が薫の目を通して記されていることを重視しておきたい。すなわち、垣間見をしている薫自身も、現時点では姉妹の区別がついていないのであるから、読者としても姉妹のいずれがいずれかを追求するのではなく、薫の目に映るままに捉えればよいのであろう❺。姫君たちが八の宮の不在でいっそうの無聊をかこっていたこと、深夜の山里には訪ねて来る人もいないと気を許して簾を上げていたこと、雲間から顔を出した月を見ようと外を覗き込んだこと、月明かりがその顔を照らし出したこと、などといった偶然が重なっての、一瞬の夢のような垣間見であった❻。

薫は、この美しい姫君たちに深く魅了される。「さらによそに思ひやりしには似ず」とあるように、八の宮の姫君の存在じたいについては、薫も前々から承知していた。けれども、この宇治川の音も荒々しい山里暮らしでは「世の常の女《をむな》しくなよびたる方は遠くや（世間並の女らしくもの柔らかなのとは縁遠いであろう）」、たいした姫君ではあるまいと推し量っていたのである。この三年間、折々に八の宮邸への訪問を重ねてきても、薫の関心の第一は仏道の先達としての八の宮の上にあったのである。それが今、姫君たちの美しい姿を目にし、想像とのギャップに驚く薫は「いとあはれになつかしうをかし。」との感慨を抱く。まず「いとあはれ」と強い感動が湧き上がり、次に「なつかし」（第四章**語注⑤**）と姫君たちに親しく近づきたく思われ、最後に「をかし」と姫君に対する高い関心が記される。『伊勢物語』初段（第三章**資料A**）や『うつほ物語』俊蔭《としかげ》巻などの「昔物語」に見られるように、「荒れ果てた寂しい場所で思いがけなく美女を発見する」という展開は、物語の設定としてパターン化されたものであった。薫自身もこれまで「そのような話は所詮作り事ではないか」と思ってきたのだが、今、物語さながらの展開を目の前にして強く心を動かされているのである。

この後、来客があることを告げられたのか（覗いている薫には詳細は分からない）、静かにそっと姿を隠した姫君たちの所作に対しても、再び薫は「あはれ」と感動する。都を離れた宇治の山里だからこそ、姫君たちの「みやび」な振る舞いがいっそう引き立つのであろう。霧深い中かすかに照らし出された美貌、故事を踏まえた機知に富む会話を楽しむ教養、そしてその優雅な物腰❼。薫の心に姫君たちの面影が深く刻み込まれた。

そのような薫について、語り手は「心移りぬべし。」とコメントをする。薫の心が姫君たちに向かい、惹きつけられていくにに違いない、との推測である。『源氏物語』ではこのように、語り手が物語の表面に顔を出し、自らの意見を差し挟むことがしばしばあるのだが、読者も語り手と同じく、いよいよ恋が始まる予感を抱くことだろう。だとしたら、薫は姉妹のうちどちらを愛することになるのか、姉妹はそれぞれどのように薫と関わっていくのか、などという点も気になるところである。ただし、ここに「心移りぬべし。」と推量の助動詞「べし」が用いられている点にも注意しておきたい。「薫の心が姫君たちに移った」ということを、断定ではなく推量の形で提示しているところに、薫の複雑な内面が見て取れるのではないか。これまでひたすら仏道に心を傾けてきた薫が、ここで一変して恋へと心を移しきってしまったわけではない。出生の疑念に端を発する孤独や不安は、いまだ薫の心の中にわだかまっているのだ。

これ以降、恋愛物語の主人公として本格的に歩み始める薫だが、その恋は仏道と深く絡み合いつつ描かれていく。仏道と恋と——。正編とは様相をがらりと変え、宇治十帖が開幕する。

◆◇探究のために◇◆

▼光隠れた後の主人公　語られざる光源氏の死によって、物語は一つの区切りを迎えた。続く続編《ぞくへん》は、「光《ひかり》隠れ給ひにし後《のち》、かの御影にたちつぎ給ふべき人、そこらの御末々にありがたかりけり。（光源氏がお亡くなりになった後、彼の輝きをお継ぎになるような方は、大勢のご子孫の中にもいらっしゃらないのであった。）」と語り出される。超越的・圧倒的な存在であった光源氏のような人物は、もはや存在しない。今度は、より等身大の人物たちによって物語が切り拓《ひら》かれてい

く（なお、それゆえ薫は光源氏とは異なり、物語の主題を担うという意味での主人公とはいえず、むしろ宇治十帖の主題は女君たちが担っているという見方もされている）。

光隠れた後の世界をさまよう続編の貴公子たちには、「光」の代わりに、闇夜にも漂う「香り」が備わっていた。光源氏の「息子」とされる薫と、光源氏の孫（明石中宮《あかしのちゅうぐう》が生んだ今上帝《きんじょうてい》の第三皇子）の匂宮《におうのみや》である。薫は生まれながらにかぐわしい体臭をもっており、親友にしてライバルの匂宮は、それに負けじと常にありとあらゆる香を薫《こう》き染《た》め《し》ていた。薫に張り合う匂宮という構図は、やがて薫の愛人浮舟《うきふね》を匂宮が狙うという三角関係へと発展し、匂宮と薫の香をかぎ分けられなかった浮舟の女房（右近《うこん》）は、薫に偽装した匂宮を浮舟の寝所に導いてしまうのであった（浮舟巻《うきふね》）。

▼宇治のイメージと八の宮　京都市の南部に位置する宇治の地は、古くから奈良と京都を結ぶ交通の要衝であり、平安時代には貴族の別荘が多く営まれていた。あの平等院も、もとは藤原道長《みちなが》の別荘だったものを息子の頼通《よりみち》が寺院としたものである。

一方で、険しい木幡山に阻まれている宇治には、世を厭う者が隠れ住む地というイメージもつきまとっていた。『日本書紀《にほんしょき》』には、皇位継承者に予定されていた応神天皇《おうじん》の皇子・菟道稚郎子《うじのわきいらつこ》が、兄（仁徳天皇《にんとく》）に皇位を譲ろうと宇治に籠もり、最後には自害したとのエピソードが記されている。また、六歌仙《ろっかせん》の一人である喜撰《きせん》法師の有名な歌「我が庵《いほ》は都の辰巳《たつみ》しかぞ住む世をうぢ山と人は言ふなり（私の庵は都の東南、そのような所に住んでいます。世はつらいという宇治山だと人は言っているようです。）」（『古今和歌集』雑下・九八三／『百人一首』）では、「うぢ（宇治）」に「憂し」が掛けられている。

実は八の宮も、皇位継承争いに巻き込まれ、世を憂しと思う人物であった。かつて冷泉院が東宮であった際、それを排斥しようとした弘徽殿大后《おおきさき》らはこの八の宮を担ぎ出したのだが（第七章**探究のために**／ちなみに八の宮は桐壺院の第八皇子、冷泉院は第十皇子である）、光源氏の都復帰によりその企《たくら》みが頓挫して以降、世間から冷遇されるようになったのであった。いわば、八の宮は光源氏の栄華の影となった人物である。華やかな都から、霧深き山里宇治へと舞台を移し、正編とは異なる世界が拓かれていく。

【資料】

A『和漢朗詠集《わかんろうえいしゅう》』下・仏事

月重山《ちょうざん》に隠れぬれば／扇《あふぎ》を擎《ささ》げて之《これ》に喩《たと》ふ／風大虚《たいきょ》に息《や》みぬれば／樹《き》を動かして之《これ》を教《をし》ふ

（現代語訳：月が重なり合った山に隠れてしまうと／扇を差し上げて月に例える。／風が大空に吹き止んでしまうと／樹を揺り動かして風について教える。）

B『源氏物語』匂兵部卿《におうひょうぶきょう》巻（薫十四歳頃、出生の秘密を感知して苦悩する）

幼心地《をさなごこち》にほの聞き給ひしことの、折々いぶかしうおぼつかなう思ひわたれど、問ふべき人もなし。宮には、事の気色《けしき》にても知りけりとおぼされむ、かたはらいたき筋なれば、世とともの心にかけて、「いかなりけることにかは。何の契《ちぎ》りにて、かう安からぬ思ひ添《そ》ひたる身にしもなり出でけむ。善巧太子《ぜんげうたいし》の我が身に問ひけむ悟りをも得てしがな。」とぞ独りごたれ給ひける。

　おぼつかな誰に問はましいかにしてはじめもはても知らぬ我が身ぞ

答《いら》ふべき人もなし。

（現代語訳：（薫は）子供心にかすかにお聞きになったことが、折々に不審に思われ、ずっと気にかかっていたが、尋ねることができる人もいない。母宮（＝女三の宮）には、事情の一端なりとも（自分が）知ってしまったと思われなさるのは、気が引ける筋合のことなので、以来ずっと心から離れることなくて、「どのようなことだったのだろうか。何の因果で、このような不安な物思いがつきまとう身の上に生まれてきたのだろう。善巧太子が自身に問いかけ（て出生の謎を尋ね知っ）たという悟り（※諸説あるが、仏教故事を踏まえた箇所）を（私も）得たいものだ。」と、つい独り言が漏れてしまいなさるのであった。

　気がかりなことだ。誰に尋ねたらよいものか。どのようにしてこの世に生まれ、またこの先どうなっていくかも分からないこの身であることよ。

答えられるような人もいない。）

第十四章 最後のヒロイン、どこへ漂う？

51 浮舟《うきふね》巻・橘《たちばな》の小島《こじま》

薫二十七歳

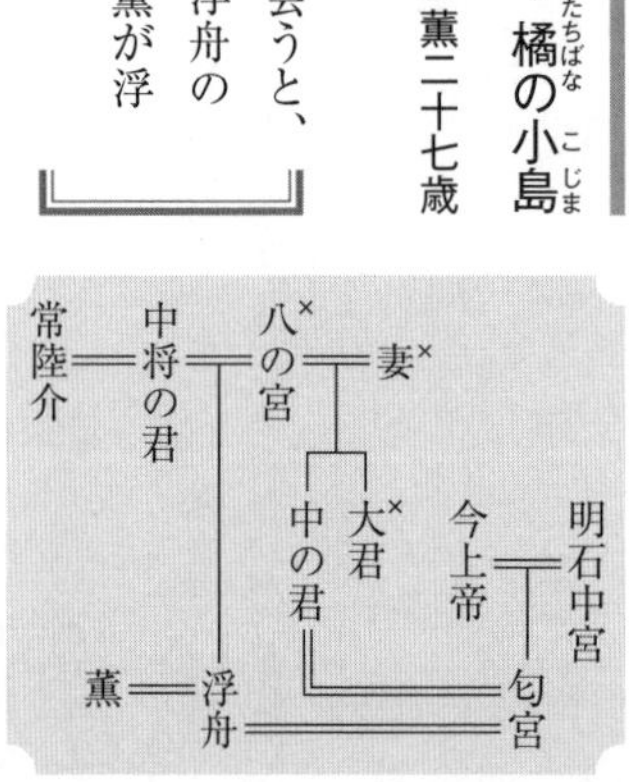

亡くなった大君《おおいぎみ》のことを忘れられない薫《かおる》は、やがて大君に似たその異母妹・浮舟《うきふね》と出会うと、彼女を愛人として宇治の邸《やしき》に住まわせた。一方、薫の親友の匂宮《におうのみや》は、偶然姿を見た浮舟のことが忘れられず、宇治に赴き関係を結んでしまった。二月のある日、何も知らない薫が浮舟への思いを深めている様子を見た匂宮は、焦りを感じる。

①かの人の御気色《みけしき》にも、いとど驚かれ給《たま》ひければ、あさましう謀《たばか》りておはしましたり。京には、②友待つばかり消え残りたる雪、③山深く入《い》るままにやや降り埋《うづ》みたり。常よりもわりなき④まれの細道を分け給ふほど、御供の人も、泣きぬばかり恐ろしう、煩《わづら》はしきことをさへ思ふ。⑤しるべの内記《ないき》は、式部少輔《しきぶのせふ》なむかけたりける、いづ方もいづ方も、ことごとしかるべき官《つかさ》ながら、いとつきづきしく、引き上げなどしたる姿もをかしかりけり。

かしこには、おはせむとありつれど、かかる雪には、とうちとけたるに、夜更けて⑥右近《うこん》に消息《せうそこ》したり。あさましうあはれと、君も思へり。右近は、いかになり果て給ふべき御ありさまにかとかつは苦しけれど、今宵《こよひ》はつつましさも忘れぬべし、言ひ返さむ方もなければ、⑦同じやうに睦ましくおぼいたる若き人の、心ざまも奥《あう》なからぬを語らひて、右近「いみじくわりなきこと。同じ心に、もて隠し給へ。」と言ひてけり。もろともに入れ奉る。道のほどに濡れ給へる香《か》の、所狭《ところせ》うにほふも、もて煩ひぬべけれど、かの人の御けはひに似せてなむ、もて紛らはしける。

　夜のほどにてたち帰り給はむも、なかなかなんべければ、ここの人目もいとつつましさに、⑧時方《ときかた》に謀《たばか》らせ給ひて、川よりをちなる人の家に率《ゐ》ておはせむと構へたりければ、先立てて遣はしたりける、夜更くるほどに参れり。時方「いとよく用意して候《さぶら》ふ。」と⑨申さす。こは、いかにし給ふことにかと、右近もいと心あわたたしければ、寝おびれて起きたる心地もわななかれて、あやし、童《わらは》べの雪遊びしたるけはひのやうにぞ、震ひあがりにける。右近「いかでか。」なども言ひあへさせ給はず、かき抱《いだ》きて出で給ひぬ。右近はここの⑩後見《うしろみ》にとどまりて、侍従《じじゅう》をぞ奉る。

　いとはかなげなるものと、明け暮れ見いだす小さき舟に乗り給ひて、さし渡り給ふほど、はるかならむ岸にしも漕《こ》ぎ離れたらむやうに心細くおぼえて、つとつきて抱かれたるも、いとらうたしとおぼす。⑪有明《ありあけ》の月澄みのぼりて、水の面《おもて》も曇りなきに、船頭「これなむ⑫橘《たちばな》の小島《こじま》。」と申して、御舟しばしさしとどめたるを見給へば、大きやかなる岩のさまして、されたる常磐木《ときはぎ》の影茂れり。匂宮「かれ見給へ。いとはかなけれど、千年《ちとせ》も経《ふ》べき緑の深さを。」とのたまひて、

匂宮　年経《ふ》とも変はらむものか橘の小島のさきに契る心は

女も、珍しからむ道のやうにおぼえて、

浮舟　橘の小島の色は変はらじをこの浮舟ぞ行方知られぬ

折から、人のさまに、をかしくのみ何事もおぼしなす。
かの岸にさし着きて下《お》り給ふに、人に抱かせ給はむはいと心苦しければ、抱き給ひて、助けられつつ入り給ふを、いと見苦しく、何人《なにびと》をかくもて騒ぎ給ふらむと見奉る。時方《ときかた》が叔父《をぢ》の因幡守《いなばのかみ》なるが領《らう》ずる庄《さう》に、はかなう造りたる家なりけり。まだいと荒々しきに、⑬網代屛風《あじろびやうぶ》など、御覧じも知らぬしつらひにて、風もことに障らず、垣のもとに雪むら消えつつ、今もかき曇りて降る。

【現代語訳】

あの人（＝薫）の（浮舟を思う）ご様子にも、（匂宮は）ますますはっとなさらずにはいられなかったので、あきれるほどの（無理な）ごまかしをして（宇治へ）お越しになった。京では、後から降る友を待つばかりの様子で消え残っている雪が、山深く入って行くにつれてだんだんと深く降り積もって（道を）埋めていた。いつもより困難で人影もまれな細道を踏み分けておいでになる間、お供の人も、泣き出してしまいそうなほど恐ろしく、厄介なこと（が起こらないかと）まで心配をする。案内役の大内記は、式部少輔を兼任していたが、どちらもどちらも、重々しく振る舞うべき官職でありながら、たいそう似つかわしく（指貫《さしぬき》の裾《すそ》を）引き上げたりしている姿もおかしかった。

あちら（＝宇治）では、（匂宮が）いらっしゃるつもりだと（の知らせは）あったが、このような雪では（おいでになるはずがない）、と気を許してくつろいでいたところに、夜が更けて（匂宮一行が）右近に（到着の旨を）連絡した。驚くほどに愛情深いことと、女君（＝浮舟）も思っている。右近は、（最後には）どのようになっておしまいになるような（浮舟の）お身の上であろうかと一方ではつらく思うが、今夜は人目を憚る気持ちも忘れてしまいそうで、断って追い返す術もないので、（右近と）同じように（浮舟が）親しくお思いになっている若い女房で、思慮も浅くない人（＝侍従）を仲間に入れ、「大変に困ったこと（なのです）。（私と）同じ気持ちになって、取り繕ってください。」と言ってしまったのだった。（右近と侍従は）一緒になって（匂宮を部屋に）お入れ申し上げる。道中で（雪に）お濡れになった服の香りが、所狭しと匂うのも、扱いに困ってしまうに違いないが、あの人（＝薫）のご様子に似せて、ごまかしたのであった。

（匂宮は）夜のうちに（京へ）お帰りになるというのも、かえって来ない方がましであろうから、この邸での人目もとても憚られるので、時方に計略をめぐらせなさって、(宇治)川の対岸にある人の家に(浮舟を)連れていらっしゃろうと計画していたので、先立って遣わしておいた者が、夜の更ける頃に戻って参った。(時方は)「とてもよく準備してございます。」と(匂宮に)申し上げさせる。これは、いったいどうなさるおつもりかと、右近もたいそう気がかりなので、寝ぼけて起きてきたその気持ちにも、自然とわなわなと震えてしまい、不思議なほどに、子供が雪遊びをしているときのように、震え上がってしまった。「どうして(そのようなことができましょうか)……。」などと最後まで(右近に)言わせなさらず、(匂宮は浮舟を)抱いてお出ましになってしまった。右近はこちらの留守居役に残って、侍従を(お供として)参上させる。

実に頼りなさそうなものと、朝晩(浮舟が邸から)眺めている小さい舟にお乗りになって、(向こう岸に)漕《こ》ぎ渡りなさる間、(浮舟は)まるではるか遠い岸に向かって漕ぎ離れているかのように心細く思われて、(匂宮に)ぴたりと寄り添って抱かれているのも、(匂宮は)とてもいじらしいとお思いになる。冴《さ》えわたった有明の月が美しく昇り、川面も澄みきっているので、(船頭が)「これが橘の小島です。」と申し上げて、お舟をしばらくとめたのを御覧になると、(その島は)大きな岩のような形をして、しゃれた様子の常磐木が茂っていた。(匂宮は)「あれを御覧なさい。本当に取るに足らない木だけれども、千年も保つに違いない緑の深さを。」とおっしゃって、

(匂宮)年が経《た》っても変わるようなものだろうか(いや、変わらない)。(常磐である)橘の小島の崎で(あなたに)誓う私の気持ちは。

女(=浮舟)も、めったにない旅路のように思われて、

(浮舟)橘の小島の(緑)色(あなたのお気持ち)は変わらないでしょうが、この水に浮かび漂う小舟(のような私の身)は、どこへ行くのか分かりません。

折も折で、人(=浮舟)の(美しい)様子に、(匂宮は)ただもう素晴らしくばかり、何事につけてもお思いになる。

向こう岸に漕ぎ着いて(舟から)お降りになるときに、(浮舟を)供人に抱かせなさるのは実に気の毒なので、(匂宮自らが浮舟を)お抱きになって、(供人たちに)助けられながら(用意した家に)お入りになるのを、(供人たちは)とても見苦しく、どれほどの人をこのように大騒ぎなさっているのだろうと拝見する。(この家は)時方の叔父で因幡守である人が所領する荘園《しょうえん》に、ささやかに建てた家なのであった。まだ十分に整わず粗末な上に、網代屏風など、(匂宮が今まで)御覧になったこともない調度が置かれており、風も満足に防ぎきれず、垣根のもとには雪がまだらに消え残っていて、今も(空は)暗く曇って雪が降っている。

【語注】

①かの人の御気色にも…「かの人」とは薫。この直前の場面で匂宮は、薫が浮舟のことを思いながら古歌を口ずさむ様子に心を騒がせていた。薫の優美で立派な姿を目にし、「浮舟が自分の方になびくことなどないのでは」と嫉妬と焦りを感じたことが、今回の

宇治行きへと繋がる。

②友待つばかり消え残りたる雪…「友」とは、後から降ってくる雪のことを指す。「白雪の色分《わ》きがたき梅《むめ》が枝《え》に友待つ雪ぞ消え残りたる（白い雪と色の区別がしがたい白い梅が咲く枝に、友を待っているかのような様子で雪が消え残っていることよ。）」（『家《やか》持《もち》集』冬・二八四）に拠る表現。

③山深く入るままに…当時、京から宇治に至るには、木幡山《こはたやま》を越えなければならなかった。第十三章**語注**⑥。

④まれの細道…めったに人が通らない細道。「冬ごもり人も通《かよ》はぬ山里のまれの細道ふたぐ雪かも（冬ごもりをしていて人も通って来ないこの山里に、人跡もまれな細い道をふさいで降り積もる雪であるよ。）」（『賀茂保憲女《かものやすのりのむすめ》集』一一三）を引用する。「人も通はぬ」「まれの」道というだけではなく、普段でも人がめったに通わない道をさらに「ふたぐ雪」が埋めている、という意味をも響かせることで、道中の厳しさを表す。

⑤しるべの内記は、式部少輔なむかけたりける…「しるべの内記」とは、匂宮に仕える学者で、大内記《だいないき》（宮中の記録や文書作成などを担当する中務省《なかつかさしょう》の役人、正《しょう》六位上《じょう》相当）と式部少輔（人事や大学の運営を行う式部省《しきぶしょう》の次官、従《じゅ》五位下《げ》相当）を兼任する人物。薫周辺の内情に通じており、匂宮におもねろうと浮舟のもとへの案内役を引き受けている。

⑥右近…浮舟に仕える女房。前回、薫に偽装した匂宮を浮舟の寝所へと導いてしまい、翌朝真相を知って後は、ただ一人匂宮と浮舟の関係を知る人物として、周囲に対して必死でごまかしを続けている。

⑦同じやうに睦ましくおぼいたる若き人の、心ざまも奥なからぬ…同じく浮舟の女房で、後文で「侍従」と呼ばれる人物。「睦ましくおぼいたる」の主語は浮舟で、右近と並んで浮舟の最側近であったことが分かる。

⑧時方…匂宮の乳母子《めのとご》で腹心の従者。匂宮が初めて浮舟と関係を結んだ前回の宇治行きに引き続いて、今回も大内記と共に同行している。

⑨申さす…「す」は使役の助動詞。匂宮は浮舟とともに寝所にいるため、右近に取り次がせたということ。

⑩ここの後見に…「後見」とは世話・庇護《ひご》・援助をすること（またはする人）を指すが、ここでは、浮舟が邸を抜け出したことが発覚しないよう取り繕う役目のことをいう。

⑪有明の月…第十三章**語注**④。

⑫橘の小島…宇治川の中洲にあるという小島だが、その位置については諸説ある。『古今和歌集』などには山吹の名所として詠まれているが、二月の現在はまだ花は咲いていない。その名のとおり橘の木が生えていたのかは不明であり、後文の「されたる常磐木」が橘の木なのか、それとも松など別の常緑樹なのかについても説が分かれている。

⑬網代屏風…「網代」という竹や薄い板を編んだ屏風。表面に絵を描いた紙や布を張った通常の屏風に比べ、粗末で田舎びたものとされている。

◆◇**鑑賞のヒント**◇◆

❶匂宮と浮舟の身分は、それぞれどれほどのものと考えられるか。
❷語り手は、匂宮一行の宇治行きについてどのように評しているか。
❸「今宵はつつましさも忘れぬべし」とは、どういうことを言っているのか。
❹浮舟がその和歌で、自らを「この浮舟」に例えたのはなぜか。
❺「折から、人のさまに、をかしくのみ何事もおぼしなす。」とは、どのようなことを言っているのか。
❻匂宮は、なぜこれほどまでに情熱的な振る舞いをしたのか。
❼この先、どのような展開が予想されるか。

◆◇**鑑賞**◇◆

『源氏物語』最後のヒロイン・浮舟が、匂宮との二度目の逢瀬に至る場面である。浮舟は薫の愛人であるため、これはいわゆる密通ということになる。情熱的な匂宮に惹《ひ》かれる気持ちを抑えられない浮舟は、一方で、誠実で立派な薫に疎まれ見捨てられることを恐れてもいる。薫と、その親友の匂宮と……。二人の男性の板挟みとなった浮舟の苦悩は深い。

ただし、これを単なる三角関係と捉えるだけでは不十分である。ここでは、当場面の前提としての身分差についても押さえておく必要があるだろう。本文では、一貫して敬語が用いられている匂宮に対して、基本的に浮舟に敬語が用いられることは無く（主人として女房に対するときの「睦ましくおぼいたる」などは例外）、両者は決して対等な関係ではな

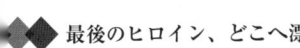

いことが察せられる❶。「宮」との呼称から分かるように匂宮は親王、しかも今上帝《きんじょうてい》の皇子にして次期東宮候補とも見なされているほどの人物である。一方の浮舟は、母の身分が低いために実父・八《はち》の宮《みや》にも認知されず、継父の常陸《ひたちの》介《すけ》のもとで東国で育った、いわば「受領《ずりょう》（地方に赴任する国司の長官）の継娘」である。その懸隔は大きい。さらに言えば、それゆえ浮舟は薫の「妻」になれる身分でもなく、「愛人」というに留《とど》まる扱いを受けていたのであった。

とはいえ、薫も徐々に浮舟に対する思いを深めていた。「宇治の橋姫は、今夜も私を待っているのだろうか。」という和歌（**資料A**）の一節を口ずさみ、浮舟のことを愛しく思っている様子の薫。それを目にした匂宮が、嫉妬と焦りに駆られるところから、当場面は開始する。何としても薫を出し抜こうとの一心から、匂宮は宇治へと向かう（❻）。「あさましう謀りておはしましたり。」とあるが、「あさまし（意外なことに驚きあきれる）」「謀る《たばか》（計略をめぐらす）」の語には、語り手の非難の意が込められているのだろう❷。次期東宮と期待されるような高貴な宮様が、あれこれ策を弄してまで時間を捻出し、親友の女を寝取るためにはるばる宇治まで赴くとは……。匂宮はその激情のままに、語り手さえもが思わず呆《あき》れ返ってしまうことをしてのけたのであった。

京から宇治へ至る道には、木幡山が立ちはだかっていた。仲春《ちゅうしゅん》二月、都ではもはやうっすらとしか残っていない雪も、山では道を埋めるほど降りしきっていた。「友待つ雪ぞ消え残りたる」との和歌の引用（**語注**②）は、梅の花と見まがう都のみやびな淡雪の様を浮かび上がらせるが、それと対比することによって、降り積もる深雪を冒してのこの山越えが、いかに苛酷かが表される。なおかつ、この宇治への道は匂宮にとって、「友待つ」どころか「友」である薫を裏切る行為であることも、ここには響かせているのであろう（高田祐彦）。「まれの細道」を「ふたぐ雪」の中、匂宮はその埋もれた道を踏み越えて進んでいく。

供人たちにとってもまた、泣き出したいほどつらい道中であり、「恐ろしう、煩はしきことをさへ」思わずにいられなかった。お忍びゆえに、ごく少人数でこの苛酷な山越えをしなければならないことが「恐ろし」く、また密通の片棒を担いだことで、この先厄介なことにならないかと思うと「煩はし」いのである。だがしかし、それでも供人たちは匂宮に付き従う。道案内役の大内記は、動きやすいよう指貫《さしぬき》（袴の一種）の裾を引き上げ、必死で先導するのだが、この姿について語り手は、「いとつきづきし（たいそう似つかわしい）」とコメントする。もちろん、これは皮肉である。大内記も、兼任している式部少輔も、学識深い者が任じられるお堅い職であった。本来は匂宮の学問上の御用をつとめる学者であった大内記が、出世のために恋の仲立ちに奔走しているなんて——と、ここでも語り手は顔を出し、その滑稽な姿を揶揄《やゆ》するのである（❷）。

けれども当の浮舟は、高貴な匂宮が雪の中危険を顧みずに訪問してくれたことに、「あさましうあはれ」と、驚きと感動を覚える。そして「君も」とあるように、秘密を共有する女房・右近もまた「それほどまでに……」と心を動かされた。浮舟の行く末を案じる右近は、これ以上この密通に荷担することには「つつましさ（気が引ける思い）」を感じていたのだが、無理算段をし、深い雪の中を訪ねてきた匂宮の熱い思いに、今夜だけはその「つつましさ」も忘れてしまいそうになるというのである❸。ただし、「忘れぬべし（忘れてしまうだろう）」とあるように、完全に「忘れた」と断言されるわけではない。匂宮の情熱にほだされそうになってもなお、薫を裏切り、匂宮との関係を続ける浮舟の行く末には、暗い予感がつきまとう。

再び匂宮を手引きすることになってしまった右近は、一人では対処しきれず、同僚の女房・侍従に協力を仰ぐ。「言ひてけり」という完了の助動詞には、「困り果てた右近が、とうとう秘密を打ち明けてしまった」とのニュアンスが込められている。二人して匂宮を部屋にあげると、道中で濡れたその衣装から、ふんだんに薫き染《たし》められた香り（第十三章**探究のために**）が辺り一面に匂い立つ。貴人の訪れは隠しようもないため、右近らは他の女房たちに怪しまれないよう、薫が通《かよ》ってきたかのようにごまかす。そもそも、平安貴族たちにとっての香《こう》とは、自らの教養・感性・身分を示すアイデンティティとしての意味を持っていたのだが、浮舟の女房たちはどうやら、薫と匂宮の香りの違いをかぎ分けられなかったらしい。仕える女房たちのたしなみは、その主人の資質や家柄に直結する。ここからも浮舟の身分的限界が読み取れるだろう（❶）。

通常、恋人のもとに通ってきた男性は、夜明け前にこっそりと帰っていくものなのだが、匂宮は、「そんな短い逢瀬ではかえって思いが募り、来なかった方がマシなくらいだ」と考える。とはいえ、薫の息がかかったこの邸に逗《とう》留《りゅう》するのは人目も憚《はばか》られるため、気兼ねなくくつろげる場所として、宇治川対岸の隠れ家（後文によれば、乳母子・時方の叔父の別荘）に浮舟を連れて行くことにした。これは、その場の思いつきによる行動ではない。「構へたりければ」「先立てて」の語によって、匂宮が事前に入念な準備をして来たことが理解される。思いがけない展開に眠気も吹っ飛んだ右近は、いったい浮舟をどこへ連れ出すつもりなのかと、不安で震え上がる。めったに外出することなどなかった当時の貴族女性にとって、見知らぬ場所に連れ出される恐怖は我々の想像以上のものであっただろう。けれども匂宮は、右近に口を挟む隙も与えず、さっさと浮舟を抱き上げて出て行ってしまった。このような匂宮の周到かつ強引な行動の裏には、今回の逢瀬でもって浮舟の気持ちを完全に自分へとなびかせたい、何が何でも薫に勝ちたい、という強い思いがある（❻）。

対岸へ渡る舟の上でも、匂宮は浮舟を抱きかかえ、自分にぴったりと身を寄せている浮舟に、守ってあげたくなるような愛しさを感じる（「らうたし」）。やがて舟は橘の小島にさしかかり、大きな岩のようなそこには「されたる常磐木（風情ある常緑樹）」が茂っていた。橘を「常葉《とこは》の木」と称えた『万葉集』の和歌（**資料B**）に代表されるように、橘は永久不変のイメージを持つものであった。その橘の小島に託して匂宮は、永遠の愛情を誓う。それを受けた浮舟が「女」と呼ばれることで、「男」に対する「女」として捉えられ、この恋の場面が山場を迎えつつあることが示される。

その一方で浮舟は、舟上でひたすら不安を抱いていた。朝晩、邸から「いとはかなげなるもの」と眺めていた、宇治川に浮かぶ小舟。まさか自分がこれに乗ることになろうとは。この舟じたいが流されていく自身の象徴であるかのようにも感じられ、川の向こう岸に渡っていくだけなのに、まるで「はるかならむ岸」――この世から離れたあの世、彼岸――へと向かっていくかのような心細さを拭い得ない。それゆえ、匂宮に対する返歌も特異なものとなっている。男女の和歌の贈答においては、ずっと変わらぬ真摯な愛を表明する男性の言葉に対して、女性はそれをはぐらかし、「信じられないわ。どうせ私のことなんかすぐに忘れてしまうんでしょ。」などと反発してみせるのがセオリーであった。けれども浮舟は、「年経とも変はらむものか」と愛の永続を誓う匂宮の言葉に対し、「橘の小島の色は変はらじを」とそれをそのまま肯定しているのである。

浮舟は、通常の恋する女性たちのように、相手の愛情の程度やその永続を問題としているわけではない。むしろ匂宮の強い愛情を感じ、彼に惹かれれば惹かれるほど、不安は膨らんでいくのだ。匂宮との二度目の逢瀬を遂げることになり、泥沼にはまりつつある中で、浮舟の心を占めるのは、薫への裏切りを重ねるこの身がこの先どうなっていくのかという思いであった。それゆえ、「この浮舟ぞ行方知られぬ」と、川面に浮かぶ「はかなげ」な舟を自らに例え、自分はこの舟のようにどこへ行き着くのかも分からない身の上だと訴えたのである。同時に、「浮き舟」には

「憂き」の語が掛けられてもいて、薫と匂宮との間で揺れ動く自らの身を、つらく厭《いと》わしいものとする思いも込められている。浮かび漂い、これからどこに向かうのかも分からない彼女の、つらい身の上を象徴する語といえるだろう❹。「浮舟」という巻名の由来ともなった和歌である（ただし、「浮舟」という彼女の呼称じたいは後の読者の命名による）。

けれども匂宮には、そのような浮舟の心内は伝わらない。有明の月の下、女と二人小舟で川を渡っていく、恋の逃避行にも似た初めての経験。薫を出し抜いて連れ出した浮舟が、自分にぴったりと寄り添う可憐《かれん》な様子。これらの非日常的な状況に酔いしれる匂宮は、全てを「をかし」と思い込む。しみじみとした深い感動を覚える「あはれ」の語に対して、「をかし」は興趣を感じた際の快感を表すものであり、匂宮の浮き立つ気持ちをよく示している。なおかつ「おぼしなす」というのは、「強いてそう思うようにする」というニュアンスの語であった。匂宮は、通常の恋の贈答歌のパターンから外れた浮舟の返歌も、意識的に「をかし」と思い込むことで恋の高揚感に浸り続けようとし、彼女が詠み込んだ不安感は敢《あ》えて聞き過ごすのであった❺。

対岸に到着すると、またもや匂宮は浮舟を抱いて行く。岸から目的の家までの距離を、女の足で歩かせるのは気の毒だということなのだが（当時の貴族女性は、通常、室内では膝行《しっこう》して移動しており、立って歩くことはまれな生活をしていた）、家来の男に抱えさせることもせず、匂宮自らが抱くというのは異例の行為である。とはいえ、大切にかしずかれて育った匂宮自身も、女を抱いて長く歩を進めることはできず、供人たちに助けられつつ何とかたどり着くという騒ぎ。供人たちの反応は冷ややかであり、「次期東宮候補とされる匂宮が、いったいどれほどの女をここまで扱うのか」と見ているのだが、本人はそれにはお構いなしなのであった。

このように、当場面では匂宮の情熱的な振る舞いが目に付くのだが、そもそもこの情熱の根底には、薫への競争心があった❻。薫を出し抜いての情事に気持ちを高ぶらせる匂宮も、匂宮に惹かれながらも薫を裏切り続けることへの不安を抱える浮舟も、ともにこの逢瀬を通して薫を意識しているのである。またこの三角関係が、対等な身分間ものではなく、都で一二を争う貴公子たちと、東国育ちの身分卑しい女性との忍びの関係であったことを考えると、行き着く先は匂宮と薫との男同士の対決というよりも、浮舟の葛藤に焦点が当てられていくことが予想されるだろう。となると、やがてこの密通は薫の知るところとなり、浮舟はますます追い込まれていくのではないだろうか❼。本文では、「いかになり果て給ふべき御ありさまにか」との右近の思いや、「この浮舟ぞ行方知られぬ」との浮舟の和歌など、その不穏な未来を暗示するかのような言葉も繰り返されていた。

二月も半ば過ぎ、季節は春のはずなのに、どんよりとした空からは冷たい雪が降りしきる。この真冬のような景色の中、隠れ家の二人はつかの間の濃密な時を過ごす。果たして、この先浮舟にどのような運命が待ち受けているのだろうか。クライマックスは近い。

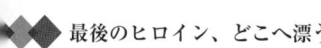

◆◇探究のために◇◆

▼**抱かれる浮舟**　当場面では、浮舟が匂宮に抱きかかえられる描写が繰り返される。すなわち、匂宮は浮舟を「かき抱きて」連れ出し、舟に乗っている間も浮舟は匂宮に「つとつきて抱かれ」ており、対岸に降り立った匂宮は供人に浮舟を「抱かせ」るのを憚り、自ら「抱き給ひて」隠れ家に入っていったのである。なおこれ以前の場面には、都にいた浮舟が突然訪問してきた薫に抱かれて牛車に乗せられ、この宇治に連れて来られたという描写もあった。

そもそも『源氏物語』において、「抱く」「抱かれる」対象となるのは主に幼児であるのだが、例外的に浮舟に対しては、物語の全用例四十五例中、最多となる十三例も用いられているのである（橋本ゆかり）。この「抱かれる」行為とは、これまで彼女が周囲の人々の処遇に身を任せ、受身の姿勢で生きてきたことの象徴ともいえる。けれども二人の男性の板挟みとなった浮舟は、この後、主体的な判断を迫られ、自らの足で歩み出すことになる。

▼脇役たちの活躍　当場面では、匂宮の供人として大内記と時方が、浮舟の女房として右近と侍従が登場しているが、このように宇治十帖においては脇役たちの活躍が目立つ。

匂宮の供人たちは、浮舟への手引きを煩わしいことと思いながらも、出世のためとの下心を抱いて奉仕する。学者でありながらも不似合いな恋の道案内役にいそしむ大内記や、アバンチュールのための隠れ家を用意する時方の姿は、出世とは無縁の皇子・匂宮の圧倒的な立場を浮かび上がらせる。一方、密通を知る二人の女房には対照的な性格づけがされている。すなわち、右近は堅実なしっかり者であるが、「心ざまも奥なからぬ」という曖昧な褒め方がなされていた侍従は、若く軽はずみな人物なのであった。そのため、邸に留まり浮舟の不在を必死でごまかしていた右近に対して、浮舟に同行した侍従はすっかり匂宮びいきとなり、時方とちゃっかり楽しいひとときを過ごすのであった。

このような脇役たちの生き生きとした活躍ぶりは、物語に賑《にぎ》わいを添えている。ただしそれだけではなく、彼らの思惑が積極的に物語を引き動かし、上流貴族の価値観を相対化させる役割をも担っているのである。

▼女房と女君のはざまで　最後のヒロイン・浮舟については、宇治十帖も後半になって初めて、その存在が明かされたのだった。我々読者は、大君《おおいぎみ》・中の君《なかのきみ》の他にもう一人、八の宮に娘がいたことに驚くのだが、実はこの浮舟の母（中将の君）は、かつて八の宮家の女房だった人物なのである。けれども子供ができたことでかえって八の宮に疎まれ、宮家を離れ受領の後妻となった。こうして、八の宮から認知されなかった浮舟は、宮家の姫君としてではなく受

領の連れ子として育つことになった。

それゆえ浮舟自身も、薫や匂宮にとっては限りなく女房に近い存在であった。先に述べたような「抱かれ」て移動させられるという行為が繰り返されることからも、浮舟の存在の軽さが見て取れるだろう。後見のないキサキであった母・桐壺更衣の悲恋を負って登場した光源氏と同様に、浮舟の歩みもまた、女房であった母の生き方と切り離せないのである。

『源氏物語』を愛読した菅原孝標女《すがわらのたかすえのむすめ》は、浮舟への憧れをその日記にたびたび記しているのだが（**資料C**）、女房の娘である浮舟は、これまでの物語に類を見ない、画期的なヒロインでもあったといえる。

【資料】

A　**『古今和歌集《こきんわかしゅう》』**恋四・六八九

さむしろに衣片敷《ころもかたし》き今宵もや我を待つらむ宇治の橋姫《はしひめ》

（現代語訳：筵《むしろ》に自分一つだけの衣を敷いて、今夜も私の来訪を待っているのだろうか、あの宇治の橋姫は。）

B　**『万葉集《まんようしゅう》』6・一〇〇九・聖武《しょうむ》天皇**

橘は実《み》さへ花さへその葉さへ枝に霜降れどいや常葉《とこは》の木

（現代語訳：橘は、実までも花までもその葉までも、枝に霜が降りてもますます常緑に栄える木であるよ。）

C　**『更級日記《さらしなにっき》』（浮舟への憧れ）**

いみじくやむごとなく、かたちありさま、物語にある光源氏などのやうにおはせむ人を、年に一たびにても通はし奉りて、浮舟の女君のやうに、山里にかくし据《す》ゑられて、花、紅葉、月、雪をながめて、いと心細げにて、めでたからむ御文《ふみ》などを、時々待ち見などこそせめ、とばかり思ひ続け、あらましごとにもおぼえけり。

（現代語訳：たいそう高貴な、その容貌風采が、物語に見える光源氏などのようにいらっしゃる方を、年に一度でもお通わせ申し上げて、浮舟の女君のように、山里に隠し住まわされて、花、紅葉、月、雪をぼんやり眺めて、ひどく心細げにしていながらも、素晴らしいお手紙などを、時々待ち受けて見たりなどしたいものだ、とばかり思い続けて、将来の夢とも思っていたのだった。）

源氏物語のエンディングとは

全五十四帖《じょう》にも及ぶ大長編『源氏物語』。その終わり方は、非常に特異なものである。そもそも『源氏物語』以前の物語においては、主人公の退場によっての幕引き（『竹取物語』『伊勢物語』）や、主人公一族の栄華が極《きわ》まる様をもっての華々しいフィナーレ（『うつほ物語』『落窪物語』）が定番であった。一方『源氏物語』では、主人公・光源氏が准太上天皇《じゅんだいじょうてんのう》にのぼった第一部末尾でも、光源氏の出家が暗示された第二部末尾でも完結することなく、新たな展開が紡ぎ出されてきたのだった。では、この物語のエンディングはどのようなものなのか。以下、浮舟《うきふね》巻以降のあらすじを簡単にたどってみたい。

　薫の愛人でありながら匂宮とも関係を持ってしまった浮舟だが、ついにその密通は薫の知るところとなる。追い詰められた浮舟は、苦悩の末に宇治川への入水《じゅすい》を決意した。浮舟の失踪に人々は動転し、その死を信じて嘆き悲しむが、実は彼女は生きていた。横川僧都《よかわのそうず》の一行に救われ、素性を隠したまま僧都の妹である尼君の世話を受け、小野《おの》の里で暮らしていたのである。けれども、尼君のかつての婿（亡き娘の夫）から求愛されると、浮舟は僧都に懇願して出家を遂げた。やがて、その噂《うわさ》は薫の耳にも届く。浮舟の異父弟・小君《こぎみ》を連れて横川僧都を訪ねた薫は、その翌日、小君を使者として浮舟に手紙を遣わすが、浮舟は人違いだと小君との対面さえも拒む。そして、最終巻・夢浮橋《ゆめのうきはし》巻は以下のような結末を迎える。

　いつしかと待ちおはするに、かくたどたどしくて帰り来たれば、すさまじく、なかなかなりとおぼすこと様々にて、人の隠し据ゑたるにやあらむ、と我が御心の思ひ寄らぬ隈《くま》なく、落としおき給へりしならひにとぞ、本に侍るめる。

（現代語訳：（薫は、浮舟のもとに遣わした小君の帰りを）今か今かと待っていらっしゃると、こうして要領も得ないまま帰ってきたので、がっかりして、なまじ使いをやらなければよかったとお考えになることは様々で、他の男が（浮舟を）ひそかに隠し住まわせているのだろうか、とご自分のお心にあらゆる想像をめぐらせて、かつて（浮舟を）宇治に捨て置かれた経験から（そのようにお考えになった）……と、もとの本にございますようです。（※書き写す際に見たもとの本にはそう書いてあったという意味。作者が書写者を装うためにわざと付けた言葉ともされている。）」

浮舟に拒まれた薫が、「彼女にはもう他に男がいるのではないか」と勘ぐるところで、ふいに物語の幕は下りる。一体、この後浮舟はどうなったのか。俗世に戻って薫とヨリを戻すのか。それとも出家の身のまま一人で生きていくのか。――物語はその答えを語らない。唐突な幕切れに戸惑う読者は、今後の展開に思いを馳《は》せ、この長編物語の余韻に浸り続けることとなる。

とはいえ考えてみると、この先薫と浮舟が再会したとしても、これ以上ストーリーの進展が望めるだろうか。悲愴《ひそう》な覚悟で死を選び、さらには男女の恋とは無縁の世界を願って出家を遂げた浮舟と、そのような浮舟の心境を理解せず、見当外れな邪推をする薫。二人は遠く隔たっており、その関係はすでに行き詰まりを迎えているのではないだろうか。これが、正編以来多くの男女関係を追求してきた『源氏物語』の行き着いた先であった。

当初、仏道に救いを求めて宇治に通い始めたはずの薫（第十三章）は、大君から浮舟へと、いまだ愛執に惑い続けている。一方、経済力もなく若い女の肉体を持つ浮舟の出家生活においても、この先様々な困難が待ち受けていることだろう。苦悩を乗り越え悟りの境地に至るのは、なんと難しいことであろうか。物語は最後まで、この世でもがきながら生きる人々の姿を見据えていたのである。

付録

◆参考文献

青島麻子『源氏物語　虚構の婚姻』（武蔵野書院、二〇一五年）
秋山虔「源氏物語の敬語」（『王朝の文学空間』東京大学出版会、一九八四年）
浅尾広良『源氏物語の准拠と系譜』（翰林書房、二〇〇四年）
浅尾広良『源氏物語の皇統と論理』（翰林書房、二〇一六年）
阿部秋生『源氏物語研究序説』（上・下）（東京大学出版会、一九五九年）
池田和臣『逢瀬で読む源氏物語』（アスキー新書、二〇〇八年）
稲田利徳『人が走るとき　古典のなかの日本人と言葉』（笠間書院、二〇一〇年）
今井上『源氏物語　表現の理路』（笠間書院、二〇〇八年）
今井上「『源氏物語』の死角―賀茂斎院考」（『国語国文』二〇一二年八月）
今井上「『源氏物語』賀茂斎院箚記―付・歴代賀茂斎院表」（『専修国文』二〇一五年一月）
今井久代「紫の上物語の主題と構造」（『源氏物語構造論―作中人物の動態をめぐって』風間書房、二〇〇一年）
今西祐一郎「哀傷と死―源氏物語試論」（『国語国文』一九七九年八月）
今西祐一郎「「かかやくひの宮」考」（『文学』一九八二年七月）
上原作和編『人物で読む『源氏物語』』全二十巻（勉誠出版、二〇〇五～二〇〇六年）
鵜飼祐江「「空蟬」「帚木」という呼称―エピソード型呼称の一つとして―」（『日本文学』二〇一一年四月）
梅村恵子『家族の古代史　恋愛・結婚・子育て』（吉川弘文館、二〇〇七年）
岡部明日香「須磨退去の漢詩文引用―光源氏の朱雀帝思慕からの考察―」（『源氏物語を考える―越境の時空』武蔵野書院、二〇一一年）
勝浦令子「既婚女性の出家と婚姻関係―摂関期を中心に―」（『家族と女性の歴史　古代中世』吉川弘文館、一九八九年）
河添房江『源氏物語表現史　喩と王権の位相』（翰林書房、一九九八年）
神野藤昭夫「（橋姫）扇ならで、これしても月は招きつべかりけり―異空間の女たちとの出会いと音楽」（『国文学　解釈と教材の研究』二〇〇〇年七月）
木之下正雄『平安女流文学のことば』（至文堂、一九六八年）
京樂真帆子『牛車で行こう！　平安貴族と乗り物文化』（吉川弘文館、二〇一七年）
金静熙「浮舟巻の表現構造―和歌を中心に―」（『国語と国文学』二〇一〇年九月）
久保朝孝・外山敦子編『端役で光る源氏物語』（世界思想社、二〇〇九年）

久保田淳・馬場あき子編『歌ことば歌枕大辞典』(角川書店、一九九九年)
倉田実編『王朝文学と建築・庭園』(竹林舎、二〇〇七年)
倉田実「『源氏物語』の障子―寝殿造の屏障具―」(『源氏物語の展望』三輯、三弥井書店、二〇〇八年)
倉田実「寝殿造の接客空間―王朝文学と簀子・廂の用―」(『古代文学研究』二〇〇九年一〇月)
倉田実『王朝の恋と別れ―言葉と物の情愛表現』(森話社、二〇一四年)
倉田実編『ビジュアルワイド平安大事典　図解でわかる「源氏物語」の世界』(朝日新聞出版、二〇一五年)
栗本賀世子『平安朝物語の後宮空間―宇津保物語から源氏物語へ―』(武蔵野書院、二〇一四年)
栗本賀世子「『源氏物語』御法巻の秋風」(『天空の文学史　雲・雪・風・雨』三弥井書店、二〇一五年)
後藤祥子編『王朝文学と斎宮・斎院』(竹林舎、二〇〇九年)
小町谷照彦・倉田実編著『王朝文学文化歴史大事典』(笠間書院、二〇一一年)
小松登美「「妃の宮」考」(『跡見学園短期大学紀要』一九七一年三月)
佐々木恵介『天皇の歴史3　天皇と摂政・関白』(講談社、二〇一一年)
佐藤千春「栄花物語のお産―特に承香殿元子について―」(『日本医事新報』一九八九年八月)
鈴木一雄監修『源氏物語の鑑賞と基礎知識』全四十三巻(至文堂、一九九八〜二〇〇五年)
鈴木日出男『源氏物語虚構論』(東京大学出版会、二〇〇三年)
鈴木日出男『源氏物語引歌綜覧』(風間書房、二〇一三年)
鈴木宏子「紫の上の歌―贈答歌・独詠歌・唱和歌―」(『王朝和歌の想像力―古今集と源氏物語―』笠間書院、二〇一二年)
園明美『源氏物語の理路―呼称と史的背景を糸口として―』(風間書房、二〇一二年)
高木和子『源氏物語の思考』(風間書房、二〇〇二年)
高木和子『平安文学でわかる恋の法則』(ちくまプリマー新書、二〇一一年)
高木和子「伝達と誤読の機能―虚構の贈答歌」(『源氏物語再考―長編化の方法と物語の深化』岩波書店、二〇一七年)
高田祐彦『源氏物語の文学史』(東京大学出版会、二〇〇三年)
高田祐彦・土方洋一『仲間と読む　源氏物語ゼミナール』(青簡舎、二〇〇八年)
高橋圭子「「御息所」考―『栄花物語』『源氏物語』などの用例から―」(『国語と国文学』二〇一三年三月)
高橋麻織「光源氏立太子の可能性―桐壺更衣の女御昇格―」(『源氏物語の政治学―史実・准拠・歴史物語―』笠間書院、二〇一六年)
田中恭子「源氏物語の人物造型における呼称の意義」(『寝覚物語対校・平安文学論集』風間書房、一九七五年)
塚原明弘「失われた空間の物語―『河海抄』の延喜・天暦准拠説

―」(『歴史のなかの源氏物語』思文閣出版、二〇一一年)
長瀬由美「『源氏物語』と中国文学史との交錯―不可知なるものへの語りの方法―」(『源氏物語と平安朝漢文学』勉誠出版、二〇一九年)
橋本ゆかり「抗う浮舟―抱かれ、臥すしぐさと身体から」(『源氏研究』一九九七年四月)
林田孝和・原岡文子ほか編『源氏物語事典』(大和書房、二〇〇二年)
原岡文子『源氏物語　両義の糸―人物・表現をめぐって―』(有精堂出版、一九九一年)
原岡文子『『源氏物語』に仕掛けられた謎　「若紫」からのメッセージ』(角川学芸出版、二〇〇八年)
原岡文子「『源氏物語』の女房をめぐって―宇治十帖を中心に―」(『源氏物語とその展開　交感・子ども・源氏絵』竹林舎、二〇一四年)
日向一雅『源氏物語の世界』(岩波新書、二〇〇四年)
日向一雅・仁平道明編『源氏物語の始発―桐壺巻論集』(竹林舎、二〇〇六年)
服藤早苗『平安朝　女性のライフサイクル』(吉川弘文館、一九九八年)
服藤早苗「平安時代の天皇・貴族の婚姻儀礼」(『日本歴史』二〇〇九年六月)
藤井貞和『タブーと結婚　「源氏物語と阿闍世王コンプレックス論」のほうへ』(笠間書院、二〇〇七年)
藤井由紀子「相思相愛という「誤解」―光源氏と藤壺の宮の場合―」(『清泉女子大学キリスト教文化研究所年報』二〇一七年三月)
藤本勝義『源氏物語の〈物の怪〉―文学と記録の狭間―』(笠間書院、一九九四年)
藤本勝義「宇治十帖の引用と風土」(『源氏物語の表現と史実』笠間書院、二〇一二年)
藤原克己「「あくがる」再考―野分巻鑑賞のために―」(『むらさき』二〇一三年一二月)
藤原克己「物語の終焉と横川の僧都」(『源氏物語へ　源氏物語から』笠間書院、二〇〇七年)
古瀬奈津子『シリーズ日本古代史⑥　摂関政治』(岩波新書、二〇一一年)
益田勝実「日和りの裔の物語―『源氏物語』発端の構造―」(『火山列島の思想』筑摩書房、一九六八年)
増田繁夫「弘徽殿と藤壺―源氏物語の後宮―」(『国語と国文学』一九八四年一一月)
増田繁夫「葵巻の六条御息所」(『人物造型からみた『源氏物語』』至文堂、一九九八年)
増田繁夫『源氏物語と貴族社会』(吉川弘文館、二〇〇二年)
松岡智之「女御の父の地位―『源氏物語』の女御観―」(『源氏物語の方法を考える―史実の回路』武蔵野書院、二〇一五年)
丸山キヨ子『源氏物語と白氏文集』(東京女子大学学会、一九六四年)

丸山薫代「源氏物語葵巻御禊の日の大将供奉」（『東京大学国文学論集』二〇一七年三月）
三田村雅子・河添房江編『夢と物の怪の源氏物語』（翰林書房、二〇一〇年）
室田知香「死者と昇天―『竹取物語』再会へ―」（『むらさき』二〇〇八年一二月）
室田知香「『源氏物語』第二部後半の『竹取物語』受容」（『中古文学』二〇一〇年六月）
山口博『王朝貴族物語　古代エリートの日常生活』（講談社現代新書、一九九四年）
山田彩起子「平安時代の後宮制度―后妃・女官の制度と変遷」（『王朝文学と官職・位階』竹林舎、二〇〇八年）
山本一也「更衣所生子としての光源氏―その着袴を端緒として―」（『国語国文』二〇〇六年一二月）
吉井美弥子『読む源氏物語　読まれる源氏物語』（森話社、二〇〇八年）
吉海直人「親類の女房」（『源氏物語の新考察―人物と表現の虚実―』おうふう、二〇〇三年）
吉海直人『源氏物語〈桐壺巻〉を読む』（翰林書房、二〇〇九年）
吉田幹生『日本古代恋愛文学史』（笠間書院、二〇一五年）
鷲山茂雄「『源氏物語』の〝紫〟の秘密」（『源氏物語の展望』二輯、三弥井書店、二〇〇七年）
渡部泰明編『和歌のルール』（笠間書院、二〇一四年）

◆平安京付近図

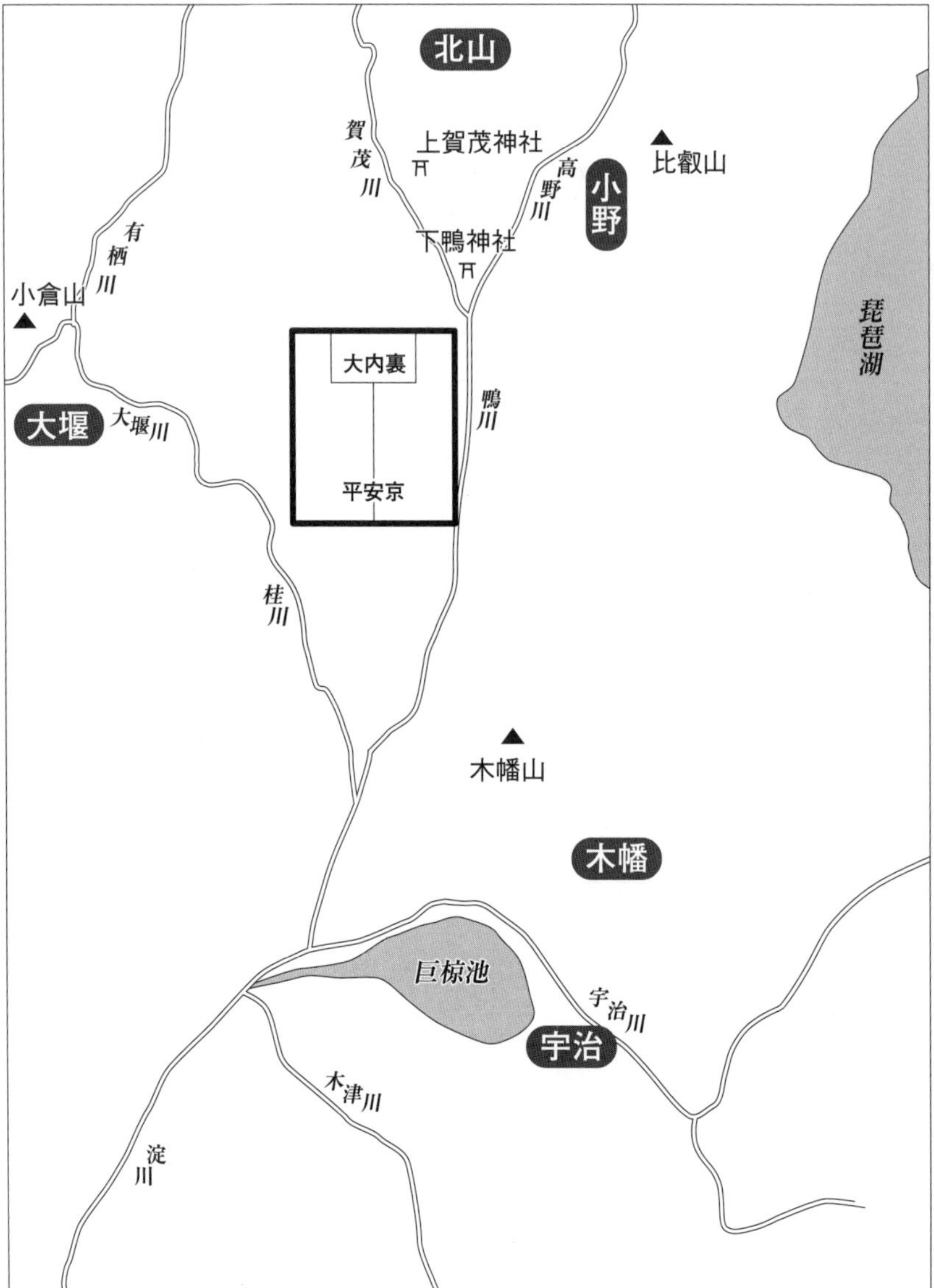

※北山の位置については諸説ある。

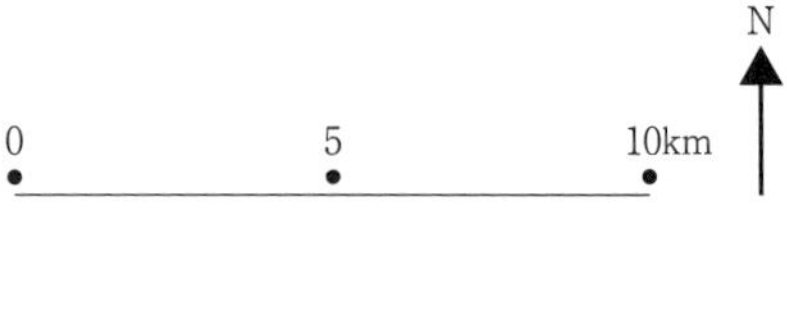

青島麻子【編著】

一九八二年生まれ。二〇一二年東京大学大学院人文社会系研究科博士課程修了。博士（文学）。現在、聖心女子大学専任講師。著書に、『源氏物語　虚構の婚姻』（武蔵野書院、二〇一五年、第十七回紫式部学術賞受賞）。

学《まな》びを深《ふか》めるヒントシリーズ 源氏物語《げんじものがたり》

令和元年十月十日　初版発行

編著者　青島麻子《あおしまあさこ》

発行者　株式会社明治書院　代表者　三樹蘭
印刷者　精文堂印刷株式会社　代表者　西村文孝
製本者　精文堂印刷株式会社　代表者　西村文孝

ブックデザイン　町田えり子

発行所　株式会社 明治書院
〒169-0072　東京都新宿区大久保1-1-7
TEL　03-5292-0117　FAX　03-5292-6182
振替　00130-7-4991

Printed in Japan　ISBN 978-4-625-62453-7　C0391